Kovulan Meleklerin Sessizliği

Saklı İkiz

puslu Yayıncılık

Puslu Yayıncılık

Puslu Yayıncılık

Eser Adı: Kovulan Meleklerin Sessizliği
Yazarı: Saklı İkiz

Yayıncı Sertifika No: 20831

1. Baskı: Nisan 2014

ISBN: 978-605-5099-17-6

Editör
Baki Gürkan

Sayfa Düzeni
Adem Şenel

Kapak Tasarımı
Ercan Portakal

Kapak ve İç Baskı
Deniz Matbaa Mücellit
Gümüşsuyu Cad. Odin İş Merkezi B Blok
No: 403/2 Topkapı/İstanbul Tel: (0212) 613 30 06
Sertifika No: 29652

Puslu Yayıncılık
Pınar Mah. Çamlıbel Cad. No: 86 Sarıyer / İstanbul
T : +90 212 224 42 22
www.pusluyayincilik.com.tr

Kovulan Meleklerin Sessizliği

Saklı İkiz

Hayatından mutluluğun ve
sevginin hiç çıkmaması dileğimle.
Gülabi dayıma Sevgilerimle,

puslu Yayıncılık

1.

Esrarengiz Yakışıklı

Son derece soğuk bir sonbahar akşamıydı. Penceremin önündeki elma ağacının çıplak dalları, odamın camına vuruyordu. Kitap okurken uyuyakalmıştım. Eh, tarih dersi insanı uyutuyordu. Herkesi olmasa da en azından beni uyutuyordu. (Uykularınız mı kaçıyor? Hemen elinize tarih kitabı alın ve okumaya başlayın, beş dakikada uykuya dalarsınız! Etkili tedavi, Sally'in reçetesinden, onaylanmıştır.) Gerçekten tarihten nefret ediyordum, eh onun da beni sevdiği söylenemez. Duygularımız karşılıklı en azından değil mi? Son bir kaç aydır gördüğüm rüyanın aynısını gördüm yine. Yüzü olmayan bir sürü adam ve siyahlı beyazlı kocaman kanatlar. Anlamsız rüyalardan nefret ediyordum, bir kere çok karman çorman oluyordu. Uyandığım zaman sersem gibi oluyordum. Telefonumun deli gibi titremesiyle uyandım. Arayan her zamanki gibi Nina'ydı. Zaten bu saatte ondan başkası aramazdı beni.

"Ah, ne istiyorsun Nina, dedikodular yarını bekleyebilir çok güzel bir rüyanın içine ettin cidden." dedim uykulu bir sesle ve homurdanarak. Tabii ki rüyamın güzel hiçbir yanı yoktu. Sadece daha çekici bir rüyaya dalmayı planlıyordum.

O ise, endişeli ve fısıltılı bir sesle: "Sel, hemen beni almaya gel, çok korkuyorum!" dedi.

Sesindeki korkuyu duyunca hiç vakit kaybetmeden, "Neredesin?" diye sordum.

"Stef sokağına gel, oraya doğru gidiyorum!"

"Hemen geliyorum." dedim. Telefonu kapatıp aceleyle arabanın anahtarlarını kaptım.

Arabama biner binmez gazı kökledim. Daha önce Nina'nın sesini hiç böyle duymamıştım. İçim içimi yiyordu, başına kötü bir şey gelmesinden çok korkuyordum. 5 dakika sonra oradaydım, tam arabayı durdurmuştum ki, Nina arabaya atladı. "Çabuk sür arabayı, bir an önce eve gitmek istiyorum!" dedi ağlayarak. Gözleri kıpkırmızı olmuştu, neler olduğunu sormaya korkuyordum açıkçası ama şimdilik rahat bıraksam iyi olacaktı, belli ki çok korkmuştu. Nina'yı o halde tek başına bırakmak istemediğim için benim evime getirdim. İçeri girer girmez, "Sıcak bir duş al, ben de bize sıcak bir kahve yapayım; kahvelerimizi içerken konuşuruz." dedikten sonra koşarak mutfağa girdim ve kahveleri hazırlamaya başladım. Anlaşılan korktuğum başıma gelmişti. Fincanları tepsiye dizerken ellerim titriyordu. Yüzündeki ifadeyi hatırladıkça endişem daha da artıyordu. Kahveleri içeri götürürken meraktan içim içimi kemiriyordu. Tam kahveleri masaya koymuştum ki, Nina geldi ve yanıma oturdu. Çok bitkin görünüyordu, daha önce onu hiç böyle görmemiştim. Hep bakımlı ve neşeli biridir oysaki. Tam neler olduğunu soracaktım ki, söze o başladı. Korku dolu gözlerle ve heyecanlı bir şekilde anlatıyordu.

"Sel, inanmıştım ona, beni gerçekten sevdiğini düşünmüştüm. Oysa her şey beni yatağa atmak içinmiş, her şey bir oyunmuş Sally. Evine film izlemeye gidiyorduk; ama evine götürmedi, boş eski bir fabrikaya götürdü. Biraz işimiz var dedi, beklemeye başladım. Yanında iki tane çocukla geldi. Ah Sally, meğer o iş benmişim! Üstüme gelmeye başladılar, ben de koşmaya başladım. Hem çığlık atıyor, hem de koşuyordum ama kimse beni duymuyordu Sally."

Nina ağlamaya başladı, ona sarıldım ve "Şşşş geçti, artık her şey tamam!" dedim. "Hayır, Sally her şeyi anlatmam gerek, sana içimi dökmem gerek, yoksa bir daha hiç uyuyamam." dedi. Başımla onayladım, o da anlatmaya devam etti: "Etrafımı sarmışlardı, kaçacak hiçbir yerim yoktu; derken uzaktan polis arabasının sesini duydum. Onlar buraya geliyor sandılar ve telaşlandılar, fırsattan istifade hemen Adam'a bir tekme yapıştırdım ve kaçtım. Lanet olası Adam; bir daha suratını dahi görmek istemiyorum. Arayı biraz açtıktan sonra yoldan geçen ilk arabaya otostop çektim ve beni Stef sokağına yakın, hani şu küçükken gittiğimiz Jasper Parkı var ya, işte orada indim ve hemen seni aradım, işte olanlar bunlar. Ah! Sally çok korktum, kurtuluşum yoktu, tam öldüm derken kurtuldum." Nina'ya sarıldım ve kahvesini bitirmesini söyledim. Anlattıkları bittiğinde sinirden köpürüyordum. O kadar, o kadar iğrenç bir şeydi ki yaptığı! Adam'ı gördüğüm yerde öldürmek istiyordum. Aşağılık herif! Kahvesini bitirdikten sonra sakinleştirici verdim ve hemen uykuya daldı.

Bugün gerçekten çok kötü şeyler yaşamıştı ama şimdi bir melek kadar huzurlu uyuyordu. Yanından bir daha asla ayrılmayacağıma söz verdim kendi kendime. Adam'ı gözüm tutmamıştı zaten ilk gördüğümde ama Nina çok mutlu olduğu için onu üzmemek adına bir şey söylememiştim. Keşke söyleseydim. Şuan içimde suçluluk duygusu cirit atıyordu. Bunları düşünürken Nina'nın yanında uyuya kalmışım.

Sabah uyandığımda Nina çoktan kalkmış ve neşeli bir şekilde kahvaltı hazırlıyordu. Onu böyle neşeli ve hiçbir şey olmamış gibi davrandığını görünce, hem şaşırdım hem de hiç bozuntuya vermedim. Ben de aynı şekilde davranmaya devam ettim. Belli ki olayları unutmaya ve kaldığı yerden devam etmeye çalışıyordu. Eh ne yaparsınız, Nina da böyle işte! Ne yapacağını kimse tahmin edemiyor. On üç yıllık arkadaşıyım ben bile alışamadım yani.

Nina'nın ailesi ise, Nina'yı en başından beri bende sanıyordu zaten. Sabahlayacağımızı tahmin ettikleri için hiç arayıp sormadılar, zaten genelde de öyle olurdu. Birbirimizde kalmamıza oldukça alışıklardı. Hem ailesi beni çok severdi, anlayacağınız noterden tasdikliydim. Herkes sever canım, beni sevmeyenin alnını karışlarım vallahi.

Benim ailem ise, annem bundan beş yıl önce bir trafik kazasında, emniyet kemerini takmayı unuttuğu için, arabanın camından fırlamış ve aldığı ağır darbelerden sonra olay yerinde hayatını kaybetmişti. Babam da o günden sonra hayata küsüp kendini işine ve bana adadı diyebilirim. Gerçi sanırım ben de aynı durumdaydım. Çoğu zaman Nina'nın aşırı ısrarları üzerine, bir yerlere çıkmaya ikna olurum. Onun dışında ise, ben de kendimi babama ve derslere adadım.

Arada bir Nina ile evde takılmalarımız dışında genellikle evde yalnız kalırım. Babam bir emlak şirketinin genel müdürü olduğu için oldukça sık seyahat eder. Elinden geldiği kadar hafta sonları evde olmaya çalışır. Beraber olduğumuz zamanlarda ise, hep beysbol maçı izleriz. İtiraf etmek gerekirse, babamla maç izlemek gerçekten çok eğlenceli olur. Hatta ben daha küçükken babamla birlikte maç bile yapardık.

Nina ile kahvaltımızı yaptıktan sonra, hava soğuk olduğu için; üzerime koyu lacivert kot ve tozpembe badi ile deri ceketimi geçirdim. Nina, "Tanrı aşkına Sel, benden beter görünüyorsun, çok soluksun." diyerek, makyaj malzemelerinin olduğu dolaba hızla ilerledi ve makyaj malzemelerini bulduktan sonra, bana makyaj yapmaya başladı. İşi bittiğinde beni etrafımda döndürerek; "Tam bir başyapıt oldun, çillerin bile kayboldu kızım," dedi, gerçekten de çok güzel görünüyordum. Hafif birkaç benek var ama çil çildir kardeşim. Onlardan nefret ediyordum cidden. Zaten oldukça soluktum. Saçlarımın da hiç faydası olmuyordu ten rengime. Azıcık, minnacık yani şu kadarcık bronz olsaydım ne olurdu. Üstüne üstlük güneş altına yatınca bronzlaşanlardan değil de kızaranlardandım. Buna rağmen -çillere rağmen- nadiren makyaj yaparım, Nina'nın ise, makyaj yapmadığı an yok diyebilirim.

Okula henüz varmıştık ki, park alanının girişinde Adam'ı gördüm. Nina, Adam'ı görmesin diye "Ah kahretsin! Aldığım kitabı kütüphaneye bırakmayı unuttum, bir de ceza ödemek istemiyorum." diyerek arabayı kütüphaneye doğru çevirdim.

Kütüphaneye geldiğimizde "Sen bekle ben hemen gelirim." dedim. İçeri girdim, kütüphane görevlisi Bayan Madeleine gülerek selam verdi. Buraya haftada üç dört kez geldiğimden, beni tanırlar ve tabii ki severler ne sandınız. Biraz kitapların arasında dolaşıp dikkatimi çeken ilk kitabı aldım ve çıktım. Elimdeki kitaba bakınca Bayan Madeleine'nin kitaba neden garip baktığını anladım. "Meleklerle Kaçınılmaz Aşk" yazıyordu. Bu ne yahu? Çizgi romanlara benziyordu kitap. Ben böyle kitaplar okumazdım ki! Fazlasıyla uydurma geliyordu bana. Eh, az buçuk ne tür kitap okuduğumu da biliyordu Bayan Madeleine, herhalde ondan garipsemişti.

Arabayı tekrar otopark alanına soktuğumda, Adam' ı görmeyince rahat bir nefes aldım; ama eninde sonunda Nina görecekti onu. Olay tazeyken görmemesi onun için iyi olurdu. Pislik, onca yaptığından sonra bir de okula gelmişti. Sınıfa girip sırama oturdum, ilk dersimiz tarihti. Dersimize Bay Salvador giriyordu. Bay Salvador, oldukça kafa dengi bir insandır. Şu öğrencileriyle içli dışlı olan, onların sorunlarıyla ilgilenen türden öğretmenlerdendi. Dersten nefret edebilirim; ama hocasından da nefret edecek halim yok canım, iyi adam sonuçta. Hakkını yememek gerek.

İkinci dönemin bitmesine iki ay kalmıştı. Geçen dönemin ortasında gelen bir çocuk vardı, son sınıflardan gelmiş. Sınıfta herkesi tanırım ama bu çocuk herkese karşı çok mesafeli, hiç kimseyle konuşmuyor. Zil çalınca da hemen çıkıyordu; nereye gittiği muamma. Nedendir bilmem, o çocuğa karşı bir çekicilik hissediyorum. Hoşlanmak gibi değil, garip bir şekilde kendine çekiyor işte beni. Ayrıca sanki dersteyken falan, yani ben bakmadığım zamanlarda gözlerini üstümde hissediyordum. İnanın rahatsız edici bir histi. Aynı bir seri katilin ya da sapığın sizi izlemesi gibiydi. Hâlbuki onun gibi tiplere hiç ilgi duymadım bugüne kadar. Karanlık, sert, bir o kadar da yumuşak hatlara sahip olan erkeksi, yakışıklı ve tatlı da denebilir. Ah tanrım ne diyorum ben! Sanki çocuktan hoşlanıyorum da, hakkında konuştukça dibe batıyor gibi hissediyorum kendimi.

Bay Salvador, "Evet çocuklar, dönem sonuna kadar yapacağım bir değişiklikten söz etmek istiyorum sizlere. Bildiğiniz gibi son sınavlara az kaldı. Verimliliği arttırmak için; derste daha az aktif olanları, daha fazla aktif olanların yanına oturtacağım. Böylece herkes birbirinden faydalanmış ve ortaya, ortak yapılmış bir iş çıkacak. Dönem sonuna kadar yanınızda oturan kişi, bütün ödevlerde ortağınız olacak. Yani kısaca; verimlilik artacak."

Ah tanrım! Ne diyor bu adam Nina? Bu, artık seninle yan yana oturamayacağımız anlamına geliyor. Şaka gibi, inanamıyordum hâlâ. Sınıftan büyük bir uğultu koptu. Herkes itiraz ediyordu bu duruma, ben ve Nina'da dâhil. Ve sonunda Bay Salvador daha fazla dayanamayarak; "Susun!" diye bağırıp devam etti: "Bu sadece benim aldığım bir karar değil, okul heyeti öğrencilerin seviyesinin daha çok artması için bu uygulamayı yapıyor. Karşı gelmeniz hiçbir şeyi değiştirmez, şimdi arkada solda oturanlar en öne, öndekiler en arkaya, orta kısımda da aynı işlem... Evett! Şimdi, herkes yeni partneriyle anlaşmaya baksın. Tekrar söylüyorum, itiraz etmek için ellerini kaldıranlar hemen ellerini indirsin ve bu fikrinden vazgeçsin. Nokta!" Bir bu eksikti. Nina en arkaya gitti ve yanıma kim geldi? Tahmin edin. O çocuk!

Hiçbir şey yapamayacağıma göre, tanışmak zorundaydım. Zaten ortağım olacaksa başka çarem de yoktu. İlk adımı ben attım. "Selam ben Sally Mallette, sen?" dedim ama hiçbir şey söylemedi. Öylece gözlerime bakıyordu sadece. Tanrım, o gözlerde kaybolabilirdim. Simsiyahtı. Gözlerimi dikip baktığımın farkına varınca, bakışlarımı kaçırdım. Yeniden denedim, duymadı herhalde, "Hey! Sana diyorum."

O ise, yüzüne sinsi bir tebessüm kondurup, "Sen bana Nick diyebilirsin." dedi.

Ne yani, sen öyle diyebilirsin de ne? Gerçek adı değil mi? O ukala gülümsemeyi yüzünden silmek istiyordum. Tanrım ne sanıyordu ki kendini? Ama bozuntuya vermedim. Aptal gülüşüyle beni etkileyeceğini sanıyordu. Hıhh, ancak rüyasında görürdü.

"Tanıştığımıza sevindim Nick, Bay Salvador'u duydun, birbirimizi tanımamız gerek ve bundan sonra ortağız."

"Ben seni yeterince tanıyorum, sen beni tanımaya çalış." Tanrı aşkına, ne diyordu bu çocuk böyle? Ne saçmalıyordu? Benimle ilgili ne biliyordu ki? Bense onun adını daha yeni öğrenmiştim.

Meydan okur bir tavırla; "Ah Öyle mi! Ne biliyormuşsun benim hakkımda?" dedim. Eminim benim hakkımda hiçbir şey bilmiyordu, sadece beni korkutmak için söylemişti o sözleri. İyi ama neden korkutmak istesin ki beni? (Delimi ne hâlâ tip tip bakıyor bir de) Tam "Ah tabii tahmin etmiştim!' diyecektim ki, küstahça bir gülümsemeyle o söze başladı;

"Bir bakalıım, kendinden çok emin davranıyorsun her konuda; bunu korkularını bastırmak için yapıyorsun ve çok konuşuyorsun. Biraz sakin ol tatlım. Beş yıl önce anneni kaybettin, caz ve klasik müzik dinlemeyi tercih ediyorsun. Eminim piyano falan da çalıyorsundur." sözünü böldüm ve "Hayır bir şey çalmıyorum." dedim ama yalan söylemiştim, biraz piyano çalıyordum. Hem ne, o bana tatlım mı dedi? Nereden tatlısı oluyorsam.

İyi ama bütün bunları nereden biliyordu? Annemin ne zaman öldüğünü bile biliyordu, takip mi etmişti beni? Ayol vallahi sapık bu, tutmuş araştırmış mıydı beni? Bu çocuğun hâlâ söylediklerine inanamıyorum. Yine o küstahça gülümsemesiyle; "Ve şuan beni öpmek istiyorsun."

dedi (Ha, ne dedi o?). Ne saçmalıyordu bu böyle? Ağzım açık kalakalmıştım, kendimi toparlayıp hiç vakit kaybetmeden "Ne! Hayır!" diyebildim ve zil çaldı. Yüzünde o küstah gülümsemeyle ayağa kalkıp dışarı yöneldi. Sınıftan çıkarken arkasına dönüp bana gülümsedi. Peşinden koştum ve yakaladım, arkamdan Nina'nın seslenmesini duymazlıktan gelerek; "Hatırlarsan bir ödevimiz var ve ben her şeyi üstlenmek istemiyorum." dedim. Gülümseyerek elimi eline aldı, başparmağıyla avucumun içini okşadı ve telefon numarasını yazdı. Numarayı yazdıktan sonra elimi bırakmadan, yüzündeki o küstahça ifadeyle gözlerini bana dikip, "Hâlâ beni öpmek istiyorsun." dedi. Hızla elimi elinden çektim ve geri adım attım. Tam o sırada Nina yanıma geldi ve Nick gitti. Bir süre durduğu yerden gözlerimi ayırmadım, sonra başımı iki yana sallayıp eşyalarımı almak için geri döndüm.

"Hey! Ne şanslısın kızım. Sana karanlıklar prensi; şu seksi çocuk geldi, benim şansıma ise şu dört göz Henry geldi."

"Aman Nina boş versene, kendini beğenmişin teki." dedim. Sonrasında Nina konuşuyordu ama ben onu dinlemiyordum; çünkü o küstah çocuğun söylediği şeyler kafamın içinde dört dönüyordu. Nereden biliyordu bütün bunları? Sen bana Nick diyebilirsinmiş! Kendini beğenmiş işte, ukala şey ne olacak. Ay, bir de 'tatlım' dedi ya.

Sonraki bütün dersleri Nick' in söylediklerini düşünerek geçirdim. Ve sonunda çıkış zili de çalmıştı, dalgın dalgın toparlanırken Nina; "Sally, biraz çabuk ol! Bir an önce buradan kurtulup, her zaman ki yere gitmek istiyorum. Tatlı krizi geçirmemi istemezsin herhalde." dedi.

"İyi de, senin tatlı krizin hiç bitmiyor ki." dedim gülerek.

"Ne yapayım bu da benim zaafım."

Nina beni çekiştire çekiştire arabanın olduğu yere getirdi, ama benim gözlerim etrafı süzüyordu. Sabah bir kişiyi görmek istemiyordum. Şimdi ise, iki kişiyi. İşte bizim her zaman ki yerimiz; 'Susanna Kafe', buranın hem tatlıları, hem de kahveleri gerçekten çok güzeldir. Sahibi Bayan Susanna 60'lı yaşlarında, cana yakın ve sevimli bir kadın. Nina şu her zaman bir iki kilosu fazla olanlardan (ayrıca o fazla kiloları göz açıp kapayıncaya kadar yakanlardan). Aynı zamanda boy ve kilo oranı, mükemmel olanlardandır. Nina kumral, 1.75 boylarında, oldukça güzel, yeşil gözlü ve oldukça seksi bir kızdır. Hep İspanyol kadınlarına benzetirdim onu. Hayatı neşeli bir biçimde yaşamayı seven, makyaj yapmayı hiç aksatmayan, yani bayağı bakımlı biri... Sabah kalkar kalkmaz ilk işi makyaj yapmaktır. Bense 1.65 boyunda, zayıf, beyaz tenli, beyaza çok yakın sarı saçlı, koyu mavi renk gözlü ve boş zamanlarını müzik dinleyerek ve kitap okuyarak geçiren sıkıcı biriyim. Makyajı ise, sadece dışarı çıkacağım zamanlarda yaparım. Ah bir de Nina tarafından kuşatıldığım zamanlarda. En azından Nina beni monotonluktan kurtarıyor (ve kesinlikle seksi olduğumu hiç sanmıyorum, kesinlikle değilim). Nina ile birbirimizi dört yaşımızdan beri tanıyoruz ve gerçekten çok iyi arkadaş, arkadaştan da öte kardeş gibiyiz.

Nina, ikişer tane derken bir düzine çörekle ve mutluluktan ışıldayan gözlerle masaya oturdu. Yok artık, der gibi bakınca, "Tercih yapamadım ne yapayım." dedi kedi yavrusu gibi bakarak. Gülümsedim ve aldığı bol kremalı kahvemi yudumladım.

Kafeden çıkarken çoktan hava kararmıştı. Nina'ya: "Bu gece de istersen bende kal?" diye sordum. Nina ise: "Hayır, hiçbir şey olmamış gibi yapmak zorundayım. Sally, bütün olanları unutmak zorundayım. Lütfen anla beni. Eve bırakacaksın her zaman ki gibi, o radyoda çıkan aptal şarkılara gülerek eşlik edecek ve birbirimize tatlı rüyalar dileyip ayrılacağız, tamam mı?" Tanrım, meğer bütün gün Nina'nın içinde fırtınalar kopmuş da haberim yokmuş. Gözlerim dolmuştu, kendimi toparlayarak "Ah evet, tamam hadi eve gidelim." dedim.

Yol boyunca gerçekten de radyoda çalan aptal şarkılara bağıra bağıra eşlik etmiştik. Evinin önüne geldiğimizde, ona iyi geceler dileyip kapıdan içeri girmesini izledim. Onun için hâlâ endişeleniyordum.

Eve geldiğim zaman odamın ışığının açık olduğunu gördüm. Babamın geldiğini düşünerek, hızla kapıyı açtım ve babama seslendim. Ama hayır, evde yoktu. Peki benim odamın ışığını kim açmıştı? Yavaş adımlarla merdivenleri çıktım. "Kimse var mı?" diye seslendim ama ses gelmemişti. Odamın kapısını yavaşça ittim, kimse yoktu. Kalbime inecekti. Kendimi bir korku filminde gibi hissetmiştim. Tam odaya giriyordum ki, aşağıdaki piyanomdan gelen sesle olduğum yerde sıçradım. Merdiven korkuluklarının başından, "Hey kimse var mı?" diye tekrar seslendim. O sırada tonton kedim Serseri'nin miyavlamasını duyunca, rahat bir nefes aldım. Belli ki odanın ışığını ben açık unutmuştum. Piyano sesini de Serseri çıkarmıştı anlaşılan. Boşu boşuna korkmuştum. Ne beklediysem, sanki filmlerdeki gibi bir seri katilin beni boğazlamak için evime girecek hali yoktu ya. Yalnız kalmayı seviyordum ama kocaman evde de bazı geceler ürkütücü oluyordu açıkçası. Sanki biri beni gözetliyormuş gibi hissediyordum.

Üzerime rahat bir şeyler geçirip, aşağı yemek yapmak için indim. Biraz spagetti beni bugün gayet iyi idare ederdi. Hiç başka bir şeyle uğraşmak istemiyordum açıkçası, zaten kötü bir gün geçirmiştim. Gerçekten bugün neydi öyle? Nina, Nick ve Adam tam bir kâbustu doğrusu. Midemi adam gibi şeylerle doldurmak iyi gelmişti. Bugünkü derslere bakıp ödevlerimi bir an önce bitirmek için, ilk dersin defterini aldım önüme. Sayfada sadece 'Adı Nick' yazıyordu. evet Bay Salvador, partnerimiz hakkında kompozisyon yazmamızı istemişti. İkinci maddeyi yazdım;

Korkutucu biri.

Üçüncü madde;

Küstah ve kendini beğenmişin önde gideni.

Dördüncü madde;

Evet, onu öpmek istiyorum...

Hemen üçüncü maddenin üzerini karaladım, ne yazıyordum ben öyle?

Bu böyle devam edemezdi; ödevi onun hakkında uydurma şeylerden yapamazdım. Telefonumu elime aldım ve elimde yazan numarayı tuşlamaya başladım. Evet, çalıyordu. Üçüncü çalışta açtı: "Alo evet." dedi. Bir an ne diyeceğimi bilemedim ve kekeleyerek: "Be-benim Sally" diyebildim. "Ah, Sally aramazsın sanıyordum." dedi, ben de pek düşünmeden: "Evet, aramazdım ama bir ödevimiz var ve ben senin hakkında hiçbir şey bilmiyorum." dedim. O ise: "Evet ama şuan müsait değilim, daha sonra konuşuruz." dedi. Hemen: "Neredesin?" dedim. "Lightning Sokağındaki Paradise Bar'dayım." dedi ve telefonu yüzüme kapattı. Telefona öylece bakakaldım. Müsait değilmişmiş. Benim ödevimden daha önemli ne işi olabilirdi ki? Üstelik yüzüme kapattı, tanrı aşkına ukalâ pislik.

Üzerime siyah dar bir pantolon, onun üstüne kırmızı salaş bir kazak ve aynı deri ceketimi giyip çıktım. Aslına bakarsanız daha arabayı çalıştırdığım an, bu fikirden vazgeçmek istedim ama artık çok geçti ve ben geri adım atmayı sevmeyen biriydim. Hem o da kesin gelmeyeceğimi düşünüyordu. Onu hiç de haklı çıkarmaya niyetim yoktu. Barın kapısına geldiğimde saat dokuzu biraz geçiyordu. Bar ormanın kenarındaydı ve hiç penceresi yoktu. Arabamı sokak lambasının aydınlattığı bir bölüme park ettim. Nina daha önce buraya gelmemiz için çok ısrar etmişti, o yüzden nerede olduğunu biliyordum.

Bardan içeri girdiğim zaman, açıkçası bayağı şaşırdım; dışarıdan o tekin olmayan barlara benziyordu ama içerisi su yeşili ve mavinin bütün tonlarıyla doluydu. İnsana huzur veriyordu burası. Gözlerim Nick' i aradı, göremeyince boş bir masaya oturdum, pek de dolu sayılmazdı. Beni kandırmıştı, yalan söylemişti. Ne yapmaya çalışıyordu bu çocuk? "Yarım saatlik yolu boşuna mı geldim yani?" diye düşünürken yanıma biri geldi ve "Ne alırsın?" diye sordu. Kafamı kaldırdığım an, o sinsi gülüşüyle bana bakıyordu. Gerçekten çok çekici gözüküyordu. Bir an boynuna atlayıp öpmek istedim, hemen bu düşünceyi aklımdan çıkardım ve biraz kekeleyerek: "Şey ben ödev için gelmiştim." dedim.

"Ah tabi! Ben de benim için geldin sanmıştım." dedi, gülümsemeye devam ederek. Gözlerinde şimşekler çakıyordu sanki. Gözlerini dikip bana bakmasından nefret ediyordum. Kıpkırmızı olmuştum! Tam da yeriydi yani kızarmanın, onun yanında üstelik.

"Bar değil mi burası? Barı göremiyorum." diye sordum kızarmamı engellemeye çalışarak.

"Orası yan tarafta, şu kapıdan geçiliyor." dedi kapıyı işaret ederek. Masaya kollarını dayayıp yaklaşarak devam etti, "Burası da senin gibi al yanaklı, tatlı şeyler için." dedi gözlerime bakarak. Dudaklarımı yalayıp, yutkundum. Gözlerimi kaçırıp kekeleyerek; "Burada çalıştığını bilmiyordum. Ah dur bir dakika! Aslında hakkında hiçbir şey bilmiyorum." dedim.

"Evet siparişlere bakıyorum, arada da barmenlik yapıyorum." dedi tekrar gülerek. "Bir arzunuz var mı peki Sally Hanım?" diye sordu.

"A evet, mümkünse hakkınızda bilgi istiyorum." dedim aynı sinsi gülüşü ona yaparak. "Ne yazık ki bunun için işimin bitmesini beklemek zorundasınız." Bir bu eksikti. Daha ne kadar beklemem gerek biraz bilgi için. İşinin bitmesini bekleyecekmişim! Aslına bakarsanız bir an önce eve gitmek istiyordum. Eh bilgilere de ihtiyacım vardı, ortam huzur verebilir ama Nick bana hiç huzur vermiyordu. Aksine ses tonu, bana bakışları ürpermeme neden oluyordu.

Aradan yarım saat, bir saat derken; bir buçuk saat geçti. Saat on ikiye geliyordu ve hâlâ bekliyordum. Bütün gece Nick' in gözlerini üzerimde hissettim. Sonunda uykusuzluktan gözlerim kapanmaya başlamıştı ki, bir tane kahve söyledim, bol kafeinli ve sütlü. Kahveyi getirince Nick, dalga geçti benimle. 'Neymiş efendim kedi gibi bol sütlü kahve içiyormuşum.' Bunun üstüne sadece ters ters baktım. Daha sonra ikinci bardağı da bitirdim ama hiçbir faydası yoktu. Genelde geç yatmaya alışığımdır; bana neler oluyordu anlamıyordum. Kendimi çok yorgun hissediyordum. Gözlerimi zor açık tutuyordum. Son müşteri çıkarken Nick '5 dakika sonra çıkıyoruz' diye bir işaret yaptı. Oh be! sonunda az daha mayışıp kalacaktım burada. Toparlandım ve çıkışa doğru giderken gözlerim karardı, bacaklarım hissizleşti; yere yığılırken iki kuvvetli kolun belimi sarıp kucağına aldığını hissettim, sonrası ise karanlık...

Gözlerimi yavaş yavaş açtım, odamdaydım ve sabahın altısıydı daha. Üzerimden bir tır geçmiş gibi hissediyordum, başım çok ağrıyordu. Ne zaman gelmiştim eve? En son Nick'in çalıştığı bardaydım ve çıkarken gözlerimin karardığını hatırlıyordum. Beni kim getirmişti? Hem de odama girip yatağıma yatırmıştı. Hızla yatakta doğrulup gerindim, sonra da aşağı kata indim. Holden geçerken Serseri, bacaklarıma dolanıyordu. Oturma odasının kapısında donakaldım. Nick! Ne işi vardı burada, hem de benim evimde! Koltukta uyuyordu. Bir an donakaldım. Uyandırmak için ona doğru ilerlemiştim ki, vazgeçtim. Fırsatı değerlendirip, sessizce karşısındaki tekli koltuğa oturdum ve onu incelemeye başladım. Göğsü düzenli aralıklarla inip kalkıyordu.

Benden yaklaşık on, on beş santim uzun, (tabii ki boyunu yattığı yerden tahmin etmiyorum, sınıftan çıkmadan önce konuşurken boyuna dikkatlice bakmıştım çaktırmadan canım). Siyah saçlı, beyaz tenli, gece siyahı gözleri o kadar güzel ki, gözlerine baktığımda kendimi kaybediyorum adeta. Pürüzsüz ve kaslı bir vücudu ve de oldukça yakışıklı biriydi. Porselen bebeklerinki gibi kusursuz yüz hatları vardı. Gözlerini açtı, gözlerimiz birbiriyle buluştu; ilk gözünü kaçıran ben oldum (her zamanki gibi).

"Günaydın, manzara hoşuna gitti mi?" dedi küstah gülümsemesiyle. "Günaydın." dedim mahcup bir sesle.

"İyi misin, kendini nasıl hissediyorsun?" diye sordu.

"Evet, iyiyim sadece biraz başım ağrıyor." dedim.

Hatırlamaya çalışarak: "Ne oldu bana, en son bardan çıkmak üzereydik?"

"Sanırım yorgun düştün. Ben de bir şey anlamadım. Tam çıkıyorduk, kapıda seni beklerken bayılmak üzere olduğunu gördüm ve yere düşmeden yakaladım seni.

Sonra evine getirdim, bu kadar." dedi o tatlı gülümsemeyi yaparak.

"İyi de, evimi nereden biliyorsun ki sen?" dedim biraz şüphelenerek.

"Hakkında çok şey bildiğimi biliyorsun ama evini bilmiyordum, senin arabanla geldik zaten. Yolda seni ayıltmaya çalışırken söyledin."

"Alt tarafı kahve içtim ama kendimi dünden kalma gibi hissediyorum. Iıı, başka bir şey söyledim mi peki?" dedim temkinle.

"Ah evet ve beni öpmek istediğini söyledin. Ben demiştim." dedi o sinsi gülümsemeyle beraber.

"Bilincim yerinde değildi." dedim hemen ama artık çok geçti, kızarmıştım bile.

"Senin bu haline bayılıyorum; utangaç ve kırmızı yanaklı." dedi ve tekrar kızardım ama bu sefer pis bir bakış attım.

"Ee tamam, kahvaltı yapalım o zaman." dedi konuyu değiştirmek için.

"Peki, hemen hazırlanırım çıkarız." dedim ama o, "Hayır sana kahvaltıyı ben hazırlamak istiyorum. Hem benim hazırladığım kahvaltı, baş ağrısına iyi gelir." dedi gülümseyerek. Gerçekten şuan ne kadar çok sempatik görünüyordu. O banyoya gitti, ben de Serseri 'ye mama koydum.

Banyodan çıktıktan sonra, "Sen içecekleri hallet ben hazırlarım kalanını." Gereken malzemeleri tek tek çıkardı, üstelik hiçbir yeri kurcalamadan ihtiyacı olanı hemen buluyordu. İşine konsantre olmuş halde; bir kilere bir mutfağa gidip gelirken, "Çay, meyve suyu ve kahve var hangisini istersin?" diye sordum. O ise, "İkimize de meyve suyu lütfen." dedi hafif bir gülümsemeyle.

Meyve sularını bardaklara koyduktan sonra, onu izlemeye devam ettim. Usta bir aşçı gibi görünüyordu. Eliyle bıçağın kabzasını hafifçe tutuyor, seri hareketlerle önündekileri dilimliyordu. Hazırladıklarını masaya götürmeye başlamıştı. Tam bardakları götürmek için dönecektim ki, bana doğru yaklaştı ve ellerini belime doladı. O kadar yakındık ki bir an beni öpeceğini sandım. Kalbim hızla atmaya başladı; kulağıma doğru yaklaşıp fısıltıyla: "Bardakları ben götürürüm." dedi. Kaçamak bir bakış attım, o da o sinsi gülüşünü yaptı. Nefesinin bende bıraktığı his; o kadar sıcak bir duygu ki, sesi hâlâ kulağımda yankılanıyordu sanki. Kendimi toplayıp masaya doğru gittim ve karşısına oturdum.

Masa çok güzel görünüyordu, bir tek kuş sütü eksikti belki de. Her şeyi o kadar kusursuz yapmıştı ki, insan yemeye kıyamıyordu. Ama yedim ve hiç de pişman değilim. Tadı çok güzeldi hepsinin. Hem baş ağrım da kesilmişti, acayip huzur doluydum.

"Teşekkür ederim, kahvaltı için."

"Her zaman."

Kahvaltıyı yaparken aklıma geldi ve "Dün kendinden bahsedecektin bana, şimdi de konuşabiliriz vaktimiz de var." dedim.

"Sally, üzgünüm ama bugün olmaz. Başka bir zaman ve başka bir yerde konuşuruz. Bu anı bozmak ve seni kendimden uzaklaştırmak istemiyorum." dedi. Ne diyordu bu böyle? Neden uzaklaşacaktım ki, hem yakınlaşmış mıydık ki? "Hadi ama yapma! Ne yani, büyük anneni parası için öldürdün falan mı?" dedim tabii ki dalga geçerek. O ise tek kaşını kaldırıp, gözlerimin içine baktı ve hafif bir gülümsemeyle: "Bugün olmaz Sally üzgünüm." dedi. "Ne yani, bütün gecem boşuna mı geçti? Beni iki buçuk saat boşuna mı beklettin? Hadi merakımı geçtim, ödev ne olacak?" dedim.

"O konuyu merak etme, benimle ilgili bir şeyler yazar sana mail atarım. Merakına gelince, onu da sonra halledebiliriz." dedi sinsi sinsi bakarak. Eh, ödev için rahatlayabilirdim ama benden neden kendi hakkında bahsetmek istemiyordu? Anlayamıyordum. Meraktan çatlamak üzereydim ama hiç bozuntuya vermedim. Bakışlarımı kaçırıp, "Tamam." dedim ve masayı kaldırmaya başladım. O da yardım etti ama hiç konuşmadık. İşimiz bitince Nina' yı aradım ve onu bugün alamayacağımı söyledim. Aslında onun da arabası vardı ama benim yolumun üstünde olduğu için, onu evine bırakmak ya da evinden almak sorun olmuyordu. Zaten hep birlikte takılıyorduk, onun arabasına gerek kalmıyordu.

Ama şuan aklımdaki şey Nina ve arabası değildi. Nick ve sırrıydı. Aklımdan deli gibi planlar yapıyordum, onu takip etmek istiyordum aslında. İkimiz de toparlandık ve benim arabama bindik. Arabayı çalıştırırken, "Okula değil mi?" diye sordum.

"Ah hayır, aslına bakarsan ben sadece tarih ve beden dersi almıştım ve bugün ikisi de yok. Beni barın oraya bırakırsan sevinirim, hem arabam da orada."

"Beden dersinde de beraberiz yani." dedim gülerek.

"Şikâyetçi misin?" dedi tek kaşını kaldırarak ve hafifçe dudaklarını yukarı bükerek.

"Şikâyet etmeli miyim?" dedim tek kaşımı kaldırarak ve onun gibi gülerek.

Barın önüne geldiğimizde durdum ve inerken: "Yarın görüşürüz o zaman okulda." dedim ama o, "Belki daha erken görüşürüz." dedi. O sinsi gülüşü yapıp kapıyı kapattı. Bu gülüşün arkasında o kadar çok şey vardı ki, korkmalı mıyım, yoksa sevinmeli miyim? Hiç bilmiyordum.

Okula gitmek için arabayı geri çevirdim. Henüz iki kilometre gitmiştim ki arabanın tekerleği patladı. Ormanın ortasında kalakalmıştım. Tekerlekleri kontrol etmek için arabadan inerken yağmur yağmaya başladı. Yedek tekerleğim de yoktu ki değiştireyim, gerçi tekerlek değiştirmeyi de bilmiyordum. Yağmur başlayınca arabaya geri girdim. Ne yapacağımı hiç bilmiyordum, telefonda çekmiyordu. Tam çekiyor derken hat kesiliyordu. Geri de dönemezdim ki! Nick çok uzakta kalmıştı, hem o da gitmiştir çoktan. Başka bir araba geçse durdurup yardım isterdim ama o da yok. Tam kırk beş dakikadır bekliyordum, ilk ders başlamıştı zaten. Nina deliye dönmüştür kesin. Kim bilir kaç kere aramıştı ama çekmiyordu işte kahrolası telefon. Arabanın dikiz aynasına baktığımda siyah bir spor arabanın yaklaştığını gördüm.

Hemen arabadan inip durması için işaret ettim. Yavaşlayıp benim arabanın önünde durdu ve pencereyi indirdi.

"Bir problem var herhalde, nasıl yardımcı olabilirim?" dedi.

"Ah seni gerçekten tanrı göndermiş olmalı, tam kırk beş dakikadır burada mahsur kaldım; telefonum da çekmiyor." dedikten sonra arabasından indi ve arka koltuktan bir şemsiye aldı. Şemsiyenin altında beraber arabamın yanına gittik.

"Lastik patlamış, yedek tekerleğin var mı? Değiştirebilirim." dedi.

"Üzgünüm yok, almadım keşke alsaydım. Babam o kadar da söylemişti al diye."

"Görünüşe bakılırsa önerileri pek dinlemiyorsun." dedi karizmatik bir gülümsemeyle.

"Sanırım öyle, okula da geç kaldım."

"Ben de Verde Valley Lisesi'ne gidiyordum. Yeni danışman öğretmeniyim. Biraz geç kaldım sanırım okulun kapanmasına birkaç ay kaldı."

"Gerçekten mi? Ben de orada okuyorum. Ne büyük tesadüf!" dedim şaşkınlıkla.

"Evet, öyle. Benim arabanın yedek tekerleği uymaz seninkine, en iyisi biz gidelim yolda teknik servisi arar aldırırız." dedi arabamı süzerken.

Bir benimkine, bir onun arabasına baktım, "Ah, kesinlikle uymaz." dedim burnumdan gülerek.

Ayol deli mi ne? Onunkiler uymazmış, kim uyar dedi ki zaten. Koskoca Audi R8 ile benim minik Cooper'ımı bir tuttu iyi mi. Şahsen bu kıyaslamadan sonra ne kadar tekerleği patlamış da olsa, omuzlarım kabardı. Çaktırmadan arabama: 'Hadi iyisin yine Lizzy' bakışından attım.

"Şey özür dilerim, kendimi tanıtmadım ben Sally Mallette." dedim. Evet, millet! Gördüğünüz gibi gayet saygılı biriyim ben.

"A, evet ben de Adrian Angenoir. Sen Adrian diyebilirsin." dedi sevecen bir tavırla elimi sıkarken.

"Tanıştığımıza sevindim, yeni işin hayırlı olsun Adrian, sen de bana Sally diyebilirsin." dedim ve arabaya bindik.

"Daha önce hangi okuldaydın?" dedim.

"Aslına bakarsan bu ilk işim, Fransa'da yüksek lisansımı yeni bitirdim." dedi.

"Vay canına, ben Iowa'dan dışarıya adımımı atmadım hiç. Hatta Hills'ten bile zar zor çıkıyorum. Yerinde olsam bu küçük kasaba yerine büyük şehirde takılırdım."

"Eh, insanlar istedikleri yerleri gördükten sonra, daha sakin yerlere yerleşmek isterler."

"Aldığın eğitimle daha iyi bir okula gidebilirdin. Ayrıca sanki kırk yaşındaymışsın gibi konuştun, gerçekten genç duruyorsun hem ilk işin. Kaç yaşındasın? Tabii sormamın sakıncası yoksa." dedim. Lütfen sakıncası olmasın lütfen!

"Hayır yok, yirmi dört yaşındayım. Hayatım boyunca hep okul değiştirdim ailem yüzünden. Şehirler, ülkeler;

hiç düzenli bir hayatım olmadı. Eh böyle bir hayat yaşayınca, insan sakin bir yerlere yerleşmek istiyor." dedi.

"Evet, haklısın." dedim hafif bir gülücükle. İyi birine benziyordu, en azından dertten anlayan türden birine. Adrian; 1.90 boylarında, geniş omuzlu, açık kahverengi saçlı, zeytin gibi simsiyah gözlü, bir sanatçının elinden çıkmış gibi pürüzsüz burnu, çenesi ve elmacık kemikleri vardı. Adeta cennetten inme güzelliği vardı. Aman ne diyorum ben? Yakışıklı adam işte. (Kaptırdın kendini Sel!)

"Kemerini tak." dedi, kemerimi takar takmaz gazı kökledi.

"Okula değil mi?" diye sordu, gayet sakin bir şekilde.

Sorusuna cevap verecek kadar iyi hissetmediğimden, başımla onayladım. Araba o kadar hızlıydı ki, koltuğuma yapışmıştım. Kalbim yerinden çıkacaktı, korkudan sinmemek için kendimi zor tutuyordum. Sonunda okulun bahçesine geldik de rahat bir nefes aldım. Arabadan inerken başım döndü, kapıya tutundum. Gözlerimi kapatıp temiz yağmur sonrası havayı içime çektim. Şimdi daha iyiydim. (Hey, pısırık sizsiniz yerimde olsanız arabadan iner inmez kusardınız)

"İyi misin?" diye sordu.

"Evet, iyiyim." dedim hemen kendimi toparlayarak.

"Benim suçum, ben alışığım hızlı sürmeye, keşke söyleseydin yavaşlardım."

"Önemli değil, iyiyim dedim ya." dedim gülmeye çalışarak. Zorla da olsa sahte bir gülücük çıkardım.

"Tamam, tamam ne dersen o." dedi ellerini iki yana kaldırıp sırıtarak.

Tamam, spor arabaların hastası olabilirim. Hatta kullananlara ağzım açık bakabilirim ama kesinlikle bana göre değiller. İlk denememde ağacın tekiyle samimi görüntüler sergilerdim orası kesin. Ne kadar kullanamayacağımı bilsem de, yine de gördükçe ağzımın sulanacağını biliyorum. Ne yapayım bu da benim zaafım.

Okula girdikten sonra Adrian ön büroya, ben de sınıfa gittim.

Sınıfa girer girmez Nina yanıma koştu ve sorgulamaya başladı.

"Neredesin sen sabahtan beri? Tek bir dersi bile kaçırmazdın, tam iki ders kaçırdın. Başına bir şey geldi sandım. Neden geç kaldın? Hemen her şeyi anlatıyorsun." dedi. Tanrım neydi bu kızın derdi? Alt tarafı iki ders kaçırmıştım. Beş yaşındaki çocuk değilim ki, bu kadar endişelenmesine hiç de gerek yoktu yani. Dün başıma gelenler de dâhil her şeyi anlattım, beni ağzı açık dinliyordu.

Anlattıklarım bitince: "Vay canına, sen ve gece dışarı çıkmak! Ben bile yüz kere yalvardıktan sonra anca ikna ediyorum seni. Doğruyu söyle, bak öptü mü seni? Nick gerçekten de çok seksi çocuk. Kesin senden hoşlanıyor yoksa bu kadar ilgilenir miydi?" dedi.

"Saçmalama Nina, bayıldım diyorum sen ne diyorsun. Hadi onu geçtim, yolda kaldım diyorum, senin aklın nerede. İyi biri gibi gözükebilir ama şuan Nick'e pek güvendiğim söylenemez, benden bir şeyler saklıyor.

Tamam, kabul ediyorum gayet çekici biri ama önce neler karıştırdığını bulmam gerek. Sonrasını... Sonra düşünürüz işte." dedim.

"Tamam, dediğin gibi olsun ama sakın takip falan edeyim deme, bir de başımıza iş çıkarırsın. Neyse sen asıl şu yeni çocuğu anlat." dedi kıkırdayarak.

Ters ters bakınca, "Ne var ne bakıyorsun öyle, soramaz mıyım?" dedi.

"Çocuk değil Nina, Danışman Öğretmen. Bak vurguluyorum ÖĞ-RET-MEN." dedim her hecenin üstüne basa basa.

"Ay Sally, gerçekten çok sıkıcısın. En azından Nick seni sıkıcılıktan kurtarır, tabii o da senin gibi değilse." dedi.

"Nina! Nick' le aramızda bir şey yok. Ortada fol yok yumurta yok, sen de yani." diye tersledim. Olabilir mi? Evet olabilir ama önce güvenimi kazanması gerek.

"Aman tamam her neyse işte." dedi umursamaz bir tavırla. Bu ders Fransız Dili Ve Edebiyatı, eğlenceli bir ders sayılır. Öğretmenimiz Madam Laurel La Verne; tipik bir Fransız kadını işte. Sanki Fransa'dayız da, 'madam' dedirtiyor rüküş kadın, ne olacak. Ama dersleri zevkli geçiyor, hele de sınıfı susturmaya çalışınca. Kadının suratı kıpkırmızı oluyor. Üstelik kibarlığından da zerre kadar eksilttirmiyordu.

Ders başlayalı on dakika geçmişti ki, bir öksürük krizi tuttu. Ciğerlerim yerinden sökülecek gibiydi. Bu öksürük de nereden çıktı durduk yerde? Yağmurda ıslanmıştım ve üstüm de kurumuştu, ah üşütecektim. Anlaşılan bugün de her şey beni buluyordu. Nina "İyi misin?" diye fısıldadı. "İyiyim, sadece gıcık tuttu." derken öksürmemek için büyük çaba harcamıştım. Kaşlarını çatarak bakınca, "Sanırım lavaboya gitsem daha iyi olur." dedim.

Elimi kaldırıp söz istedim. Başıyla onaylayınca, "Puis-je aller à l'évier, madame?" (Madam lavaboya gidebilir miyim?) diye sordum; öksürük yüzünden sesim boğuk çıkmıştı. İngilizce konuşmak yasak olduğu için bu kadınla ancak böyle iletişim kurabiliyorduk, onun dışında bizi duymazlıktan geliyordu.

"Eh bien dépêchez-vous." (Pekâlâ çabuk ol!) dedi. Koridorda ikinci bir öksürük krizine yakalandım. Tanrım bu daha beterdi. Bu seferkinde 'kesin ciğerlerim yerinden sökülmüştür' dedim, zaten nefes darlığı da vardı. Hava almak için dışarı çıktım. Bir de bu eksikti! Çok kötü öksürüyordum, kesin boğazım şişecekti. Yağmurdan sonraki hava iyi gelmişti ciğerlerime. Gidip banklardan birine oturdum, öksürmüyordum artık. Hani biri sizi takip ediyormuş gibi hissedersiniz ya, aynı o duyguya kapıldım. Çevreme bakındım ama kimseyi göremedim. Ayağa kalkıp tam okula doğru gidecektim ki, birisi adımı fısıldadı.

"Sally..."

Yemin ederim, tam yanımda biri var da kulağıma fısıldıyor gibi hissettim. Geri geri yürüyerek çevreme bakınıyordum ki birine çarptım. Küçük bir çığlık attım ve hızla arkama döndüm. "Ah, sen miydin Pit!" dedim rahat bir nefes alarak. Pit, yani Peter. Son sınıfta okur kendisi. Çok iyi biridir, çocukluğumuzdan beri tanırız birbirimizi. Bana her zaman kardeşi gibi davranmıştır.

"Üzgünüm Sel, sessiz yaklaşmamalıydım. Senin korkağın teki olduğunu unutmuşum." dedi sırıtarak.

"Hiç de bile ben korkak falan değilim. Bir ses duydun mu sen de böyle fısıltı gibi?" dedim.

"Ses?" dedi alık alık bakarak.

"Her neyse boş ver." dedim omuz silktim, sonra da "Senin ne işin var burada, derste olman gerekmiyor mu?" diye sordum.

"Antrenmanım yeni bitti. Kitaplarımı alıp eve gidecektim, seni gördüm yanına geleyim dedim. Malum seni ders saatinde dışarılarda görmek pek doğal bir şey sayılmaz. Bir şeyin mi var, solgun görünüyorsun? Yani normalden daha solgun." dedi.

"A şey, dersteyken öksürük krizi tuttu, ben de izin alıp çıktım temiz hava iyi geldi. Sanırım hastalanacağım." dedim.

"Kendine hiç iyi bakmıyorsun, unutma baban yokken bana emanetsin! Revirden izin al da eve git, sıcak bir şeyler iç iyi gelir." dedi.

"Ne yazık ki eve gidemem, Nina'yı beklemek zorundayım. Arabamın tekerleği patladı sabah." ben de neyi unuttum diyordum, "Ah tanrım teknik servisi arayıp arabayı aldırmayı unuttum. Umarım arabayı yürütmemişlerdir." dedim ve bir şey söylemesine fırsat vermeden servisi aradım. On dakika içinde orada olacaklarını söylediler. Rahat bir nefes aldıktan sonra Pit'e döndüm.

"Sorun çözülmüştür." dedim sırıtarak.

"Seni eve ben bırakırım. Nina'ya kitaplarını ve notlarını alması için mesaj atarsın. Hadi şimdi revire gidelim, ilacını almayı unuttuğunu söylersin. Zaten çok solgun görünüyorsun hemen inanırlar. Kolay iş." dedi. Pit'in de en çok bu yönünü seviyorum. İşte her zaman her şeye olumlu bakar.

"Tamam, dediğin gibi olsun zaten hiç ders dinleyecek havamda değilim." dedim. (ııyykk hem de Fransızca) Revire doğru yürümeye başladık.

"Sel, iyi misin? Her an kusabilirmişsin gibi bir halin var." dedi.

Öksürüğüme mani olamayarak; "Bana Sel demenden nefret ediyorum ve ayakkabıların çok çekici duruyor. Bir daha Sel de gör bakalım o ayakkabılar çekici mi?" dedim. Suratını buruşturup, başını iki yana salladı "İğrençsin Sel, ay tamam, tamam." dedi geri çekilerek. Daha az önce gayet iyiydim, yine nerden çıktı bu öksürük krizi. Revire de öksürerek girdim. Hehhee Pit' in bu endişeli surat ifadesine bayılıyordum. Gülümsemem bir sonraki öksürük dalgasıyla kesildi ne yazık ki.

"Tanrım, bu ciğerleri sökülen de kim?" dedi kafasını perdeden uzatarak. Okul doktorumuz Bayan Ellen; minyon tipli, sarı saçlı, esmer, altın rengi teni vardı. Ama cidden cana yakın biridir. Ne kadar bana müdür yaltakçılarından biri gibi gelse de, (benim düşüncem tabii) ben de ona güler yüzle yaklaşırım hep.

Suratımı buruşturarak elimi kaldırdım. Ama gülmeye çalıştığımda, öksürürken ne kadar gülebilirseniz işte o kadar. Hiç nazik değilsin demeyin yani.

"Gel bakalım tatlım, bir muayene edelim seni." dedi Bayan Ellen.

"Nefes darlığı da vardı bende, ilacımı almadım sanırım ondan." dedim. Sırtımı dinledikten sonra "Boğazın şişecek sanırım, en iyisi ben sana bir Lavenin (öksürük şurubu) vereyim iyi gelir, talimatları üzerine yazdım. İstersen şimdi bir kaşık iç akşama kadar rahatlarsın, bir de yatmadan önce içersin. Yalnız uyarayım, uyuklamana neden olabilir, sabahları içme sadece akşamları." dedi gülerek ve bana bir bardak suyla beraber şurubu uzattı. Tanrım daha önce bu kadar iğrenç tadı olan bir şey içmemiştim.

"Tanrım çok iğrenç." dedim. Pit de kıkırdamaya başlayınca, "Ayakkabıların bana bakıyor Pit." dedim ters ters. Teslim olmuş gibi ellerini havaya kaldırdı ama gülmemek için dudaklarını ısırıyordu.

Bayan Ellen'e dönüp "Rapor verebilir misiniz acaba bugün için?" dedim. Tam o sırada kâğıdı imzalayıp elime verdi. Gülümsedim ve koridora çıktık.

"Hah kolay işmiş!" dedim söylenerek.

"E beş dakikada hallettik işte." dedi Pit kıkırdayarak.

"O iğrenç şeyi sen içmedin sonuç olarak." dedim.

"Hey, hasta olan sensin. Ama suratın çok komikti." dedi tekrar kıkırdayarak.

"Her neyse." dedim esneyerek. Gerçekten hemen etkisini gösterdi ilaç uykum gelmeye başlamıştı, öksürmüyordum da. Sonunda ciğerlerim rahat bir nefes aldığı için mutluyum, ne yalan söyleyeyim.

Pit'in kamyonetine bindik. Esneme aralarım daha da sıklaşmıştı. Esneyerek "Eve gelince beni uyandır lütfen!" dedim.

"Ah tabii sevgili tavukçuğum." dedi gülerek.

"Hey ben tavuk değilim! İlaç yüzünden bir kere." dedim ve uyumak üzere gözlerimi kapadım.

Çok saçma bir rüyanın içinde buldum kendimi. Rüyanın başında sarı papatyaların olduğu bir tarladaydım, güneş batmak üzereydi. Papatyalar güneşten gelen kırmızı ışıkla daha bir güzel gözüküyordu. Sonra ise bembeyaz, kocaman kanatları olan bir insan vücudu gördüm. Yanına doğru gitmeye başladım, aramızda yaklaşık bir metre kalınca durdum. Aslına bakarsanız donakaldım desem daha doğru olur. Çünkü gördüğüm adam Nick'di. Bana masum, karizmatik ve hiç olmadığı kadar cana yakın bir gülümsemeyle bakıyordu. Üzerinde sadece bir kot pantolon vardı ve boynundan göğsüne kadar inen gümüş bir zincir, zincirin ucunda da hafif mavimsi, aslında gri gibi bir çember, çemberin çevresini de dikenli teller örmüş gibi çok güzel ve narin gümüş bir kolye vardı. Kaslı, kusursuz bir teni ve daha olgun bir duruşu vardı. Bu haliyle on sekizden çok yirmilerinde falan gözüküyordu. Gülümsemesinden cesaret alarak aramızdaki mesafeyi kapattım. Aramızda inanılmaz bir çekim vardı. Ona dokunmak istiyordum. Gözlerimi yavaş yavaş kolyesinden onun gözlerine kaydırdım. "Kolyen güzelmiş daha önce görmemiştim." dedim. Ama o cevap vermedi, gülümsemeye devam etti. Gözlerimi kolyeden ayıramıyordum neredeyse. Ne diye bu kadar ilgimi çektiyse anlamadım, hâlbuki gayet sade, sıradan bir kolyeydi. Elimi kolyeye doğru götürdüm, parmağımın ucuyla kolyeye dokundum. Ben kolyeye dokununca Nick üşümüş gibi titredi.

Aldırmadan, "Gerçekten büyülü gibi sanki çok güzel." dedim ve gülümseyerek kafamı kaldırdım. Bana gülümseyen o karizmatik, masum ve iyilik dolu bakışlı adam gitmiş, yerine hiç tanımadığım biri gelmişti sanki. Bir adım geri attım. Kanatları... Kanatları simsiyah olmuştu. Gece siyahından da koyu siyah olmuştu. Bakışları o kadar korkutucuydu ki, sanki beni öldürecekmiş gibi bakıyordu.

"Nick?" diye soru soran gözlerle baktım ve bir adım daha geri gittim. Sesimin titremesine engel olamamıştım. Kurnaz bir gülümsemeyle bana doğru bir adım attı. Tek bir adımla aradaki mesafeyi kapatmıştı. Kanatlarını açtı ve bana tepemden bakıp "Benim prenses." dedi, ama hâlâ bakışları iç açıcı değildi. Kollarını şefkatle uzatıp sarıldı. Normalde hoşuma giderdi ama sarılışı sert, vücudu soğuktu.

"Nick canım acıyor." dedim zorlanarak ama umursamadı. İtmeye çalıştım çabalarım boşunaydı; bir santim bile kıpırdayamamıştım. Kanatlarını üzerime kapattı. Kendimi kollarının arasında eriyormuşum gibi hissediyordum; ama acıda veriyordu. Gözlerimi hoşnutluktan mı, yoksa acıdan mı kapattım orası daha çok muamma diyelim.

Kendimi bu duyguya tamamen kaptırmamak için, "Nick bırak beni canım acıyor!" dedim. Aslına bakarsanız kelimeler dudaklarımdan kendiliğinden dökülmüştü. Bir yanım deli gibi acı çekse de, ona karşı koymamamı, onunla kalmamı istiyordu. Diğer yanımda ise tehlike sirenleri çalıyordu. Ne yapacağımı bilemiyordum. Zaten bir şeyde yapamıyordum, kapana kıstırmıştı beni. Son bir çabayla: "Nick! Yeter lütfen." dedim ama beni umursamadı bile.

Sonra birinin sesini duydum "Sally uyan, rüya görüyorsun, eve geldik." diyordu. Onun sesini duyunca sadece karanlık kalmıştı. Sesi tanımıştım ama hâlâ yarı rüyada sayılırdım ve bu rüyanın bitmesini istiyor muydum bilmiyorum; hem iyi hem de kötü gibiydi. İki duyguyu aynı anda yaşıyordum. Bütün o duygu karmaşası Pit' in sesiyle kayboldu. Uykulu ve mayışmış bir sesle gözlerimi açmadan "Hı hı her neyse." dedim ve uyumaya devam ettim.

Sesini duyuyordum ama gözlerimi açamayacak kadar kendimi yorgun hissediyordum. "Sel, tam bir baş belasısın, arabamda uyuyamazsın." dedi.

"Bu külüstür kamyonette uyumak istemiyorum zaten, ama gözlerimi bile açamıyorum." dedim koltuğa iyice kıvrılarak.

"Ben de seni taşırım o zaman. Tanrım, iyi ki kas yapmışım, kilo mu aldın sen Sel?" dedi ama cevap vermeye üşendiğim için "Hı hıı." demekle yetindim.

"Yedek anahtar her zamanki yerde mi?" diye sordu, bense tekrar "Hı hıı." demiştim. Her zamanki yerden kastı, tabii ki paspasın altı değil. Bizim kapıda, hani Noel kapı süsleri olur ya sepet şeklinde, işte onun içinde. Kimsenin aklına gelmez orada olacağı; şahsen bu benim fikrimdi desem yalan olur, annemin fikriydi. Zeki annem benim, her şeyi en ince ayrıntısına kadar düşünürdü. Ben bunları düşünürken Pit anahtarları almak ve kapıyı açmak için beni kucağından indirdi. Gözlerim kapalı, omzuna dayanmış bir şekilde kapıyı açmasını bekliyordum. Tanrım ne kadar mayışmışım, en son ne zaman böyle olmuştum? Ah evet, geçen yıl okul partisine gitmiştik Nina ile beraber; deli gibi içmiştik ve bir ayyaş gibi sarhoş olmuştuk. Pit getirmişti beni eve, yine aynı bu haldeydim. Hatta daha kötü, kapının önüne gelince kusmuştum. Aklıma gelince yine midem bulandı. (Iyy iğrenç) Sanırım kafamdakileri yüzüme yansıttım. Pit "Hey! Sakın kusayım deme." dedi.

"Her neyse beni odama götür. Lütfen!" dedim.

"Ah ne kadar naziksin, lütfen demezsen olmaz zaten. Sanki başka çarem varmış gibi, demesen çok fark eder ya her neyse." dedi söylenerek. Kucağına aldı ve kapıdan geçerken kafamı kapının yanına vurdu "Hey, kafamı vur diye lütfen demedim." diye mırıldandım.

"Özür dilerim isteyerek olmadı." dedi.

"İsteyerek olsaydı bir de." dedim ve kıkırdadım.

"Ah Sel, delisin sen gerçekten." dedi ve beni yatağımın üstüne koydu, yavaşça üstüme de yatağın örtüsünü çekti.

"Ben gidiyorum, uyanınca mesaj atmayı unutma." dedi ve başımdan öptü. Genelde yanaktan değil de; ya anlımdan, ya da başımdan öper zaten. "Tamam dikkatli git, Pit."

"Evet?"

"Teşekkür ederim." dedim ve yatağa iyice kıvrıldım.

Uyandığımda saat dörde geliyordu, okul biteli iki saat olmuştu. Yaklaşık yedi saattir uyuyordum. Arabada gördüğüm rüyadan sonra rüya görmedim. Gerçi o da çok sinir bozucu bir rüyaydı ya neyse, hatırlamak istemiyorum zaten. İlk işim önce Pit'e, sonra da Nina' ya olanlarla ilgili abartısız kısa bir mesaj atmak oldu.

İlk mesaj Pit'den, diğeri ise Nina'dandı. Önce Pit'in mesajını açtım.

— GÜNAYDIN BAŞBELASI TAVUKCUĞUM. Mesajı gülerek okudum.

— GÜNAYDIN UYUZUM VE BEN KİLO ALMADIM, SEN GÜÇSÜZSÜN. UYKULUYDUM SAĞIR DEĞİLDİM. diye cevap yazdım.

—AHA HA EN SON NE ZAMAN TARTILDIN ACABA?

Gıcık şey,

—HER NEYSE BENİM DUŞ FALAN YAPMAM LAZIM BAY!

—TAMAM, KEYFİNE BAK, BAY.

Ardından Nina'nın mesajı geldi:

—KORUYUCU MELEĞİMİZ PİT İŞ BAŞINDA YANİ DESENE.

—AYNEN BEBEK.

—TAMAM TATLIM, BİR SAAT SONRA SENDEYİM. Mesajı okuduktan sonra cevap yazmaya gerek duymadan telefonu yatağın üstüne atıp duşa girdim.

Sıcak su ve sabun çok iyi gelmişti. Kendimi dinç ve mutlu hissediyordum. Duşu cidden seviyordum. Neden mutlu hissediyorum, onu ben de bilmiyorum. İçimde güzel şeyler olacak gibi bir his var herhalde ondan. Ya da kendimi temiz ve iyi hissettiğimden de olabilir tabii. Üzerime rahat bir mini şort, onun üstüne de uzun tişört giydim. Saçlarımı kurulamaya gerek duymadan yukarıdan topladım ve camdan dışarıyı seyretmeye başladım.

Hava kararmak üzereydi. Odam üst katta olduğu için, yaklaşık üç kilometre uzaklıktaki komşumuzun evinden gelen ufak ışık huzmesini görebiliyordum. Dalgın dalgın ağaçlara ve gökyüzüne bakarken, karnımın guruldamasıyla kendime geldim. Sahi bugün Nick' le yaptığımız kahvaltıdan beri hiçbir şey yememiştim (kahvaltının tadı damağımda kalmıştı doğrusu). Aşağıya inerken rüyayı unutmuş, sadece Nick'i düşünmeye başlamıştım. Neden bu kadar gizemli, neden bir şeyler saklıyor anlamıyordum. Sanki kendinde dünyanın gidişatını değiştirecek bir bilgi vardı da herkesten gizleniyordu. Ne yalan söyleyeyim, aklımdan acaba devlete çalışan bir casus falan mı diye geçmiyor değildi. Gerçi casusun Hills'de ne işi varsa? Tamam, daha birbirimizi tam olarak tanıdığımız söylenemez (yani benim onu tanıdığım söylenemez) ama bu kadar gizemli davranmasına da gerek yoktu yani. Belki de Nick'in kızları etkileme tekniği de budur. Bende hiç etkili olmuyor orası kesin (aslında etkili olmadığı söylenemez sadece kendime itiraf edemiyorum). Rüyaya gelirsek eğer; evet, ilginç bir rüyaydı. Aslına bakarsanız sadece ilginç bir rüyaydı demekle yetineceğim, çünkü hiçbir şey anlamadım rüyadan. Sadece duygu karmaşası yaşıyordum o kadar.

Doğruca mutfağa gittim. Dünden kalan makarnayı mikrodalgada ısıttıktan sonra, hızlı bir şekilde mideye indirdim. Sonra ise biraz cips ve çikolata hazırlayıp masaya koydum. Nina geldikten sonra kola ile televizyon karşısında tıkınırdık. İçeri geçip koltuğa yerleştim ve huysuz kedim Serseri hemen kucağıma atladı. Birkaç gündür onu ihmal ediyordum. Kulaklarının arkasını okşamaya, kaşımaya başladım. Çok hoşuna gidiyordu. Serseri sanki benim ruh eşimdi, beni öylesine iyi anlıyordu ki. Üzgün olduğum zamanlar yanımdan ayrılmaz, o da benimle beraber somurturdu. Kedimi o kadar çok seviyorum ki, bazen o olmasa ne yapardım diyorum. Başına bir şey gelse çıldırırdım herhalde. Serseri mırıldarken dünden beri babamı hiç aramadığımı hatırladım. Telefonu elime alıp numarasını tuşladım. Tam kapatacaktım ki "Ah tatlım özür dilerim anca yetişebildim." dedi babam.

"Önemli değil baba, rapor vermek için aramıştım. Müsait değilsen sonra konuşabiliriz." dedim. "Aslında duştan yeni çıktım ve iş yemeğine yetişmem gerek canım, sonra konuşsak daha iyi olur." dedi ve o sırada kapı çaldı. "Ah, evet kapı çalıyor zaten Nina gelmiştir. Görüşmen güzel geçer umarım, iyi geceler baba." dedim ve ayağa kalkıp kapıya doğru yürüdüm. "İyi geceler benim düşünceli kızım." dedi ve kapıyı açtım. Kim olduğuna bakmaya gerek duymadan arkamı döndüm ve Serseri'nin masanın üzerine çıkmış olduğunu gördüm. Masadaki cipsleri yalamadan önce ona doğru koştum ve yakalayıp yere bıraktım. Bana ters bir şekilde miyavladı ve bahçeye çıktı. "Bize cips ve çikolata hazırladım, az daha Serseri'ye yem oluyordu." dedim gülerek ve kafamı çevirdim. Nick kapıya yaslanmış bana bakıyordu gülerek. Gözlerimi kırpıştırdım ve şaşkın şaşkın "Sen, sen miydin? Nina'yı bekliyordum, o sandım." dedim. Gülerek "Nina'ya pek benzediğim söylenemez ve biraz hayal kırıklığına uğradım. Benim için hazırladın sanmıştım 'cips ve çikolataları.'" dedi. Cips ve çikolata derken parmaklarıyla tırnak işareti yapmıştı, komik görünüyordu. Şaşkın ifadem yerini gülümsemeye bırakmıştı. Dalgın dalgın bakarken sesi kendime gelmemi sağladı "İyi misin?" dedi.

"A, evet iyiyim neden sordun ki?" dedim.

"Şey, hiç garip baktın, sorayım dedim sadece" dedi ve ellerini teslim olmuş gibi havaya kaldırdı.

"Teşekkür ederim beni düşündüğün için ama gayet iyiyim. Sen neden gelmiştin?"

"Ah üzgünüm!" dedi ve elini cebine attı "Dün barda düşürmüşsün. Sınıftayken bileğinde görmüştüm ve senin olduğunu düşündüm." dedi.

Elindeki bileklik, annemin son doğum günümde (onunla birlikte kutladığım son doğum günü olmuştu) verdiği bileklikti. Annesi de ona vermişti. Aile yadigârıydı ama benim için daha çok annemden bir parçaydı. Annemle geçirdiğim son doğum günü o olmuştu. Annem öldükten sonra bir daha hiç kutlamadım. Sürpriz parti ve hediye kabul etmedim. Bilekliği elinden alıp takmaya çalıştım ama beceremedim. "Bekle!" dedi ve bileğimi yavaşça kavrayıp bilekliği taktı. Taktıktan sonra bileğimi parmağıyla okşadı ve bana masum bir ifadeyle gülümsedi. Ben de gülümsedim ve gözlerimi bileğime çevirip bilekliği okşamaya başladım.

Kafamı kaldırıp "Annemin son hediyesiydi teşekkür ederim." dedim. Gözlerim dolmuştu. Elini yanağıma yaklaştırıp yanağımı okşadı.

Yumuşak bir sesle "Her zaman." dedi ve gülümsedi. Gözlerinin içine baktım. Siyah ve derindi. İçinde kaybolmuştum gözlerinin. Bana bir adım yaklaştı ama hissetmedim, sadece gözlerine bakıyordum. Yaklaştı, yaklaştı ve tam öpecek derken Nina'nın arabasının sesiyle irkildim ve bir adım geri çekildim.

"Şey ben özür dilerim." dedim kekeleyerek. Elini yanağıma yaklaştırdı ama bu sefer sadece okşamadı, gözyaşlarımı sildi. O ana kadar ağladığımı fark etmemiştim. "Hayır, asıl ben özür dilerim." dedi ve yaklaşıp yanağıma bir öpücük kondurdu. Öpüşü yumuşak ve sıcaktı.

Mükemmel anları mahvetmeyi seven bir numaralı arkadaşım; ayaklarını gürültülü bir şekilde taşlı ve toprak zemine sürterek bize doğru yürüdü "Havada aşk kokusu alıyorum." dedi yaramaz bir kız edasıyla. Bir adım geri attım ve "Kapa çeneni Nina!" dedim. Ellerini havaya kaldırıp yanımızdan kıkırdayarak içeri geçti.

Nick'e döndüm ve gülümseyerek "Tekrar teşekkür ederim." dedim.

"Dediğim gibi her zaman." dedi ve göz kırptı. "Kendine iyi bak görüşürüz." dedi.

"Görüşürüz." dedim ve arabasına doğru yürüdü. Siyah bir cipi vardı. Oldukça havalı ve zengin görünüyordu. Peki, neden barda çalışıyordu? Soru listeme bunu da eklemeye karar verdim. Elbet bir gün sorularıma cevap vermek zorunda kalacaktı. Beni az daha öpecekti. Daha tam olarak tanımıyordum bile! Engel olmak için hiçbir şey yapmamıştım. Biraz daha mesafeli davransam iyi olacaktı (en azından kendi iyiliğim için). Tam olarak onu tanımadan bir daha bana yaklaşmasına izin vermeyecektim. Karanlık yönü çoktu (yani karanlık derken hakkında bilmediklerimi kastediyorum). Hem bu kararımda sanırım biraz da rüyamın etkisi vardı. Her neyse, kalp kırıklığı yaşamamak için adımlarımı dikkatli atacaktım o kadar. Nasıl yapacağımı açıkçası bilmiyordum; çünkü yanındayken sanki etkisi altındaymışım gibi her şeyi unutuyordum ve ona kaptırıyordum kendimi. Bu kadar kolay biri miydim ben? Ah Tanrım! Öyle olamam. Kendini topla Sally, saçmalama. Bir erkeğe kendini kolay kaptıran bir kız değildim, olamazdım da. O kadar. Nokta. Kafamdakileri dağıtıp Nina'ya döndüm. Pis bir bakış attım "Hey, sakin ol!" dedi gülerek.

"Her neyse Nina, masanın üzerindekileri bize hazırladım, sehpanın üzerine taşı, ben de içecekleri getireyim." dedim ve biraz yumuşamaya çalıştım. İki büyük kök biralarını doldurup içeri götürdüm. Nina kocaman bir gülümsemeyle "Mükemmelsin!" dedi. Evet, şimdi dersten çıktıktan sonra olanları tek tek anlattım. Rüyamı tam olarak hissettiğim gibi değil de kabataslak anlattım işte.

"Sally, aptal bir rüya yüzünden saçmalama lütfen! Senden hoşlanıyor, gayet açık ve ortada. Kötü bir rüya yüzünden mahvetme her şeyi. Hem belki artık düzenli bir ilişki kurma zamanın gelmiştir. Nick mükemmel bir aday." dedi gülerek.

"Bilmiyorum Nina, biraz daha zamana ihtiyacım var." dedim.

"Hep zamana ihtiyacım var diyorsun, bir kere de akışına bırak olayı. Ama yok, emin adım atmayı sever Sally Hanım. Şimdiye kadar çok işine yaradı sanki." dedi ve fısıltıyla: "Hadi ama Sally, hâlâ bâkiresin ve Nick kesinlikle buna değer." dedi. Yanaklarım kızarmıştı "Kapat çeneni Nina! Tanımadığım biriyle asla yatmam, bunu biliyorsun." duraksadım ve "Hem benliğime aykırı biliyorsun." dedim.

"Tamam, her neyse." dedi ve bardağını uzattı masum kedi bakışını yaparak. İstesem de darılamıyorum ki Nina'ya, o masum bakışlarına bakınca hemen gevşiyorum. Birbirimizi kardeşten öte görüyoruz, aynı ikiz kardeşim gibi. Annem öldükten sonra tek sırdaşım, dostum Nina kaldı. Onu da kaybetmeye dayanamam herhalde.

Nina'yı gerçekten çok seviyorum, sanırsam o da beni aynı düzeyde seviyor.

Bardağını doldurup ona uzattım. Bir şey söyleyecekmiş fakat çekiniyormuş gibi bir hali vardı. Daha fazla dayanamayarak: "Yeter artık çıkar ağzındaki baklayı." dedim.

"Şey, Sel... Iıı, ben bugün yanına gelmeden önce Adam'ı gördüm ve..." dedi, devam etmeye korkuyormuş gibi bir ifadesi vardı, sabırsızlıkla kaşlarımı kaldırıp "Eee." dedim.

"Şey, biz konuştuk. Bana dedi ki, o gece ot çekmiş ve biraz da içmiş; yani aslında açıklama yaptı ve özür diledi."

"Affetmedin değil mi?"

"Hayır, tabii ki o kadar da değil. Ben ağzının payını verdim bir güzel ama beni tehdit etti ve bugünün bitmediğini, tekrar görüşeceğimizi söyledi."

Tanrım gerçekten sinirlerim bozulmuştu. Tehdit etmiş bir de. O kim oluyor da tehdit ediyor? "Şaka değil mi? O kim oluyor da tehdit ediyor seni?" dedim.

"Ben de aldırmadım zaten 'Canın cehenneme ahmak!' dedim ve gazı kökleyip buraya geldim. Dikkat etmedim ama mesaj atıp duruyor. Onu orada bıraktığımdan beri aldırmıyorum ama korkmaya başladım ne yalan söyleyeyim."

"Tamam, o zaman bugün bende kal, annene de arayıp haber verelim. Hastayım değil mi sonuçta?" dedim ve göz kırptım. Böyle korkmuş bir vaziyette, onların evine kadar olan o ıssız yoldan tek başına gitmesine de izin veremezdim.

"Heh, tam da lafı ağzımdan aldın. Ben de sende kalayım mı diyecektim." dedi ve güldü. "Gerçekten birbirimizi çok iyi anlıyoruz Sel." dedi.

"Kesinlikle!" dedim ve biramdan büyük bir yudum aldım.

Saatin nasıl geçtiğini anlamadım. Film ve sohbet derken saat on ikiye geliyordu. Birinin kapıyı yumruklamasıyla irkildik. Önce kapıya, sonra birbirimize baktık. "Birini mi bekliyorsun?" dedi Nina. "Hayır, kimseyi çağırmadım; ayrıca gecenin bir yarısı da kimse gelmez bana senin dışında." dedim. Tam "Kim o?" diyecektim ki kapının öbür tarafından "Nina biliyorum buradasın aç kapıyı!" diye böğürdü ve kapıyı bir kez daha yumrukladı. Nina şaşırmış ve korkmuş bir vaziyette "Adam!" dedi.

Adam, benim evimi bilmiyordu ki, kahretsin psikopat herif! Nina' yı takip etmişti. Nina bana dönüp: "Onu nasıl uzaklaştıracağız buradan Sel? Belli ki sarhoş!" dedi. "Bekle bir fikrim var." dedim ve portmantodan bir beysbol sopası çıkardım. Topa vuracakmış gibi bir ifade takınıp ona döndüm. Nina yüzünü buruşturup saçmalama bakışı atınca "Ne var! Kendimizi savunmamız gerek değil mi ama?" dedim.

"Yardım istesek birinden, daha mantıklı olmaz mı?" diye sordu kaşlarını kaldırarak.

"Ne kadar iyi bir oyuncu olduğumu bilirsin, gerek yok bence." dedim sırıtarak.

"Sel!" dedi bıkkınlıkla homurdanarak.

"Tamam ya şakaydı zaten, ama elimden bırakmam sopayı. Belki bir tane yapıştırma fırsatı çıkar." dedim gülerek.

"Kimi arasak ki?" diye sordum, Nina da hemen atlayıp "Nick'i ara, başka kimse gelmedi benim aklıma." dedi. Cümlesini bitirmesine fırsat bırakmadan, Adam hayvan gibi kapıyı bir kez daha yumrukladı.

"Ama." diye başladım cümleme ama ikinci bir yumruklamayla yarım kaldı.

Nina, "Hadi Sel, ara şunu yoksa kapıyı kıracak." dedi.

"Tamam, tamam." dedim ve telefonu elime alıp öbür elimde yazan numarayı tuşladım. Başka çarem kalmamıştı.

İlk çalışta açtı telefonu.

"Nick, benim Sally, rahatsız ettiğim için özür dilerim şey, ben…"

"Kısa kes Sel!"

"Nina'nın eski sevgilisi kapıya dayandı ve kapıyı yumrukluyor. Kapıyı kıracak diye korkuyorum. Ne yapacağımı da bilemedim, aklıma senden başkası gelmedi. Ama bak gerçekten özür dilerim rahatsız ettiysem, sorun değil. Şey benim bir beysbol sopam var." dedim.

Nick "Hemen geliyorum merak etme." dedi aceleyle ve telefonu kapadı. Nina rahat bir nefes alabildi sonunda. Adam kapıyı tekrar yumruklayınca,"Ben hallederim." dedim ve elimdeki sopayla kapıya doğru yürüdüm.

Nina, "Sel, sakın kapıyı açma, zarar verebilir kafası yerinde değil!" dedi ama onu umursamadım. Nina zaten hep pimpiriklidir. Kapının öbür tarafına bağırdım.

"Adam! Elimde sopam var ve kullanmasını çok iyi biliyorum. Kapıyı açacağım ama geri çekilmeni istiyorum. Sana vurmak gibi bir niyetim yok ama beni mecbur bırakırsan acımam." dedim ve yumruk sesi kesildi. Delikten bakıp Nina'ya "Uzaklaştı." dedim ve elimi kapı koluna götürüp kapıyı açtım.

"Arabanın önüne kadar git!" dedim sert bir sesle.

"Ben sadece Nina'yı istiyorum." dedi Adam.

"Ben senin malın değilim Adam, defol buradan!" diye bağırdı Nina.

"Hey Nina, hayatım seni seviyorum biliyorsun." dedi Adam.

"Sen pisliğin tekisin Adam! Ben seni sevmiyorum, kaybettin beni sonsuza kadar."

Tam o sırada, sanki birisi her şeyi ağır çekime almış gibi gelmişti. Önce Nick'in arabasının geldiğini gördüm ve kafamı ona çevirdim. Aynı anda Adam cebinden bir silah çekip "Seni istiyorum işte o kadar." diye bağırdı. Nick arabasından inip "Bırak elindekini." diye bağırdı. Adam Nick'i görünce Nina' ya dönüp "Beni bu herife mi tercih ettin. Sen benimsin o kadar." deyip tetiği çekti. Aynı anda Nina'nın önüne atladım ve kurşun karnıma saplandı. Adam bir el daha ateş etti, o da aynı yere saplandı. Önce hafif bir sıcaklık hissettim, sonra da keskin bir acı. Acıyla beraber dizlerimin bağı çözüldü, yere düşmeden Nina beni yakaladı "Hayır! Sally bunu neden yaptın? Beni bırakma lütfen Sally!" diye bağırıp ağlamaya başladı. Kalbim göğsümden çıkacakmış gibi atıyor, sesler uzaktan geliyordu.

2.

Talihsiz Kurşun

Nick'in gözlerinden;

Sally aradığında zaten bir terslik olduğunu hissediyordum. Arabaya onun evine doğru gitmek için binmek üzereydim. Onunla konuştuktan sonra lafı uzatmadan hemen arabaya atlayıp gazı kökledim.

Arabadan indikten sonra her şey çok hızlı gerçekleşti. Çocuk benim gelmeme daha da sinirlendi ve cebinden bir silah çıkardı. Silahı görür görmez hamle yaptım ama çok geçti. İki el ateş etmişti. Ne yazık ki Sally, benden hızlı davranıp kendini Nina'nın önüne atmıştı. Çocuğa çenesini kıracak kuvvette yumruk atıp bayılttıktan sonra, Sally'nin yanına koştum. Nina, Sally'e sarılmış ağlıyordu.

"Nina, kendine gel, onu hastaneye götürmeliyiz!" Beni duymuyor gibiydi. Sally'i onun kollarından kurtarıp kucağıma aldım. Arabaya götürürken, "Sally, sakın kendini kaybetme iyi olacaksın." dedim.

Bana gülümseyip "Günün kahramanı ben oldum." dedi.

Ben de gülümseyip "Evet, günün kahramanı sensin." dedim.

Sally'i cipin arka koltuğuna yatırdım. Nina da koşup öbür taraftan binerek, Sally'nin başını kucağına aldı. Hemen arabaya atlayıp gaza bastım. Nina hem ağlıyor, hem de Sally'i ayık tutmaya çalışıyordu. Bir an Sally gözlerini kapattı ve soluk alıp verişini duyamadım. Nina da hissetmiş olmalı ki Sally'nin yüzüne hafif tokat atıp, tepki vermesini bekledi. Tepki vermeyince Sally'i sarsarak "Sally kendine gel! Sel!" diye bağırdı. Sally öksürerek gözlerini açtı. Nina, onu kucaklayıp hıçkırmaya başladı. Sally kesik kesik nefes alıyordu.

Zorlanarak "Ö-özür dilerim, ben korkutmak istemedim, sadece gözlerimi kapatmıştım." dedi.

Nina "Hayır, hayır tatlım önemi yok geldik zaten iyisin." dedi. Söyledikleriyle Sally'den çok kendinin inanmaya ihtiyacı vardı. Ne hız sınırına, ne de trafik lambalarına uydum. Arabaları son gazla geçip hastaneye ulaşmaya çalışıyordum. Hastaneye geldiğimizde Nina' yı içeri yardım çağırması için gönderirken, Sally'i de kucağıma aldım.

Kendimi çok garip hissediyordum. Daha önce de tavlamak, elde etmek istediğim (elde edemediğim olmadı bu arada) çok kız olmuştu ama Sally'e karşı kendimi engelleyemiyordum. Açıkçası kendimi ele vermemek için çok çabalıyordum. İstemesem de içimdeki bir his, deli gibi, hakkımdaki her şeyi anlatmamı istiyordu. Benimle ilgili gerçekleri kaldırabileceğini bilsem, hiç durmam ama... Aslında Sally, gerçekten hoş kız. Bazen kendi amacım adına onu kullandığım için kendime kızıyorum. Belki de gerçekten hoşlanmaya başlıyorumdur Tanrı bilir.

Sally bu haliyle; o kadar masum ve güzel gözüküyordu ki. Hayır, o kız bugün ölmeyecekti. Sally benimdi ve aptalın teki yüzünden onu kaybedemezdim. Elimi yanağına götürüp "Sally iyi olacaksın, iyisin tamam mı? Sakın kendini kaybetme, hastaneye geldik zaten." dedim bütün sakinleştirici ses tonumu ve yeteneklerimi kullanarak.

Zorlukla "Nick." dedi.

"Yorma kendini sonra konuşuruz." dedim.

"Nick ben."

"Şşşş sonraya sakla."

"Nick! Kapat çeneni ve beni dinle. Ben iyiyim yani sanırım, karnım çok acıyor ama..." dedi. Vay canına, bu haldeyken bile olan kararlılığına hayran kalmıştım. Bana 'kapat çeneni!' dedi, o utangaç al yanaklı şey. Beni gerçekten şaşırtıyordu.

"Tamam, her ne diyeceksen önemli değil Sally, sen konuştukça kanaman artıyor bak."

"Nick! Hastaneye geldik zaten beni dinle, senden bir şey istiyorum. Benim eve git ve telefonumdan babamı ara, buraya gelmesini söyle. Nina benimle ilgilenir." dedi sedyeye yerleştirilirken. Gözlerini odaklamakta ne kadar zorluk yaşadığı belli oluyordu ama bana bakıp "Lütfen!" diye fısıldadı ve bayıldı.

Sally'i hemen ameliyata aldılar. Nina hâlâ ağlıyordu, karşısına geçip "Nina benim babasını aramam gerek, yanından ayrılma tamam mı?" dedim ama ağlamaya devam ediyordu, beni duymuyor gibiydi.

"Nina beni duyuyor musun?" dedim.

"Benim yüzümden Nick, benim yüzümden vuruldu."

"Nina beni dinle! Hiçbir şey senin yüzünden olmadı."

"Hayır, benim yüzümden, her şey benim yüzümden." Nina Sally'i çok seviyordu; bu yüzden onun bu halde olması onu şoka sokmuştu. Ne düzgün düşünebiliyor, ne de düzgün hareket edebiliyordu. Sally'nin istediği şeyi yapabilmem ve Sally'nin yalnız kalmaması için, Nina'nın aklının başında olması gerekiyordu. Beni dinlemiyor, bana odaklanamıyordu; kendine gelmesi için tokat attım. O benim gözlerime baktı, ben de onun gözlerine baktım ve "Sally iyi olacak, yanında kalmalı ve ona göz kulak olmalısın. Anladın mı beni Nina?" dedim.

Gözlerinden yaşlar süzülürken, onu kendime çektim ve sarıldım. Birkaç dakika kollarımda ağladıktan sonra içini çekti ve geri çekildi.

"Tamam iyiyim. Gidip yüzümü yıkayacağım ve Sally'nin yanından ayrılmayacağım. Bir şey olursa seni ararım." dedi.

"Elimden geldiğince çabuk dönmeye çalışacağım." dedim. Onu koridorda yalnız bırakarak hastane kapısından çıktım.

Arabayı Sally'nin evine sürerken adeta sinirden köpürüyordum. O aptal çocuk yüzünden bütün planlarım neredeyse altüst olacaktı. Neyse ki kızı zamanında hastaneye ulaştırmıştım. O haldeyken bile babasını düşünen güçlü iradesine hayran kalmıştım. Hayır, hayran kalmamalıydım. Hiçbir özelliğine. Asla!

Yanındayken olan dikkat dağınıklığını bırakmalıydım artık. Zaten zamanım yeterince kısıtlıydı. Elimden geldiği kadar hızlı bir şekilde onu kendime bağlamak zorundaydım. İşin içine duygularımı katmamam gerekiyordu. Daha önce kendimi duygularıma kaptırdığım zamanın cezasını ağır bir şekilde ödemiştim zaten. Öylesine bir acıyı atlatalı zaten çok olmamıştı, tekrar aynı acıları çekmeye niyetim yoktu. Ama nedense sanki Sally, diğerlerinden farklı gibi geliyordu. Yanındayken kontrolümü kaybediyordum. Sally'nin soyunu araştırmam henüz tamamlanmamıştı. Belki diğerlerinden daha güçlü birine dayanıyordu kan bağı. O yüzden beni etkiliyor olabilirdi.

Tamam, itiraf etmek gerekiyorsa öyle olmak zorundaydı. Çünkü beni başka türlü etkilemesine izin veremezdim.

Yeteneklerinin farkında mıydı acaba? Ne kadar özel, diğerlerinden farklı, eşsiz olduğunu biliyor muydu? Bilmiyorsa bile araştırmamı tamamlar tamamlamaz öğreneceği kesindi. Ah, tatlı Sally, güzel Sally, pembe yanaklı, boncuk gözlü, utangaç Sally...

Evin taşlık bahçesinde arabayı durdururken, aklımdaki düşünceleri kovaladım. Düşünmem gereken başka şeyler vardı. Öncelikle cipimin yanında hâlâ baygın yatan şu ahmağı halletmeliydim. Neyse ki yoldayken polisleri aramıştım. Polisler gelene kadar attığım sağlam yumruk sayesinde, baygın kalacağa benziyordu. Evin açık kapısına doğru yürüdüm, kapının önünde Sally' nin kedisi duruyordu. Beni görünce tısladı, onu kenara itekleyip içeri girdim. Hayvanların güçlü sezgileri olduğu kesindi. Sally'nin telefonunu aradım; onu dışarıda tam kendini Nina'nın önüne attığı noktada buldum. Babası ve polislerle konuştuktan sonra hastaneye geri dönmek üzere cipime atladım.

Sally'nin Gözlerinden;

Gözlerimi açtığımda, yatağımın yanında sandalyede oturan babamı gördüm. Uyuyakalmıştı tek eli elimde. Elini sıkmak istedim ama kafamı zor oynatabiliyordum, her yerim çok ağrıyordu. Üzerimden bir tır geçmiş gibi hissediyordum kendimi. Tanrım, bir dakika neler oluyor burada? Ben hastanedeyim. Babamın ne işi var burada? O en son iş için Montana'ya gitmişti. Kafamı toparlayabilmem birkaç saniyemi aldı. Sanırım morfinin etkisi yüzünden, neler olduğunu daha yeni hatırlıyordum. (Iyk, bu ağzımdaki şey de ne? İğrenç, boğazımı yırtacak sanki!) Kendimi biraz zorlayarak babamın elini sıktım. Ama bir tepki vermedi. Bu sefer kendimi fazlasıyla zorlayarak "Baba!" diye bir inilti çıkarmayı becerdim. Vay canına, bir 'baba' demek ne yoruyormuş insanı! Kalbim deli gibi çarpmaya başlamıştı. Derin derin nefesler alıp, sakinleştirmeyi başardım. Babam da çabalarımın meyvesini vermişti. Kafasını kaldırıp "Sally bebeğim, iyisin. Sadece küçük bir ameliyat geçirdin." dedi. Ellerimden öptü ve içten gülümsedi. Sanırım çok korkmuştu. Onun yerinde ben de olsam çok korkardım. Açıkçası ailemizden sadece ikimiz kalmıştık. Ben de gidersem çıldırırdı herhalde.

"Tatlım, ben şimdi işlemleri halletmek için beş dakikalığına yanından ayrılıyorum." (Tabii ki uyanmamı beklemişti, nedense hiç şaşırmadım)

"Nina'yı yeni gönderdim evine, bir duş alıp kendine gelmesi gerekiyordu. Ama birazdan damlar zaten o da buraya, arar haber veririm uyandığını. Çok sevinecek!" Aynı şeyi düşünür gibi birbirimize gülümsedik.

Kapıdan tam çıkarken "Ha bu arada, şu bana haber veren çocuk 'yeni arkadaşın' o da koridorda senin uyanmanı bekliyordu, istersen çağırabilirim" dedi.

'Yeni arkadaşın' derken parmaklarıyla tırnak işareti yapmıştı. Ona gülümsedim ve 'evet' anlamında başımı salladım. Nick beni beklemişti. Aslında onun yerinde kim olsa beklerdi şimdi yani, yanlış anlamamak lazım.

Nick içeri girmeden önce bana baktı ve gülümsedi. Tam yanımdaki sandalyeye oturacaktı ki, kapıdan bir hemşire, doktor ve onun asistanı herhalde yani, üç kişi girdi. Ne yalan söyleyeyim, bu doktorların hepsi de yakışıklı mı oluyor ne? İçeri girer girmez kocaman ve karizmatik bir gülümsemeyle yanıma geldi ve "Geçmiş olsun tatlım, küçük bir operasyon geçirdin, şuan gayet iyisin; kurşun önemli bir yere gelmemiş sadece biraz fazla kan kaybetmişsin, arkadaşların seni tam zamanında bize ulaştırdılar." Dedi, Nick'e döndüm ve gülümsedim.

"Şimdi ise şu ağzında takılı gereksiz şeyi çıkartacağız. Kendini daha iyi hissettirecektir." dedi ve göz kırptı, ben de gülümsedim. Nick'in orada olduğunu unutmuştum bile, bu adamı bütün gün dinleyebilirdim.

"Ah, bu arada iyisin ama yarına kadar burada müşade altında kalmalısın. Malum protokol ve ben Dr. Hall Rich, istediğin zaman şuradaki düğmeden beni çağırabilirsin. Şimdi kımıldama ve dayanmaya çalış lütfen! Hemşire hanım onu çıkarsın, tekrar geçmiş olsun görüşürüz." dedi gülümsedi ve odadan çıktı. İçimi çektim ve hemşireye kafamı salladım.

Nick'e dışarı çıkmasını söylediler. Boğazımdan ince boruyu çıkartırken kusmamak için kendimi zor tuttum. Pek acımadı ama ince borunun ucundan akan ilaç sanırım, tadı o kadar iğrençti ki, şu öksürük şurubundan iki şişe daha içmeye razıyım desem tam yerinde olur.

İşi bittikten sonra doktor asistanı bana dönüp "Kötü hissettirdiğinin farkındayım, içindeki ilaç ağrıların ve bazı şeyler içindi, birkaç dakikaya o iğrenç şeyin tadı da geçer. Bir şeye ihtiyacın olursa beni şuradaki düğmeye basarak çağırabilirsin, hemen gelirim." dedi gülümsedi ve gitti.

Nick geri girmişti odaya "Kendimi daha iyi hissediyorum." dedim ve gülümsedim. O da gülümsüyordu ama içten gülümsüyordu.

"Eh, o şeyle rahat öpemezdin beni" dedi ve o sinsi sırıtışını yaptı.

"Haha çok komiksin! Şuan tek düşüncem seni öpmekti zaten." dedim gülmeme engel olamadım.

"Nina'yı çok korkuttun, kafayı yedi sandım." dedi ve gülümsedi.

"Nina'yla gerçekten iyi dostuz, hatta kardeşten öteyiz diyebilirim; onun yerinde olsaydım ben de aynı durumda olurdum." dedim.

Gülümsedi ve karşılıklı bakışmaya başladık. Ona bakmaktan nefret ediyorum. (iyi anlamda)

"İyisin değil mi?" bu soruyu sanki kulağıma fısıldar gibi söylemişti. Ama bir dakika, dudaklarını oynatmadı. Kaşlarımı çattım ve "Efendim?" diye sordum.

Gözleri büyüdü ve şaşkın bir ifadeyle: "Ne, bir şey söylemedim." dedi. "Bir şey duydum sandım." dedim ve gülümsedim. Bu sefer bana şüpheli gözlerle bakıyordu. "İyi misin Sally?" dedi.

"A evet, evet iyiyim sadece biraz başım ağrıyor." dedim.

"Birini çağırmamı ister misin?" diye sordu "Hayır gerek yok." dedim ve gülümsedim.

"Nick aklıma bir şey takıldı, babamın ne işi var burada, Nina mı haber verdi?"

"Ah hayır, ben haber verdim. Sen demiştin hatırlamıyor musun?" dedi.

"Hayır, hatırlamıyorum son hatırladığım şey silah sesi."

"Önemli değil. Sonrasında hastaneye getirdim seni işte o kadar." dedi ve gülümsedi.

"Adam'a ne oldu peki? En son üstüne atladığını hatırlıyorum." dedim.

"O mu? Onu bayıltmak zorunda kaldım ve seni hastaneye getirirken de yolda polisi aradım. Şuan karakoldadır. Şikâyetçi olursan eğer direkt hapsi boylar." dedi.

"İnan şuan bunların hiç birini düşünmek istemiyorum, başım yeterince ağrıyor zaten." dedim.

"Haklısın kötü şeyler yaşadın, biraz kafanı dinlemen gerek. Ben çıkayım da uyu biraz istersen." dedi sevecen bir gülümsemeyle.

"Teşekkür ederim Nick gerçekten, sen olmasaydın daha kötü şeyler olabilirdi." dedim gülümseyerek. Yine gözlerinde hapsolmuştum. İkimiz de donmuş bir şekilde birbirimize bakıyorduk. Babamın camı tıklamasıyla kendimize geldik.

Nick, "Ben çıkayım artık." dedi ve babama doğru bakış atıp gülümsedi. Ben de gülümsedim ve başımı onaylar gibi salladım.

Babam kocaman bir gülümsemeyle içeri girdi ve "Beni çok korkuttun biliyorsun değil mi?" dedi.

"Elimde olmayan bir şeydi biliyorsun, hiç bana sitem etme." dedim ve gülümsedim. Gerçekten düşünüyorum da ne kadar korkmuştur, birkaç saat önce konuşuyorsunuz her şey gayet normal, sonra yabancı birisi sizi arıyor ve kızınız vuruldu hastanede diyor. Herhalde babamın yerinde olsam şok geçirirdim. "Eh böyle durumlar genelde elde olmaz zaten değil mi?" dedi ve sırıttı.

"Ah baba, lütfen beni hemen şimdi öldürebilir misin!" dedim ve gülümsedim. Tamam, herkes kötü espri yapar ama babamınkiler gerçekten iğrenç. "Ah, bu gerçekten kötüydü." dedi ve gülümsedi. Elimi tuttu ve ciddileşerek "Seni gerçekten çok seviyorum Sally, ne olursa olsun sen benim kızımsın, sakın bunu unutma tamam mı? Ve bunu kızım olduğun için söylemiyorum." dedi ve gülümsedi.

"Ben de seni seviyorum baba, hem babaların görevidir bir kere kızlarını çok sevmek." dedim ve gülümsedim.

"Şey baba, bu arada Nick'e söylesen de artık evine gidip dinlense, gerçekten çok yoruldu benim için ve lütfen nazik davran!" dedim ve gülümsedim.

"Evet, haklısın tatlım. Dünden beri hiç ayrılmadı buradan her şeye koşturdu. Hem şimdilik nazik olabilirim." göz kırptı ve gülümsedi.

Kapıdan çıkarken gülümsüyordum. Dalmış arkasından bakarken, sabahki öksürük krizi tuttu yine. Aman Tanrım! Bu seferki daha beterdi; hem dikiş yerim acıyordu, hem de boğazım yırtılacak gibiydi. İkisi de yetmiyormuş gibi kalbim de sıkışıyordu. Babam ve Nick kapının önünde konuşuyorlardı. Öksürmekten artık nefes alamıyordum. Gözlerim kararırken Nick'in bana baktığını ve babamla birlikte yanıma doğru koştuklarını hatırlıyorum. Sonrası karanlığa gömüldü...

Kendime geldiğimde ağzımda nefes almaya yardımcı, ya da rahat nefes almamı sağlayan, aman her neyse işte o cihazdan takılıydı (maske gibi olanlar var ya, hah işte ondan siz anladınız beni). Bir tarafımda Nina ve Nick oturuyordu. Nina yine ağlıyordu, Nick ise "Artık iyi tamam, ağlamana gerek yok." diyerek onu teselli etmeye çalışıyordu. Babam ise dışarıda doktorla konuşuyordu.

"Nina, Sally senin böyle ağladığını görürse daha çok üzülür ve kötü olur ağlama artık." dedi.

Ağzımdaki maskeyi çıkartıp "Hey neler oluyor?" dedim. Nina bana doğru döndü ve gözlerini silip yanıma doğru koştu. Kocaman gülümseyerek "Hiçbir şey, hiçbir şey her şey yolunda iyi misin?" dedi.

"Harikayım diyemem ama iyiyim. Ne oldu Nick, babam doktorla ne konuşuyor?" diye sordum.

"Aslında tam olarak bilmiyorum, sanırım son durumunla ilgili." dedi.

"Sally, gerçekten çok üzgünüm her şey benim yüzümden oldu." dedi Nina ve gözleri doldu. Ah ne sulu gözlü arkadaşım var benim.

"Nina gayet iyiyim saçmalama lütfen, hiçbir şey senin yüzünden değil ve ağlamayı kes artık." dedim ve gülümsedim.

"Tamam, tamam." dedi ve gülümsedi.

Babam ve o karizmatik Doktor Hall içeri girdi. O mükemmel sıcak (seksi de diyebiliriz) gülümsemesini yaptı ve "Nasılsın bakalım?" diye sordu. "İyiyim aslında iyiydim de ne olduğunu pek anlamadım. Babamı aydınlattığınız gibi beni de aydınlatırsanız çok sevinirim." dedim ve gülümsedim.

"Evet, Sally seninle açık konuşacağım. Çünkü bundan sonra dikkatli olmak zorundasın." İmalı gözlerle baktım ve devam etti, "Yani, son bayılmanda kalbin neredeyse durmak üzereydi; farkında değilsin belki ama neredeyse yarım gündür baygınsın. Bu arada biz de gerekli tetkikleri yaptık ve biraz önce babana anlattığım sonuçları elde ettik. Sally üzgünüm ama sende kalp yetmezliği var; bundan sonra heyecanlanmak, yorulmak yok. Arkadaşlarının anlattığı son bayılman ve başlayan öksürük krizlerin de bunun belirtileriydi. Son yaşadığın olaylarda kalbin daha da zayıfladı ve öksürük krizinde nefessiz kalmana neden oldu. Şanslısın ki hastanedeydin. Bundan sonra dikkat etmezsen böyle olacak; ilaçlarını düzenli alman gerek, onlar öksürüklerini engelleyecek. Artık dikkatli olmazsan ölebilirsin, anlıyorsun değil mi beni Sally?" dedi.

"Şey ben, anladım sadece..." diyebildim, daha fazla konuşamadım. Sanki kelimeler boğazımda düğümlenmişti. Nina yeniden ağlamaya başlamış, Nick onu dışarı çıkarmıştı. Odada sadece babam ve ben kalmıştık. Doktor da bir şeyler söylemiş ve çıkmıştı. Babamın arkası dönüktü, eminim şuanda ağlamamak için kendini sıkıyordur.

"Be-ben iyiyim sadece daha dikkatli olmam gerekiyor, üzülecek hiçbir şey yok." diye kekeleyebildim sadece. Bana doğru döndü, gözleri dolmuştu ve sarıldı "Araştıracağım en iyi doktorları, daha iyi olacaksın, sana bir şey olmayacak." dedi. Açıkçası hâlâ şoktaydım, ağlayamıyordum da geri çekildim ve gülümsedim "Ben iyiyim." dedim.

Başını salladı, "Hey baba! Şu sulu gözü susturur musun artık? Ve bana veremli gibi davranmamasını öğütle lütfen!" gülümsedim ve devam ettim: "Kendimi çok yorgun hissediyorum, sanırım ilaçlardan. Biraz uyuyabilir miyim lütfen?" dedim.

"Evet, tatlım ben de işlemleri halledeyim zaten rahatına bak." dedi ve odadan çıktı. Babam odadan çıkar çıkmaz doktorun dediklerini düşünmeye fırsat bile kalmadan uykuya daldım.

Rüyamda ne yer, ne de zaman kavramı vardı. Her yer grinin ve siyahın tonundaydı. Yalnız olduğumu sanırken yanımda birinin varlığını hissettim. Döndüğümde Nick ifadesiz bir şekilde bana bakıyordu. Gülümsedim ama hiçbir tepki vermedi. "Neredeyiz?" diye sordum. Soru sormama çok şaşırdı, hatta onu gördüğüme bile şaşırmış gibiydi. Hiçbir şey söylemedi, ifadesi de değişmedi sadece bakışları değişti. Düşünceli bakışları vardı. Bana bakmayı bırakıp önüne döndü ve yürümeye başladı. Arkasına bakmadan yürüdü, yürüdü ve siyah ve gri renklerinin oluşturduğu toz bulutunda kayboldu. Arkasından koştum, bağırdım ama yetişemedim. Tek başıma kalmıştım ve bütün renkler üstüme üstüme geliyordu sanki. Hafif bir sıçramayla uyandım. Gözlerim hemen odayı taradı ve koltukta oturan babamı buldu. Rüyayı hatırlamıyordum ama sıçrayarak uyandığıma göre rüyamda bir yerden düşmüştüm.

Kafamı çevirince uyandığımı fark edip "Hey, günaydın nasılsın?" dedi.

Gülümsedim "İyiyim, Nina yok mu?" dedim.

"Kendine kahve, bana da çay almaya gitti şimdi gelir." dedi ve devam etti, "Bu arada Dr. Hall her şeyin yolunda gözüktüğünü, istersek bugün çıkabileceğimizi söyledi." dedi.

"Ah harika, nerdeyse dört gündür buradayız ve ben yeterince kokuştum. Eve gidelim ve rahat rahat odamda dinleneyim olur mu?" dedim.

"Evet, haklısın hastaneler adamı daha çok yoruyor. Nina'yla konuşur, yanına gönderirim. Ben çıkışımızı hallederken o da hazırlanmana yardım eder." dedi.

Arkama yaslandım ve derin bir nefes aldım. Vay canına! Bir hafta içinde neler yaşadım ben böyle. Bir de bu hastalık eksikti zaten, artık ot gibi yaşayacaktım. Heyecan yok, eğlence yok (kısaca inek hayatı diyelim). Ben de şans olsa zaten. İç çektim ve yeni hayatımın planlarını içeren saçma düşüncelere daldım.

Düşünüyorum da; bu durumdan en çok Nina zararlı çıkacak herhalde. Ah! Bir de Nick var, tam da aramızda bir şeyler olmaya başlamıştı. (ufak kıvılcımlar diyelim) Eminim benim hakkımdaki düşüncelerinden vazgeçmiştir. Haklı da vazgeçmekte, onun gibi yakışıklı, seksi biri benim gibi hastalıklı birini ne yapsın ki. Yerinde olsam ben de aynı olurdum. Yani bir düşünsenize; tam öpüşeceksiniz, kız heyecandan kalpten gidiyor ve sizin üstünüze kalıyor. Yok, ben almayım diyordur şimdi içinden. Hey! Bu arada bir öpücük için heyecanlanan ben değilim örnek verdim sadece. O kadar da ezik değilim yani lütfen. Gerçi öpen Nick olunca durum biraz değişebilir.

Nina kapının önünde dikiliyordu. Girip girmemek arasında gidip geliyor gibiydi. Kafamı kaldırıp ona baktım, baktığımı görünce gülümsedi ve içeri girdi.

Gülümsedim "O kadar kötü gözükmüyorum değil mi? Eminim Nick bu tipimi gördükten sonra bütün düşünceleri değişmiştir." dedim.

"Açıkçası her zamanki halin ve fikrinin değiştiğini sanmıyorum. Hazırlanalım ve çıkalım da şu iç karartıcı yerden, ben senin tipini düzeltirim." dedi ve gülümsedi.

Her an ağlamaya hazırmış gibi burnunu çekti "Hey bak baştan konuşalım doktor ne dediyse desin, her şey eskisi gibi olacak. Bana veremli gibi davranmanı istemiyorum." dedim.

Bana döndü ve "Tamam o zaman, madem öyle; şimdi kaldır koca poponu da buradan gidelim." sır verir gibi yatağa doğru eğilip "O yakışıklı doktora söyleme ama hastane koltukları hiç rahat değil, her yerim uyuştu yani."

"Şey, o konuda ufak bir problemim var." Dudaklarımı büzüp burnumu büktüm.

"Hangi konuda?" dedi kaşlarını çatarak.

"Popomu kaldırma konusunda biraz yardım etsen fena olmaz, dikiş yerleri falan acıyor da." dedim kaşlarımı imalı imalı oynatarak.

"Ah evet, haklısın." dedi ve gülümsedi.

Koluna girdim ve üzerime bir şeyler giydim. Babam elinde bir tekerlekli sandalye ile geldi. Ona bakıp gözlerimi devirdim "O şeye binmemi beklemiyorsun değil mi?" dedim.

"Hey o kadar da kötü değil ama hem dikişlerinin açılmasını istemeyiz değil mi?" dedi.

"Of peki, başka çarem yok gibi." dedim ve sandalyeye oturdum. Kendimi çok garip hissediyordum.

"Biran önce gidebilir miyiz lütfen!" dedim.

"Ben sürerim!" diye atıldı Nina heyecanla.

"Bu arada Sel, sen baygınken Pit geldi. Şimdi de büyük ihtimal arabanın yanında bekliyordur." dedi.

"Kim haber verdi acaba?" dedim ve Nina'ya döndüm.

"Ne, ne var aramasaydım daha kötü olacaktı. Sonuçta sen ona emanettin Sel. Eminim kendini çok kötü hissetmiştir." dedi.

"Haklısın." dedim. Haklıydı da hatta baştan onu değil de, Nick'i aradığım için bile kırılmıştır eminim.

"İlk Nick'i aradığımızdan haberi var mı?" dedim.

"Ah hayır, söylemedim!" dedi.

"Söyleme de zaten, Nick'le karşılaşmamız tesadüf tamam mı? Onu değil de Nick'i aradığımızı öğrenmemesi daha iyi." dedim.

"Bence de, bir de onunla bozuşmayalım." dedi.

Zaten ben ne diye Pit'i değil de Nick'i aradıysam, ona da anlam vermiş değilim. Aslına bakarsanız nedenini biliyorum ya, oralara girmeyelim en iyisi (hata sende Sally, hemen Pit'i aramalıydın). Pit sorarsa eğer; aniden oldu falan der bir bahane bulurdum, artık başka çare yoktu. Düşünüyorum da aslında Pit'e ne bahane bulacağım pek de umurumda değil. O kadar şey atlattım canım hayret bir şey. Bu konu olsa olsa kafamı yoracağım en son şey olur.

"Selam, baş belası." dedi Pit gülümseyerek. Arabaya binmeme yardım etmek için gelip koluma girdi. Yüzümü buruşturarak "Selam." dedim ve çarpık da olsa gülümsedim. Arabayı Pit kullanıyordu babam da yanında, Nina ile bende arkadaydık. Nina'ya yaklaşıp fısıltıyla "Nick'i gördün mü bugün?" dedim. Dudaklarını oynatarak "Hayır." dedi.

Ah, işte gelmemişti. Düşüncelerimde haklıydım sanırım, ne yapsın ki benim gibi bir ucubeyi Tanrı aşkına! Ne diye hayal kırıklığına uğruyorsam bir de.

Başımı cama yaslayıp yolu seyretmeye başladım. Ağaçlar ve evler yanımızdan hızla geçerken, rüyamın parça parça görüntüleri canlandı hafızamda. Sanki Nick benden uzaklaşıyormuş, (tabii ki mecazi anlamda) yani beni terk ediyor gibiydi. Babamın "Evim evim güzel evim." demesiyle düşüncelerden sıyrılıp kendime geldim. Gülümsedim ve "Katılıyorum." dedim.

Gerçekten de ev gibisi yok. Pit arabadan inip yanıma geldi "Yürürüm dedim." gülümsedim ve adım atmamla yüzümü buruşturmam bir oldu.

"Sanırım yürüyemem." dedim ve sırıttım. "Gerçekten baş belasısın." dedi. Kocaman bir gülümsemeyle beni kucağına aldı.

Eve girince 'Nereye' der gibi bana baktı, ben de "Odama, lütfen!" dedim gülümseyerek. "Emredersiniz hanımefendi." dedikten sonra merdivenleri çıkmaya başladı. Odaya girip beni bıraktı ve "Başka emriniz var mıydı?" dedi sırıtarak.

Hafifçe gülümseyerek "Kalanları ben hallederim Sör Pit çekilebilirsiz." dedim ve kıkırdamaya başladım.

"Biraz ciddiyet lütfen!" dedi kocaman gülümsedi. Tekrar kıkırdadım ve "Bana diyene bak." dedim.

Bir an ciddileşip "Hep böyle gülümse." dedi ve başımdan öpüp odadan çıkarken, ufak bir reverans yaptıktan sonra hafifçe gülümseyerek odadan çıktı. Ah, deli çocuk! Anlaşılan o da bayağı endişelenmişti. Duvarlardan tutunarak banyoya gittim ve suyu açtım. Kendimi iğrenç ötesi hissediyordum, güzel bir banyo iyi gelecekti. Ufak bir tereddütten sonra küveti doldurmayı seçtim. Duş hızlı olurdu, sıcak suyun ve sabunun keyfini çıkarmak istiyordum. Üzerimdekileri kirli sepetine attıktan sonra sıcak suyun keyfini çıkardım.

Bütün gün düşünmeyi reddettiğim Nick'i düşündüm. Bütün burada kaldığım vakit düşündüm... Düşündüm... Ama hiçbir aşama kat edemedim. Sonunda farkına vardım ki; Nick'le konuşmadan, onu doğru düzgün tanımadan kafamdaki hiçbir soruma cevap alamayacaktım. Kendi kendime 'Ne kadar düşünmekten kafayı yersen ye Sally, bu şekilde hiçbir yere varamazsın.' dedim gerçeği kabul ettim.

Yumuşak bornozumu ve saçlarıma havluyu dikkatlice geçirdikten sonra aynada kendime baktım. Çökmüş gibi gözüküyordum. İçimden kendime kıs kıs gülerek 'Her zamanki halin Sel.' dedim. Tanrım Sel lafından nefret ediyorum ve kendim bile kullanıyorum. Bütün bu düşünceler kafamdan geçerken kıkırdamaya başladım. Onaylamayan bir tavırla hafifçe gülümsedim ve başımı iki yana salladım.

Duştan sonra kendimi tazelenmiş ve daha dinç hissettim. Kurulanıp üzerime pijamalarımı giydim. Tam yatağa oturacaktım ki susadığımı fark ettim. Hay lanet... Aşağı inmem gerek. Merdivenlerden yavaş yavaş indim. Parmak uçlarımda indim desem daha doğru olur. Babam ondan istemediğim için büyük ihtimal azarlardı. Sinsi sinsi mutfağa girerken babamın evde olmadığını fark ettim ve rahat bir nefes aldım. Kesin garajda bir şeylerle uğraşıyordur. Kocaman bir bardağa su doldurdum. Küçük bir yudum aldıktan sonra oturma odasına doğru yürüdüm. Piyanom bana masum masum bakıyordu, herhalde yaklaşık iki aydır çalmıyorumdur. Su bardağımı piyanonun üstüne koydum, tuş kapaklarını yavaşça itip açtım, tuşlara hafifçe dokundum (okşar gibi). Sanki beni kendine çekiyormuş gibi en sevdiğim parçayı; Bach'ın Goldberg Varyasyonları'nı çalmaya başladım. O kadar huzur veriyordu ki bana notaların tınısı. Hayatım boyunca hiç durmadan huzur bulmak için bu parçayı çalıp dinleyebilirim.

Müziğin büyüsüne kaptırmıştım kendimi, son notalara yavaşça basarken duygu karmaşası yaşıyordum.

Arkamdan bir ses, "Çok güzeldi!" derken sıçradım ve hızla arkama döndüm. Yaptığım hareket karşısında anında pişman olarak yüzümü buruşturdum. Dikiş yerlerim çok acımıştı. Nick kapıya yaslanmış endişeli gözlerle bana bakıyordu "Özür dilerim seni korkutmak istemedim." dedi.

"Şey... Ben teşekkür ederim." dedim kekeleyerek.

"Çok güzel çalıyordun bölmek istemedim." biraz duraksadıktan sonra o sinsi gülüşünü yaparak "Çaldığını söylemiştim, bana 'hayır' demiştin." dedi. Omuz silktim "Sinirimi bozmuştun." dedim ve karnımın sızısını yok sayarak hafifçe gülümsedim.

Aman Tanrım... Kafama daha yeni dank etti. Korkunç haldeydim. Hortlaklara benziyordum ve orda durmuş bana bakıyordu. Eminim bu tipimi gördükten sonra bana ne hissediyorsa hepsi uçup gitmiştir. Rahatsızca yerimde kıpırdandım, arkamı ona döndüm. Tuşları hafifçe okşadıktan sonra kapağını kapattım ve bardağıma uzandım. Benden önce bardağı alıp bana uzattı. Hey! Bir dakika az önce kapının orada değil miydi? Ne çabuk yanıma gelmişti.

Şimdi ise çok yakınımda duruyordu. Elini yanağıma götürüp işaret parmağıyla yüzümü okşadı. İçim titredi. "Çok yorgun gözüküyorsun." dedi.

Gülümsedim. Nefesim kesilmişti, kelimelerin ağzımdan çıkmasına şaşırarak "Öyleyim galiba." dedim.

"Ne zamandır çalıyorsun?" diye sordu.

Sırıttım "Ah yoksa hakkımda bilmediğin bir şey mi var?" dedim.

"Sanırım öyle." dedi oda sırıtarak. Sırıtmak çok yakışıyordu ona, aslında bütün yüz ifadeleri çok yakışıyordu ona. Hayır, hayır, hayır Sally kendine gel yine kaptırıyorsun. İçimden kendimi silkeledim ve sakin bir ses tonuyla "Yaklaşık on iki yıldır falan." dedim.

Düşünceli bir ifadeyle "Öğretmenin gayet iyiymiş." dedi.

Gözlerim donuklaştı ve "Evet, öyleydi. Annem öğretmişti o da çalardı." dedim.

"Ah, üzgünüm!" dedi gerçekten üzgün bakışlarıyla, "Önemli değil." dedim.

Başım dönmeye başladı, o da bunu anladı ki elini belime doladı ve "İyi misin?" diye sordu.

"Ah biraz yorgunum ve malum hastanede hep uyudum, pek bir şey yeme fırsatım olmadı. Gerçi... Nina birazdan gelip bana kocakarı çorbası yapacaktı." dedim ve yüzümü buruşturdum. O da yüzünü buruşturunca kıkırdadım. Nina'yı hastane dönüşü, onun da duş alması için evine bırakmıştık.

"Çok güzel bildiğim bir çorba var, istersen yapabilirim ve kesinlikle kocakarı çorbası olmadığını garantileyebilirim." dedi ve gülümsedi.

"Ah, yemek konusunda fazlasıyla yetenekli olduğunu daha önce tecrübe etme fırsatım oldu." dedim gülümseyerek.

Beni omuzlarımdan tutup koltuğa oturttu ve "O sadece kahvaltıydı, asıl çorbamın tadına bayılacaksın." gülümsedi ve devam etti "On dakika içinde hazır olur, sen burada uzan sakın kıpırdama!" dedi ve beni oturma odasında tek başıma bıraktı.

Tanrıya şükür ki yalnızlığım uzun sürmeden tonton kedim Bay Serseri yanıma gelip, dudaklarımın kenarını yaladı. Burnuna ufak bir öpücük kondurdum ve yanıma kıvrılıp yattı.

Elimle başını okşadıktan sonra hemen koltuğun yanında elinde tepsiyle dikilen Nick "O şişman kediyi kıskanabilirim." dedi sinsi gülümsemesini yaparak. Ah, nutkum tutulmuştu.

"Şey, harika kokuyor." diye kıvırdım. Nick Serseri'ye ters ters bakınca, Serseri de anlamış gibi kalkıp miyavladı ve aksi hareketlerle öbür koltuğa kıvrıldı. Serseri'ye şaşırarak baktım ve Nick'e döndüm "Lütfen kedime nazik davran!" dedim ve sırıttım.

"Ah, kedi tüyü ve çorba hiç iyi bir kombinasyon değil." dedi bilmiş bilmiş. Dudaklarımı büzdüm ve tepsiyi almak için uzandım. Ama tepsiyi bana vermedi. Koltuğun önündeki küçük masaya oturup bacaklarını masa gibi dik konuma getirdi ve tepsiyi üzerine koydu. Tek kaşımı kaldırdım ve ne yaptığına anlam veremiyormuş gibi baktım.

"Ne, yemek yediğinden emin olmak ve seni yerken seyretmek istiyorum" dedi yumuşak ve içimi ısıtan sıcak bir ses tonuyla. Hafifçe dudaklarını kıvırdı ve 'hadi bekliyorum' bakışı attı.

Tereddütle "Tamam." dedim.

Gerçekten Nick'e bir türlü anlam veremiyorum; bir sinsi, bir iyi. Ah tanrım, bu erkekleri hiçbir zaman çözemeyeceğim.

Çorbadan küçük bir yudum aldım.

"Iımm, gerçekten harika!" dedim hayretle ve gülümseyerek.

Bir şey söylemedi sadece sırıttı ve beni izlemeye devam etti.

Çorbayı bitirirken üzerime bir ağırlığın çöktüğünü hissettim. Gerçekten lezizdi. Hayatım boyunca böyle bir çorba içtiğimi sanmıyorum. Tepsiyi aldı ve arkasına, masaya koydu. Nina'nın eve gittiğine sevindim doğrusu.

"Nina'nın çorbasını yemek zorunda kalmadığım için seviniyorum." dedim.

Gülümsedi. Gözlerinde kayboldum. Bir an bile göz temasından kaçınmıyordu. İstemeyerek de olsa esnedim.

"Bugün seni göremedim hastanede, orada olursun sanmıştım. Şey, tabii olmak zorunda değildin. Saçmalıyorum işte." dedim ve bir kez daha esnedim. Gülümsedi "Üzgünüm işlerim vardı. Bilirsin bar işte. Gelmek isterdim ama olmadı." dedi. Gözlerini üzerimden ayırmıyordu. Her bir zerremi ezberliyordu sanki.

Ahh, tanrım eriyorum galiba. Az önce bana açıklama mı yaptı, bana mı öyle geldi? Omuz silkti ve gülümsedi

"Sanırım oldukça yorgunsun, seni yatağına götürsek iyi olur." dedi. Ayağa kalktı ve bana tepeden baktı.

Mırıldanarak "Burada uyusam olmaz mı? Yukarı çıkacak halim yok." dedim.

"Koltukta mahvolursun ben çıkarırım seni." dedi yine o sinsi gülümsemesiyle. Pardon ama beni aydınlatır mısınız, Nick benim odama mı çıkıyor yoksa her an uyanabileceğim bir rüyada mıyım?

Tamam, itiraf ediyorum çok hoşuma gitti bu jesti; ama yine de araya mesafe koymalıydım. Aradaki çekimi ve sessizliği bozmak için pat diye "Babamı gördün mü?" diye sordum.

Dikkati dağılmış gözlerindeki kör edici, insanı kendine çeken yoğunluk gitmişti.

"Ah, ben gelirken kapıda karşılaştık. Alışveriş için markete gideceğini ve gelene kadar sana göz kulak olmamı söyledi." dedi o sinsi gülümsemeyle. Ah, o sinsi gülümseme yok mu, beni öldürüyor. Gülümsemesi yetmez gibi bir de sinsi sinsi bakıyordu. 'Elimden kaçamazsın' der gibi.

Gülümsedim. Lanet olsun gülümseme Sally, ipleri elinden kaçıracaksın.

Temkinli bir ifadeyle "Tamam o zaman." dedim. Başka bir şey dememi bekler gibi bakıyordu.

"Şey, sanırım dinlenmeliyim." dedim. Esnedim, güzel bir banyo ve karnım doyduktan sonra uyku üzerime çökmeye başlamıştı. Merdivenlere doğru yürüdüm. Arkamda olduğu yerde duruyordu. Hayır, yüz vermeyecektim. Ne bekliyordu ki ben çağırmadım onu sonuçta. Tamam, gelmesine sevindim hatta fazlasıyla sevindim ama sadece bir arkadaşımın ziyareti gibi sevindim.

Yani... Sanırım. Tanrım kendimi bile kandırmayı beceremiyorum.

Ağır adımlarla yürürken "Yardım ister misin?" diye sordu nazik ve yumuşak ses tonuyla.

"Iıımm. Gerek yok sanırım indiğim gibi çıkabilirim." dedim, bu tiple olmayı becerebileceğim en şirin gülümsememi takındım.

"Tamam, öyleyse." dedi sırıtarak ama hâlâ olduğu yerde dikiliyordu.

İlk basamağa adımımı atmamla yüzümü buruşturmamam bir oldu. Yavaşça döndüm ve yüzümü buruşturarak "Sanırım yardıma ihtiyacım olabilir." dedim.

Hâlâ sırıtıyordu. "Tahmin etmiştim." dedi bilmiş bilmiş. İrade bu kadardı işte. Daha fazla dayanamadım ve ben de sırıtmaya başladım. "Nedense hiç şaşırmadım." dedim. Salak gibi sırıtıyordum.

Bilinçaltım bana küfür ediyordu. Nick, seri ve çekici bir hareketle yanıma gelirken onu duymazlıktan geldim ve Nick manzarasının tadını çıkardım. Kolunu uzattı, ondan destek alarak ikinci basamağı çıktım. Daha iyi gibiydi. Üçüncü basamağa adım atarken karnımdaki dikişlerin zorlandığını hissettim ve tekrar yüzümü buruşturmak zorunda kaldım.

"Daha fazla zorlamayalım istersen." dedi ciddi bir bakış atarak ve ben daha ne olduğunu anlamadan kucağına aldı. Şaşkınlıktan küçük bir çığlık attım ve düşmemek için sıkıca boynuna sarıldım.

Gözlerimiz buluştu. Sadece sonsuzluk vardı o an, büyüleyici gözlerinde kaybolmuştum. Gözlerini gözlerimden ayırmadan "Tam bir baş belasısın." dedi ve dudaklarının kenarları hafif bir tebessümle kıvrıldı.

"Şikâyetçi misin?" diye sordum onun gibi gülümseyerek. Sorumu tartar gibi kafasını iki yana yatırdı. Gözlerime tekrar baktı ve o sinsi gülümsemesini yaparak "Sanırım hayır." dedi. Sırıttım, o da sırıttı.

Önüne döndü ve merdivenleri çıkmaya başladı. Kafamı omzuna yasladım. Boynundan yeni biçilmiş çimen ve deniz kokusu karışımı gibi bir koku yükseliyordu. Aslına bakarsanız tarif etmek çok zor, en yakın tarifim bu diyebilirim. Derin bir nefes daha çektim kokudan. Kafam omzunda tekrar esnedim. Uykulu ses tonuyla "Hakkımda bu kadar çok şeyi nerden biliyorsun." diye sordum.

Bu ani sorumla onu adeta köşeye sıkıştırmıştım. Şaşkın gözlerle bana baktı.

"Şey... Ben..." dedi ama devamını getirmedi. Daha doğrusu getiremedi.

Hangi oda olduğunu sormadan direkt odama doğru yöneldi. Alın size bir soru işareti daha. Odamın kapısı zaten aralıktı içeri girdi ve beni yatağın yanında kucağından indirdi.

Samimi bir gülümseme gönderdi. Yüzümü ifadesizleştirdim, gülmemeliydim.

"Teşekkürler, ama sorumu cevaplamadın." dedim tek kaşımı kaldırarak. Son derece ciddi bir konuydu. Sorumun cevabını beklerken kollarımı birleştirdim.

"Sally, ben..." dedi ve kapı zili çaldı. Ah, tanrım lanet olsun tam zamanında. Rahatlamış gibi nefesini verdi. Nefesini tuttuğunun farkında değildim. Aşağıdan babamın sesini duydum.

"Sel, özür dilerim anahtarım olduğunu unutmuşum" diye bağırdı.

Tanrım baba, zamanlamandan nefret ediyorum. "Sorun değil." diye seslendim. Hayır, baba hayır sorun var. Lanet olsun tam da cevabımı alacaktım. Sinirden kudurmak üzereydim. Nick ne düşündüğümü anlamış gibi sırıtmaya başladı.

"Nick gülme!" dedim sinirle.

Gülümsemesi daha da büyüdü. Ben de gülümsemeye başladım. Deli gibi sinirden gülüyordum.

"Nick, sinirliyken beni de güldürme!" dedim ama hâlâ gülüyordum. Ufak bir kahkaha attı daha fazla dayanamadım ben de kıkırdadım. İkimiz de kahkaha atmaya başladık.

"Nick, lütfen güldürme karnım acıyor!" dedim gülmemi bastırmaya çalışarak.

Elini yüzüme yaklaştırdı ve başparmağıyla yanağımı okşamaya başladı. "Haklısın, yorgunsun." dedi. Gözlerim, gözlerinden dudaklarına kaydı. Dolgun ve biçimli dudakları vardı. Dudaklarımı yaladım.

Kendimi toparlayıp, "Şey... Ben... Gitsen iyi olur." dedim kekeleyerek. Sık nefes alıyordum, kalbim deli gibi çarpmaya başlamıştı. Bu çocuk bana ne yapıyordu böyle?

Dudaklarını kulağıma yaklaştırıp fısıltıyla, "Gitmemi mi istiyorsun?" diye sordu.

"Nick, üzgünüm ben yapamam. Yani sen tam bir muammasın kafamı karıştırıyorsun." dedim.

"Kafanı mı karıştırıyorum?" diye fısıldadı tekrar. Nefesi boynuma vururken titredim.

Gözlerimi yumdum, yutkundum cevap verecek sesimi bulamadım ve onaylamak için başımı salladım.

Sırtını dikleştirdi ve "O zaman okulda görüşürüz Mallette, kendine dikkat et." dedi ve yüzüne ciddi bir gülümseme yerleştirip arkasına bakmadan odadan çıktı. Yatağa oturdum ve düşündüm, düşündüm ve düşündüm. Her zamanki gibi bir yere varamadım. Bir an şefkatli bir an, ciddi bir an, sinsi, karanlık, serseri... Listenin bir sonu yok ne yazık ki.

Çözemiyordum Nick'i, çözebileceğimi de sanmıyordum açıkçası. Aşağıdan babam ve Nick'in kahkahasını duydum. Ardından kapının kapanma sesi. Pencereye doğru yürüdüm. Nick arabaya girdi ve kafasını direksiyona dayadı. Ne düşünüyordu acaba? Öğrenmek için nelerimi vermezdim. Telefonunu kulağına götürdüğünü gördüm. Konuşurken daha ciddi bir yüz ifadesi vardı. Kısa bir konuşma oldu. Telefonu kapattıktan sonra elini direksiyona vurdu. Bir şey çok sinirlendirmişti onu. Çatık kaşlarla onu izliyordum, kafasını kaldırdı ve bana baktı.

Yüz ifademi hiç değiştirmedim. Sinirli gözlerle kısa bir an bana baktıktan sonra arabayı çalıştırdı ve gitti.

Düşünmekten başım ağrımaya başlamıştı. Penceremin önündeki divana oturmuştum. Doktorun verdiği ilaçlardan birer tane alıp yatmaya karar verdim. Tanrım çatlayacak gibiydi, gittikçe şiddeti artıyordu sanki. İlaçlarımı aldım, yatağa kıvrılıp etkisini göstermesini bekledim. Ağrı yavaş yavaş dinerken ben de uykuya daldım.

Telefonumun teli gibi titremesiyle uyandım. Etrafıma bakındım odamdaydım. Telefonum hâlâ titriyordu, ah, tabii bir de nerde olduğunu bulabilseydim harika olurdu. Telefonu yatağın altında buldum sonunda. Kim olduğuna bakmadan aceleyle cevapla tuşuna bastım.

"Bebeğim on dakikaya sendeyim. Geçmiş olsun kafa bulmasına hazır mısın?" dedi neşeli bir sesle. Hızlı hızlı konuşuyordu lafını kestim "Hey Nina sakin ol, ne içtin sen enerji patlaması yaşıyor gibisin." dedim.

"Hayır, bebeğim bir şey içmedim. Bu hafta kaçırdığın bomba gibi dedikodular var. Onları anlatmak için sabırsızlanıyorum sadece ve ıımm şey, iyi olduğun için mutluyum o kadar." dedi. Son söylediğini söylerken sesi buruk çıkmıştı. Yüreğim burkulmuştu, teselli etmek için sesimin neşeli çıkmasına sevinerek hevesli hevesli "Tamam bekliyorum o zaman." dedim ve telefonu kapatmadan "Ah, bu arada gelince direkt yukarı çık. Babamın bizi yalnız bırakacağını hiç sanmıyorum." homurdandım.

"Sorun yok şekerim, sen pencereden sepeti sarkıt zulaları oradan çekeriz." dedi kıkırdayarak.

"İçki yasak değil miydi bana?" dedim tekrar homurdanarak.

"Mızmızlanma Sel, birkaç bardak şaraptan bir şeycik olmaz. Hem doktorlar akşamları yemekten sonra şarap önermiyor muydu?"

Ben kem küm edince Nina "Tatlım neredeyse yarım saattir konuşuyoruz, kapat da geleyim istersen. Anı yaşa Sel." dedi ve telefonu kapattı.

Her neyse, birkaç kadehten bir şey olmazdı. Hem yaşadıklarımdan sonra içmeye ihtiyacım vardı yani. Sepeti pencereden sarkıttım ve Nina gelene kadar maillerime bakmaya karar verdim. Gözlüğümü taktım, saçlarımı tepeden topladım ve masanın başına oturdum. Birkaç kişiden geçmiş olsun mesajı vardı. Bilgisayarı tam kapatıyordum ki mesaj geldiğine dair uyarı sesi geldi. Mesaja tıkladım.

Kimden: Nick Warrior
Kime: Sally Mallette
Tarih: 30 Aralık 2011

Sevgili Sally;

Ödev için aşağıya hakkımda bir şeyler yazdım. Ama onlar kitabın kapağından başka bir şey değil. Eğer kitabın tamamını okumak istersen çok mutlu olurum. Biraz gizemli davrandığımın farkındayım ve benden çekinmen de gayet doğal, seni suçlamıyorum. Uygun bir zamanda bütün sorularını ve daha fazlasını aydınlatacağıma söz veriyorum. Benden korkup kaçmanı istemem.

18 yaşındayım, okula sadece zorunlu dersler için geliyorum. Annem ve babam ben küçükken ölmüş. Beni evdeki kâhyamız büyütmüş, bundan önce evde eğitim alıyordum. Yarı zamanlı Paradise Barında çalışıyorum. Şimdilik söyleyebileceklerim bu kadar.

Tanrım son dakika golü değil de ne denir buna? Eh, en azından kaç yaşında olduğunu öğrenmiş oldum, ah bir de ailesi olmadığını. Tanrım yapayalnız. İçim burkuldu. İçimde nedensiz bir şekilde ona karşı sempati oluşmaya başladı. (Başka türlü sempati zaten başlamıştı ama her neyse)

Kimden: Sally Mallette
Kime: Nick Warrior
Tarih: 30 Aralık 2011
Açıkça söylemek gerekirse, bu adımı atmana hem şaşırdım hem sevindim. Boş bir gününde konuşmayı sabırsızlıkla bekliyorum. Beni aydınlatacağın için şimdiden teşekkür ederim.

Elimi gönder tuşunun üzerinde beklettim, bir kez daha okuduktan sonra göndere tıkladım. Mesajı ikinci kez okuduktan sonra sayfayı kapattım. Aynı anda Nina odaya daldı.

"Selam bebeğim!" dedi ve pencereden sepeti çekmeye koyuldu. Saate baktım ona geliyordu. Yarın cumartesiydi.

Eh, en azından okul derdim olmayacaktı. Kafamda bir sürü soru işaretine neden olmuştu. 'Benden korkup kaçmanı istemem' de neydi öyle? Yatağa oturmuş daldın dalgın Nina'yı seyrediyordum.

Bardakları, yiyecekleri ve içecekleri çıkardı. Biraz bira ve şarap almıştı. Üç tane bardak çıkarttığında soru sorar gibi tek kaşımı kaldırarak Nina'ya baktım.

"Şey, Pit'i de çağırdım." dedi ve omuz silkti.

"Ah, iyi." dedim ve gülümsedim.

Pit olmazsa olmaz zaten, baş eğlence kaynağı diyebilirim onun için. Beş dakika geçmemişti ki kapı zili çaldı. Pit, babama rapor verdikten sonra elinde Çin yemeği paketleri ile odaya girdi.

Elindekileri havaya kaldırıp sırıtarak "Selam!" dedi. Yaklaştı ve beni şaşırtarak yanağımdan öptü.

"Hey, selam." dedim gülümseyerek.

Yastıkları arkama yerleştirip diğerlerine yer açarak yatağa oturdum. Kafamdaki bütün düşünceleri ve soruları unutmuştum. Arkadaşlarımla konuşmak çok iyi gelmişti eski günlere dönmüştüm sanki. Nina ile Pit'in kapışmalarına bayılıyordum. Onlar her zamanki gibi tartışıyordu. Aklımdan acaba yan yanayken tartışmadan beş dakika durabilecekler mi diye düşünürken, yine kendi cevabımı kendim verdim. Tabii ki duramazlardı. Doğa kanunlarına aykırıydı bir kere. Onlar tartışmalarına devam ederken düşüncelerime gülmeye başladım. Ben gülmeye başlayınca delirmişim gibi bana bakıyorlardı. Onlar öyle bakınca kıkırtım kahkahaya dönüştü. Arkama yaslanıp gözlerimden yaş gelene kadar kahkaha attım. Onlar da daha fazla dayanamadı ve nedenini bilmedikleri bir şeye kahkaha atmaya başladılar. Üçümüzün de gülmekten karnımıza ağrı girmişti.

"Ah, tanrım yeter lütfen dikişlerim patlayacak sonunda!" dedim kıkırtımı bastırmaya çalışarak.

"Tamam, evet haklısın yeter artık!" dedi Pit'de gülmesini bastırmaya çalışarak.

Nina gözlerindeki yaşı silerek, "Tamam, tamam." dedi.

Saf saf birbirimize bakıyorduk. Daha fazla dayanamadım ve yeniden kahkaha atmaya başladım. Onlar da hemen arkamdan geldi.

Gülerek, "Tanrım çok hainsiniz." dedim.

"Hey, başlatan sensin!" dedi Nina.

"Ah, evet tamam," dedim. Şarabımdan kocaman bir yudum daha aldım. Şarap etkisini göstermeye başlamıştı sonunda, başım hafif dönmeye başlamıştı. Babam kapıyı tıklatıp odaya girdi.

"Selam çocuklar. Bakıyorum da keyfiniz yerinde." elimdeki şarap şişesine baktı, "Sally umarım o son bardağındır?" dedi. Elimdeki bardağa kaçamak bir bakış attım. En masum ve hazır cevap halimi takınıp gözlerimi kırpıştırdım.

"Ah, evet tabii ki, sen neden gelmiştin?" dedim.

"Imm, tatlım apar topar buraya geldiğim için Montana'daki işlerim yarım kaldı. Büroya gidip ufak tefek işleri halletmem ve birkaç görüşme yapmam gerek. Haber vereyim dedim. Telefonum yanımda, herhangi bir şey olursa hemen ara beni." dedi.

"Tamam, merak etme. Görüşürüz." dedim gülümseyerek.

Üçümüze tek tek baktıktan sonra gülümsedi "Görüşürüz çocuklar!" dedi ve çıktı.

Kapıyı kapattıktan sonra şarabımı tek dikişte bitirdim.

"Ah tanrım!" dedim gülerek.

Nina kıkırdamaya başladı, ben de kıkırdadım. Pit, hiçbir şey anlamamıştı. 'Neler oluyor?' bakışından attı ikimize de.

"Eee... Şeeyy... Babamın içkilerden haberi yoktu da, gizlice soktuk içeri." dedim pencereyi işaret ederek, sırıtmamı bastırmaya çalışarak ve beceremeyerek.

Pit sırıtmasını engellemeye gerek duymadan, "Aman tanrım! Beni bu hain oyununuza alet ettiğinize inanamıyorum!" dedi.

"Benim hiçbir suçum yok." teslim olmuş gibi ellerimi havaya kaldırdım, "Her şeyi Nina yaptı. Aklımı çelen şeytan o." dedim Nina'yı gösterek.

"Heeyy!" dedi Nina alınmış gibi yaparak. Daha fazla dayanamadık ve kahkaha atmaya başladık.

Sohbet ve içki derken saat gece yarısını geçiyordu.

Pit saatine baktı ve "Gitsek iyi olur, geç oldu. Senin de dinlenmen gerek." dedi.

Nina, "Araba kullanabileceğimi hiç sanmıyorum." dedi kıkırdayarak.

"Ben bırakırım seni, haydi!" dedi. Ayağa kalktı ve Nina'yı kaldırmaya çalıştı.

"Hadi, ama!" dedi Pit sızlanarak.

Nina kıkırdayarak, "Tamam, tamam, sen de çok pısırık oldun he!" dedi.

Ayağa kalktı, olduğu yerde hafif sallandı, "Wow, sanırım çakır keyif oldum!" dedi gülerek. Ben de gülerek arkama yaslanmış onu izliyordum. Ona güldüğümü fark edince, "Hey, bu kadar içince ben de seni görürüm!" dedi kaşlarını çatarak.

İkisini de yolcu etmek için ayağa kalktım. Benim de başım dönüyordu ama kontrolü elimde tutmayı becerdim. Kapıya gelince ikisine tek tek sarıldım. Pit'e sarılırken, "Teşekkür ederim, bu gece için çok eğlendim." dedim.

"Her zaman biliyorsun." dedi geri çekilirken. Nina, "Hey Pit, Sel muslukları açmadan gitsek diyorum!" diye seslendi. Pit başımdan öptü "Bir şeye ihtiyacın olursa haber ver." dedi.

Nina ayaklarını çakıl taşlarına sürterek kendi etrafında dönüyordu.

"İsterseniz sarılıp ağlaşın bir de." diye dalga geçti.

"Şu deliye dikkat et!" dedim Nina'yı işaret ederek. Gülümsedim ve ikisi arabaya doğru giderken el salladım. Kapıyı kapattıktan sonra sırtımı kapıya yasladım. Başım biraz dönüyordu, karnım da acıyordu; kendimi yukarıya çıkamayacak kadar yorgun hissediyordum. Duvarlara tutunarak küçük adımlarla salona girdim. Aslında koltuğa kıvrılmayı düşünüyordum ama piyanomu görünce içimde onu çalmaya yönelik bir arzu kıpırdandı. Ağır ağır piyanoma doğru yürüdüm. Piyano taburesine oturdum, neredeyse hiç düşünmeden aklıma Britney Spears'ın Every time adlı şarkısını çalmaya başladım. Bu şarkı ilk çıktığı zaman hemen piyano akkorlarını araştırmıştım. Sözleri ve notalarını çok sevmiştim. Bu şarkıyı dinlemekten ve çalmaktan bıkacağımı hiç sanmıyordum.

Kapının açılıp kapandığını duydum, çalmayı kesmedim. Babamın salonun girişine yaslanıp, dikkatle beni dinlediğini ve izlediğini hissedebiliyordum. Şarkının sonuna gelince arkama dönmeden oturmaya devam ettim. Babam yanıma yaklaşınca oturması için yana kaydım. Yanıma oturdu, kollarıyla beni kendine çekti ve sarıldı. Başım göğsündeydi.

Sesine duyguları yansıyordu. "Bir an annenin çaldığını düşündüm biliyor musun?" biraz duraksadıktan sonra, "Ona o kadar çok benziyorsun ki..." dedi ama devamını getiremedi.

Gözyaşlarımı daha fazla tutamadım. Yanaklarımdan akarken ağlamaklı sesimle "Özür dilerim ben..." dedim ve hıçkırdım.

Başımı kaldırdı ve gözlerime baktı, başparmaklarıyla gözyaşlarımı silerken, "Hey, ne için ağladığın için mi? Ağlama tatlım ağlama." dedi ve başımdan öptü.

"Ben, ben... Annemde olduğu gibi benim için de endişelendiğini biliyorum. Özür dilerim, ben böyle olsun istemedim. Üzgünüm." dedim buruk sesimle.

"Hayır, hayır tatlım elinde olan bir şey değildi. Sakın kendini suçlama. Hem bak, artık iyisin ve daha iyi olacaksın." dedi.

"Hem tabii ki endişelendim, hep endişeliyim. Unuttun mu? Ben senin babanım, seni sevmek ve senin için endişelenmek benim bir numaralı görevim." dedi gülümseyerek.

"Ah, ben de seni seviyorum baba, emin ol harika bir babasın; görevlerini çok iyi yapıyorsun." dedim hafif kıkırdayarak. Yüzümü buruşturdum karnım acımıştı, ağrı kesicinin etkisi gidiyordu. Esnedim, "Koltukta uyuyabilir miyim?" dedim en tatlı ses tonumu takınarak.

Kaşlarını çatarak bana baktı, "İzin verebileceğimi düşünüyor musun?" diye sordu.

"Yani muhteşem bir baba olduğunu ele alırsak olabilir, hem yukarı çıkamayacak kadar kendimi yorgun hissediyorum." dedim tatlı tatlı. Birden babamın küçük kızı olmuştum sanki.

"Muhteşem bir baba olarak buna tabii ki izin veremem. Haydi, ilaçlarını iç, ben yukarı çıkmana yardımcı olurum." dedi.

Yüzümü buruşturdum kısa bir sessizlikten sonra, "Tamam." dedim ve durumu kabul etmek zorunda kaldım.

Babam ayağa kalktı ve bir iki dakika içerisinde, bir elinde bir bardak su, diğer elinde de üç tane hapla geri geldi. Tahminimce birisi ağrı kesiciydi, diğer ikisini tahmin etmekte zorlanıyorum. Umurumda da değildi zaten. Bardağı ve hapları aldım teker teker hepsini içtim.

Buruk bir gülümsemeyle ayağa kalktım. Babam kolunu uzattı, koluna girdim ve ağır adımlarla yürümeye başladık, aynı şekilde merdivenleri çıktık. Odamın kapısına gelince "Kalanını ben hallederim." dedim.

"Tamam, o zaman." dedi, başımdan öptü "İyi geceler tatlım." dedi.

"İyi geceler." dedim. Ben odama girerken, o da kendi odasına doğru yürümeye başladı. Odama girip kapıyı kapattım ve yatağıma doğru yürüdüm. Yatağa uzanınca ne kadar yorgun olduğumun farkına varınca şaşırdım. Gün boyu neredeyse hiçbir şey yapmamıştım.

Doğrulup pijamalarımı giydim. Ah, evet şu Hello Kitty'li olanlardan. (tahmin edin ne renk?) Hey sonuçta ben bir genç kızım değil mi? Tamam, itiraf etmeliyim ki 16 yaşında –17 sayılır- hiçbir genç kızın bunları isteyerek giydiğini sanmam. Hem ben almadım, o yüzden dalga geçecek başka birini bulun. Sevgili babacığım alışveriş yaparken benim bir pijamaya ihtiyacım olduğunu düşünmüş ve sanırım beni hâlâ küçük kızı zannediyor. Eh, babaları alışverişe yollarsanız böyle olur. Ne beklediysem, sonuçta o bir erkek. Emin olabilirsiniz o günden beri alışveriş kısmını ben devraldım. Yine de babamın hakkını yemek istemem. Beni düşünmüş sonuçta, ayrıca ne kadar itiraf etmekte zorlansam da, ııı, şey, yani gayet rahatlar ve yumuşaklar. Her neyse, sonuç olarak beni rahat ettiriyorlar. Nokta.

Üzerime tişört geçirmeden önce aynada kendime baktım. Yorgun ve solgun görünüyordum. Sanırım iz kalacak, yani karnımda bilirsiniz işte. (anladınız siz beni) Hem kışa girmiştik sonuçta yaza kadar göbek gösteren şu tişörtlerden giymeyecektim. Ayrıca belli mi olur, iz falan kalmaz belki. Tamam, kendimi avuttuğumu biliyorum her neyse. Tişörtü agresif bir şekilde başımdan geçirip yatağa girdim. Sanki dünyanın bütün işini ben görmüşüm de, yorgunluktan ölüyormuşum gibi birkaç saniye içinde deliksiz bir uykuya dalmıştım.

3.

Bölüm İsmi Yok

Sıçrayarak uyandım. Ne yazık ki gördüğüm rüyayı hatırlamıyordum. Odamın içi, dışarıdan gelen ışıkla aydınlanıyordu. İlginç, güneş yoktu ama dışarısı güneş var gibi aydınlıktı. Yavaşça doğrulup yatağımın yanındaki komodinden telefonumu aldım. Saat daha 8'di. Tanrım, derdim neydi de acaba bu saatte kalktım? Üstelik akşamdan kalmaydım. Başım çatlayacak gibiydi. Gözlerimi açık tutmakta zorlanıyordum ama yatağa geri yatsam uyuyamayacağımı da bal gibi biliyordum. Yavaş adımlarla banyoya gittim (hızlı gitmemi beklemiyorsunuzdur zaten). Odamda banyo olduğu için Tanrıya bir kez daha şükranlarımı sundum. Yüzümü soğuk suyla yıkayıp şok etkisi yarattıktan sonra kendime gelebilmiştim. Banyo kapısının önünde yüzümü duruladıktan sonra pencereye baktım. Bir dakika, ne, aman tanrım, gözlerimi kapattım.

İçimden beşe kadar saydım tekrar açtım. Değişen hiçbir şey yoktu, dışarısı... Dışarısı bembeyazdı. Pencereye koştum, (eh, bu halde ne kadar koşulabilirse o kadar işte) vay canına, rüya görmüyordum gerçekten de dışarısı bembeyazdı! Bütün gece kar yağmıştı anlaşılan. Sevinç çığlıkları atmaya, yarım yamalak da olsa zafer dansı yapmaya başladım.

Gözlerini kocaman açmış ve saldırı pozisyonu almış bir biçimde babam odaya daldı. Donakaldım. Bakışlarıyla önce beni, sonra da odayı taradı. Rahat bir nefes aldı.

"Neler oluyor burada? Çığlıklarını duydum." dedi şaşkın şaşkın. Sırıtmamı engelleyemiyordum. "Şey." pencereyi gösterdim kocaman gülümseyerek "Her yer bembeyaz, kar tutmuş." dedim.

"Ah, Sally sen ve senin şu kar aşkını unutmuşum." dedi gözlerini devirerek.

Pencereye gittim hayran, hayran dışarıyı süzdüm.

"Harika değil mi?" dedim tekrar ona dönüp gülümseyerek.

"Yeni yıla karlı giriyoruz desene." dedi gülümseyerek. Gözlerim daha da büyüdü, "Şaka yapıyorsun değil mi? Bugün yılbaşı mı, gerçekten mi?" başını onaylayarak salladı, "Aman tanrım inanmıyorum bu, bu harika zaman kavramımı kaybetmişim." dedim.

Tam kapıdan çıkarken "Hey dur! Alışveriş, alışverişe gitmeliyiz." dedim aceleyle.

"Keyfine bak, ben her şeyi hallettim dün." dedi gülümseyerek.

"Tamam, öyleyse." dedim bir kez daha şaşırarak. Anlaşılan benim bugün şaşırma günümdü. Hemen telefona yapışıp Nina'yı aradım. Cevap vermeyecek derken son çalışta açtı.

"AALLOOOWWW." dedi uykulu sesle.

"Nina dışarısı bembeyaz kalk çabuk yataktan." dedim hızlı konuşarak.

"DIŞAYISI NEYY? HEYY BEN YUYUYORUM TAMAM MI? HER KİMSEN SONRA TEKYAR ARA AKŞAMA DOYRU" dedi aynı ses tonuyla ve kelimeleri birbirine karıştırarak.

Telefonu kapatmasına fırsat vermeden yüksek sesle, "NİNA BENİM SALLY, ŞİMDİ KALDIR O KOCA KIÇINI YATAKTAN; YOKSA BEN KALDIRMAYA GELİYORUM." dedim.

"TANRIIMM, BİRAZ İNSAF LÜTFEN SEL, KAFAM ÇATLIYOR VE GÖZLERİMİ AÇAMIYORUM, SAAT KAÇ? AMAN TANRIM SAAT 8, SEN KAFAYI MI YEDİN? İSTERSEN BİRLEŞİK DEVLETLER DONANMASINI GETİR, BEN VE KOCA KIÇIM UYUMAYA NİYETLİ." dedi mızmızlanarak.

"Nina lütfen kalk, dışarısı bembeyaz diyorum, kar tutmuş uyanana kadar şarkı söylerim bak daha büyük tehdit olamaz!" dedim neşeli neşeli.

"HIIII NEYY KAR MI? SONRA ARAŞIRIZ SALYY." dedi ve sessizlik. "Nina, Nina!"diye seslendim ama cevap yok. Tanrım telefon açık ve sızdı inanamıyorum. Telefonu kapattım hemen Pit'i aradım.

İlk çalışta açtı, canlı ses bir sesle, "Aynı şeyimi düşünüyoruz." dedi.

"Evet, evet ve evet." dedim heyecanlı heyecanlı.

"Emir ve görüşlerinizi bekliyorum komutanım!" dedi Pit.

"Asker, her yıl olduğu gibi Nina'yı kaybettik. İlk görevimiz; NİNA'YI TİTRET VE KENDİNE GETİR!" dedim telefonun öbür ucundan, sanki görecekmiş gibi kocaman gülümseyerek.

"Ne demek istediğinizi çok iyi anladım efendim! Zaman ve koordinatları alır almaz hazır olda, görev yerinde sizi bekleyeceğim." dedi Pit. Eminim o da telefonun öbür ucundan aynı benim gibi sırıtıyordur.

"Tamam, bir saat sonra şüpheli şahsın evinin önünde. Babama zincirleri taktırmak gerek." dedim kıkırdayarak, ciddiyet bir yere kadar.

"Görev yerinde görüşürüz bayan ciddiyet." dedi gülerek ve telefonu kapattı.

Ağrı kesici içtim ve dolaba doğru gidip hazırlanmaya başladım.

On beş dakika sonra üzerimde beyaz eldivenlerim, bordo ve kafasının ucunda beyaz ponponu olan bir bere, beyaz kalın mont, montun altına boğazlı kalın siyah kaşmirden kazak, bordo atkım, kalın kotum ve siyah botlarımı giymiştim. Savaşa son derece hazır ve şıktım.

Kendimi harika hissediyordum, hafif bir ağrı vardı karnımda ama katlanılmayacak gibi değildi. Aşağı indim, babam kahvaltı ediyordu. Beni görünce önce gözleri büyüdü, sonra beni dinlemek için hazır ola geçti. Konuşmamı beklerken kendime portakal suyu doldurdum. Heyecanımı bastırmaya çalışıyordum. Enerji içeceği içmiş gibi kıpır kıpırdım.

"Baba arabama zincirlerimi takar mısın?" dedim. Tam itiraz etmek için ağzını açmıştı ki devam ettim: "Ben çok iyiyim ilaçlarımı aldım ve her yıl olduğu gibi çocuklarla kahvaltıya gideceğiz, yani bir yaramazlık yok ve arabayı da çok, ama çok yavaş süreceğim." dedim ve masum gülüşümü ve kedi bakışlarımı takındım.

"Ah, tamam seni kırmayacağım. Sen meyve suyunu bitir, ben zincirleri takayım." dedi.

Ellerimi çırptım ve kocaman gülümseyerek yanağına bir öpücük kondurdum, "Sen dünyanın en harika babasısın." dedim.

Babam zincirleri takmak için kalkarken, ben de meyve suyumu içtim. Bardağı tezgâha koyduktan sonra Serseri'nin mamasını doldurdum. Yemeğin kokusunu alır almaz geldi; bacaklarıma süründü ve yemeğini büyük bir iştahla yemeye koyuldu. Arabanın motor sesini duydum, babam yola çıkartıyordu anlaşılan. Evden çıktım, babama son bir öpücük daha kondurduktan sonra arabama bindim.

"Dikkatli ol!" dedi kapımı kapattı. Cevap olarak bugün sıkça yaptığım gibi kocaman gülümsedim. Gözden kaybolana kadar beni izleyeceğini bildiğim için, normalde kullanmam gerekenden daha yavaş kullandım arabayı. Tanrım bir kaplumbağa bile geçer beni bu hızla. Dikiz aynasından babamın kaybolduğunu anlayınca gaza bastım. (Kabul ediyorum ben kötü bir kızım) Verdiğim bir saat sürenin dolmasına bir iki dakika kala Nina'nın evinin önündeydim. Pit'in arabasının yanına park ettim. Motoru kapatınca Pit arabadan indi. Kapımı açtı ben de indim ve onu süzmeye başladım. Tanrım gören de gerçekten bir göreve çıkıyor zanneder, siyahlar içindeydi. Siyah mont, siyah atkı, altına siyah boğazlı kazak, siyah pantolon, siyah bere giymişti. Aha! İşte kusur.

"Hey, botların koyu kahve olmamış, siyah ahengini bozmuşsun." dedim sırıtarak.

Aynı şekilde sırıtarak ve ponponumu dürterek "Ben de bundan istesem garip mi olur?" dedi.

"Ponponuma laf yok!" dedim ciddileşmeye çalışarak "Hem, eminim sende garip durur." dedim ve kıkırdadım. Aslına bakarsanız; beyaz teni, deniz yeşili gözleri ve berenin altından çıkan koyu karamel saçlarıyla, birçok kızın hayranlıkla ağızları açık izleyeceği bir görüntü vardı karşımda. (Kısaca tarif etmek gerekirse taş gibi görünüyordu)

"Hazır mısın?" diye sordu Pit. Gözlerimi kırpıştırdım, gülümsedim düşüncelerimden sıyrılmamı sağlamıştı.

"Evet, haydi başlayalım." dedim. Kocaman gülümsedim ellerimi ovuşturdum.

Nina'nın evi merkeze daha yakındı, bu yüzden iki tane de komşusu vardı. Üç evin de arka tarafta ormana açılan oldukça geniş bahçeleri vardı. Evlerin arasında çit veya parmaklık falan yoktu. Sınırları küçük, seyrek bodur çalılar belli ediyordu. Eskiden bu evlerin tek bir arazi olduğunu biliyordum. Arazinin sahibi ölünce çocukları aralarında bölüşmüş ve satmıştı.

Pit'le kol kola girdik, kapıya doğru ilerledik. İkimiz de sırıtmamızı engelleyemiyorduk. Derin bir nefes aldım ve kapıyı çaldım.

Kapıyı Nina'nın annesi Bayan Kaelene açtı. Bana her seferinde adıyla hitap etmemi söyler, ama bilirsiniz alışkanlıklar zor değişir. Hem adıyla hitap edince sanki saygısızlık ediyormuş gibi hissediyordum. Bayan Kaelene'yi oldum olası sevmişimdir. Bana karşı hep sıcakkanlı ve nazik davranmıştır. Annem öldükten sonra da beni Nina'dan ayrı tutmamış, ikinci kızı gibi görmüştü. Bayan Kaeline, Nina gibi sarışındı ama yine de saçlarını boyatıyordu. (Niye? Manyak mı bu kadın diye sormayın, ben de anlam veremiyorum.) Aynı boyda sayılırız, aramızda sadece birkaç santim var. (Kısa olmak kaderimse ne yapayım yani. Her şey dominant genlerin suçu, onlar uzun olsaymış canım!)

Beni görünce yüzünde sıcak, merhametli bir ifade belirdi.

Sarılarak: "Sally, tatlım nasılsın?" dedi ahenkli ve yumuşak sesiyle.

"Günaydın Bayan Kaelene!" dedim gülümseyerek. Ters ters bakınca hemen düzelttim "Şey yani Marcia." dedim.

Gülümsedi: "Nasılsın, nasıl hissediyorsun? Haberi duyunca çok endişelendim." dedi.

Omuz silktim "İyileşiyorum." dedim. Gülümsedim.

Tekrar sarıldı, "Teşekkür ederim Sally, teşekkür ederim." diye fısıldadı.

"O da benim için aynısını yapardı biliyorsunuz." dedim.

Geri çekildi, arkamdaki Pit'e bakarak gülümsedi, "Günaydın Peter!" dedi.

Pit başıyla selamladı, "Günaydın Bayan Kaelene!"

"Kızlara iyi sahip çıkıyorsun."

"Her zaman elimden geldiğince efendim."

"Çocuklar, Nina hâlâ uyuyor" dedi. Pit'le anlaşmış gibi sırıttık, aynı anda: "Biliyoruz." dedik.

Bayan Kaelene de gülümsedi: "Anladım." dedi 'sizi sizi' der gibi imalı bakıyordu. Kocaman gülümsedim Pit'e döndüm.

"Operasyon başlasın!" dedim.

Bayan Kaelene ikimize de gülümsedi kenara çekildi. İçeri girdik. Direkt Nina'nın odasının bulunduğu üst kata yöneldik.

Nina yatağın üzerinde dün ki kıyafetleriyle uyuyordu. Tanrım, üzerini bile değiştirmemiş. Başımı iki yana salladım. Pit dolaba yaslandı, bende Nina'nın yanına gittim. Yatağın kenarına oturdum.

"Nina haydi uyan!" dedim.

İnledi, "Git başımdan!" dedi ve bana sırtını döndü.

"Nina bak, son uyarım, olacaklara karışmam. Hey, uyan diyorum!" dedim dürterek.

Cevap vermedi onun yerine inlemekle yetindi. Pit'e döndüm sırıtarak: "Senindir." dedim.

Pit de bana sırıttı ve Nina daha ne olduğunu anlamadan Pit'in omzundaydı.

"Tanrım! Neler oluyor! Bırakın beni!" diye debelenmeye ve çığlık atmaya başladı. Pit, kollarıyla bacaklarını sıkıştırıp hareket etmesini engelledi.

"Pit, lütfen bırak beni, çıldırdınız mı siz Tanrı aşkına?"

"Biz uyarımızı yaptık tatlım. Boşuna debelenme güçlüyüm biliyorsun kaçamazsın." Pit gülerek bana döndü: "Spor salonu cidden işe yarıyor gördün mü?" dedi kendini beğenerek. Kahkaha attım. Nina sinirli bir bakış attı.

"İntikamım acı olacak duydunuz mu beni!" dedi baş aşağı ne kadar ciddi olabiliyorsa artık, o kadar ciddi ses tonuyla.

Bahçe kapısına yöneldik. Ne yapacağımızı anlayınca Nina'nın gözleri büyüdü, daha kuvvetli debelenmeye çığlık atmaya başladı.

"Bırakın beni! Lütfen yapmayın!"

Etrafımızı saran dondurucu esintiyle bahçeye çıktık. Pit gözleriyle bahçeyi taradı, karın yoğun olduğu bir bölgeyi gözüne kestirip oraya doğru ilerledi.

Pit durdu, pozisyonunu aldı ve "Nina hazır mısın bebeğim?" dedi neşeyle kelimeleri yayarak.

"HAYIR! TANRIM HAYIR!" dedi tiz sesiyle. Kafasını kaldırıp yavru kedi bakışı attı. Önce yüzümü buruşturdum sakin, yumuşak bir sesle, "Pit." diye başladım. Pit bana döndü, sonra yüzüme sinsi gülümsememi takınarak, "Üzgünüm canım, geçen yıl sen bana acımadın, hadi bitirelim şu işi." dedim sırıtarak.

Yüzümdeki ifadeyi görünce, "HAYIR! HAYIR! İMDAT! CANKURTARAN YOK MU!" diye çığlık attı. Pit, Nina'nın daha fazla konuşmasına izin vermeden, kar yığının ortasına attı. Doğrulup kaçmasına fırsat bulamadan, Nina'nın üstüne çıkıp kalkmasını engelledi. Nina debelenmeye devam ederken Pit de eline karları doldurup; Nina'ya yedirmeye, onu karla kaplamaya başladı. Nina tepiniyor, çığlık atmaya çalışıyordu ama Pit ondan ağırdı, o yüzden onu engelleyemiyordu. Kar yeme olayı ta ki Pit yorulup da Nina'nın üzerinden kalkınca son buldu.

Nina yorgunluktan, yerden kalkmadan yüzündeki karları temizledi. Her yeri karla kaplıydı. Üstündekiler inceydi ve karla kaplıydı. Adrenalin etkisi gidince soğuktan titremeye başladı. Doğrulup oturdu, sonrada ayağa kalkmaya çalıştı ama kayıp popo üstüne geri düştü.

Dişlerinin arasından, "Lanet olsun!" dedi.

"Artık uyanmışsındır." dedi Pit sırıtarak. Önce kötü kötü Pit'e sonra bana çevirdi bakışlarını. Dudağının bir tarafı kıvrıldı, şimdi sinsi sinsi gülüyordu. Dişleri birbirine çarparak, "İntikamım acı olacak biliyorsunuz." dedi.

Pit tehdidini ciddiye almadığını belli ederek kahkaha attı. Ben de ona katıldım. Nina bana kaşlarını çattı, ellerimi iki yana kaldırdım gülmemi bastırmak için, dudağımı ısırdım. Nina kalkmak için elini bana uzattı, elini tuttum çekmeye çalıştım, yarı yolda Nina tekrar kayınca onunla beraber düşmemek için elini bıraktım. Geri popo üstü düştü. Pit bir kahkaha daha patlattı.

"Pit, yardım et!" dedim. Pit hâlâ sırıtıyordu. Nina, "Hey!" dedi sinirle.

"Tamam, tamam." dedi Pit elini Nina'ya uzattı. Nina, Pit'in elini iyice kavrayıp, Pit'in onu çekmesine fırsat vermeden kuvvetle Pit'i aşağı çekti. Pit'in ayağı kayıp düşerken Nina da yana yuvarlanıp üstüne düşmesini engelledi. Pit düşmenin şaşkınlığını üstünden atamadan Nina onun üstüne atladı ve ona kar yedirmeye başladı. Olanları şaşkınlıktan ağzım açık izliyordum. Nina'nın intikamını bu kadar çabuk alacağını beklemiyordum.

Pit, Nina'dan daha güçlüydü (tabii ki). Nina'yı omuzlarından yakalayıp yan tarafa devirdi. İkisi de kar içinde kalmışlardı. Karın içinde yorulana kadar güreştiler. Sonunda ikisi de soluk soluğa, yan yana devrilmişlerdi. Nefes alışverişlerini düzene sokunca Nina, intikamın verdiği mutlulukla kahkaha atmaya başladı. Onun kahkahasına çok geçmeden biz de katılmıştık. Tepelerine dikilmiş onlara gülüyordum. Dikişlerin patlama olasılığı olmasaydı çoktan üstlerine atlamıştım.

Kahkaha atmayı kesmiş sinsi sinsi bana bakıyorlardı. Yüzlerindeki ifadeyi gördükten sonra kahkahamı yutmak zorunda kaldım.

"Aklınızdan bile geçirmeyin, sağlam değilim biliyorsunuz. Yoksa çoktan size katılmıştım." derken geri bir atım attım.

Pit, "Yasak bölge sadece karnın, sen de onu biliyorsun." dedi 'kork benden' sırıtışıyla.

Cevap vermeye gerek duymadan, çığlık atarak elimden geldiği hızla koşmaya başladım. Onlar ayağa kalkmadan arayı bayağı açmıştım. Pit'in, "Kaçabilirsin ama saklanamazsın!" diye bağırdığını duydum. Elma ağaçları hangi yöne gittiğimi saklayacağı için hızla ormana yöneldim. Ormana kaçacağımı tahmin edemezlerdi, onlar beni elmalıkta ararken çaktırmadan eve girmiş olurdum.

Ağaçların arasında biraz daha koştuktan sonra nefeslenmek için büyükçe bir ağacın gövdesine yaslandım. Sık ve kısa nefes alıyordum, kalbim yerinden çıkacak gibiydi. Derin derin nefes alıp vererek nefesimi düzene sokmaya çalıştım. Nefes alışverişim düzene girmişti ama kalbim hâlâ deli gibi atıyordu. Karnıma kramplar girip çıkmaya başladı. Tanrım deli miyim ne? Ne diye eve değil de ormana doğru kaçtıysam. Hem yakalansam bile azıcık kar yerdim alt tarafı. Arkaya doğru bakış attım, ne ses ne de görüntü vardı.

Bir iki dakika dinlendikten sonra kalp atışlarım da düzene girmişti. Sıcak basmıştı (bu havada ne alâka demeyin tamam mı koştum o kadar yani). Montumun önünü açtım. Montun iç tarafında kırmızı silik lekeler vardı. Karnıma bir kramp daha saplandı. 'Lütfen düşündüğüm şey olmasın' diye dua ettim içimden. Karnımın üzerindeki siyah kazağımda geniş, ıslak bir lekeyle karnıma yapışmıştı. Titreyen parmaklarımla lekeye dokundum. Parmaklarım kırmızıya boyandı. Gözlerim büyüdü, "Lanet olsun." diye fısıldadım.

Adrenalinin etkisi vücudumdan çekilirken bacaklarım titremeye, kalbim yeniden hızlı atmaya başladı. Gözlerim de kararmaya başlayınca, ağacın gövdesine sıkıca tutunup kendimi sakin olmaya zorladım. Gözlerimi kapatıp ona kadar saydım. 'Sakin ol, derin nefes al, ver, evet işte böyle' diye düşündüm. Eve ulaşmam gerekiyordu ondan sonra ayılıp bayılabilirdim. Gözlerimi açtım, bacak titremem geçmemişti ama en azından görüşüm daha netti. Ağaçtan tutunarak geldiğim yöne doğru ağır adımlarla yürümeye başladım. Sağ adım, sol adım harikayım! (evet, millet alkışları duyayım) Bir iki metre gitmiştim ki karnıma daha şiddetli kramplar girmeye başladı.

Tam ormandan çıkıp elmalığa adım atıp rahat bir nefes alacaktım ki, Nina'ların evin çaprazına yan evin arazisine yürüdüğümü fark ettim.

"Ah, lanet olsun, lanet olsun!" diye sızlandım. Elma ağaçlarından birine yaslandım, derin bir nefes alıp eve doğru yürümeye başladım. Komşu artık yardım ederdi; çünkü başka çarem yoktu. Nina'ların eve yürümem imkânsızdı, bacaklarımda o kadar güç kaldığını sanmıyordum. Görüşüm bulanıklaşmaya başlayınca ben de daha hızlı adım atmaya zorladım kendimi. Yine nefesim sıklaşmış, kalbim deli gibi atmaya başlamıştı. Nefesimi düzene sokmam gerekiyordu ama duracak vaktim de yoktu, durursam bayılacağımı biliyordum. Hayır, bu havada bayılamazdım. Pit ve Nina'nın sesini duydum. Seslerinde neşeden eser yoktu. Endişelilerdi. Onlar da beni arıyordu. İçimde bir umut kıvılcımı kabardı.

Pit, "SALLY! LANET OLSUN SEL NEREDESİN!" diye bağırıyordu. Onlara bağırıp yerimi belli etmek için ağzımı açtım ama ses çıkmadı. Hızlı nefes almaktan bağıramıyordum. Sesleri geliyordu ama onları göremiyordum.

Yutkundum, kalbim adeta boğazımda atıyordu. Ağaçlara dokunarak elimden geldiğince hızlı yürümeye çalıştım. Karlar işimi daha da zorlaştırıyordu. Ayağım kaydı, kollarımdan destek alamadan yüzüstü düştüm. Düşüşüm karnıma kuvvetli bir sancının saplanmasına ve gözlerimin tamamen kararmasına neden oldu. Yerde ne kadar yattığımı hatırlamıyordum en fazla bir dakika olmuştu, çünkü düşmenin şiddetiyle gelen acı hâlâ yerinde duruyordu. Görüşüm biraz düzelince doğrulmaya çalıştım, ellerim kayıyordu. Elim kayıp tekrar yere yapışınca sancıdan iki büklüm oldum. Nefes almaya, gözlerimi açık tutmaya çalıştım. Ama acı çok kuvvetliydi, çabalamayı bıraktım. Soğuğa ve karanlığa teslim oldum. Kendimden geçerken iki elin omuzlarımdan tutup, sırtımı kendi vücuduna yasladığını hissettim.

Ses, "Sally kendine gel, beni duyuyor musun? Gözlerini aç!" dedi. Son kalan enerjimle gözlerimi aralayıp, "Karnım." diye fısıldadım. Yardım gelmişti, rahatlamayla beraber karanlığın içine çekildim.

Hareket ediyordum, birinin kucağındaydım.

"Nick?" diye sordum. Sesim fısıltı şeklinde çıkmıştı.

"Hayır Sally benim Adrian, geldik dayan." dedi ses. Ne sesi, ne de adı hatırlıyordum. Gözlerimi açacak ve daha fazla konuşacak enerjim yoktu. Kendimi bıraktım.

Başka birinin sesini duyuyordum, "Lanet olsun, lanet olsun!" diyordu. Sesi panik doluydu. 'Ah, Pit' diye düşündüm. Sonra Nina'dan geldiğini tahmin ettiğim hıçkırık seslerini duydum.

Sesler birbirine karışmaya başladı. Acıyı hissediyordum, sadece acıyı. Nefesim boğazımda tıkandı. Sonunda sesler de, acı da kayboldu.

4.

Beyaz Kanatlı Melek

Gözlerimi açtığımda kendimi boş hastane odasında buldum. Koluma serum takılmıştı, karnım da yeniden bandajlanmıştı. Doğrulmak için kıpırdanmıştım ki hareketime pişman oldum. Göğüs kafesim hareket ettikçe ağrıyordu. Bir de onun ağrısı eksikti zaten (oraya ne oldu diye hiç sormayın en ufak fikrim bile yok).

Hafızam yavaş yavaş kendini bulurken aklımdan, 'ah lanet olsun bittim ben!' diye geçirdim. Babam beni öldürecekti. Aslına bakarsanız keşke öldürseydi, ölmekten beter edeceği kesin. Ne kadar aptaldım. Başımı arkaya atıp gözlerimi kapadım ve kendime lanetler yağdırmaya başladım. Yatakta biraz doğrulup saate baktım. Saat ikiye geliyordu.

Koridora bakan camdan önce babamı, arkasından karizmatik Dr. Hall, onun arkasında da Pit ve Adrian

(Adrian mı? Yeni öğrenci danışmanının ne işi var ki? Ah tamam hatırladım) vardı. Muhteşem dörtlü diye buna denir herhalde. Babama o gözle bakamıyorum ne yazık ki, onun yerine cuk oturan başka yakışıklı geliyor aklıma ama neyse elimizdekilerle idare edelim. Tam 'yeme de yanında yat, tanrım ben bu yakışıklı seksi şeylerin arasına düşmek için ne yaptım?' diye düşünüyordum, yüzlerindeki ciddi ifadeyi (özellikle de babamın!!! Babamın altını çiziyorum hatta üç tane ünlem bile koyuyorum) görünce düşüncelerimin üstüne perde çekmeyi unutun, duvar örmek zorunda kaldım. Çünkü başım acayip beladaydı.

Sırayla içeri girdiklerinde bakışlarının altında, yatağın içinde daha da büzüldüm; korunma amaçlı battaniyeyi neredeyse boğazıma kadar çektim, 'kaçamazsın cezadan pis düşüncesiz' diye düşündüm.

Adrian dışında hepsi ciddi ve sinirli bakıyordu. Adrian da ciddiydi ama normal ciddiydi yani. Anladınız siz işte zaten gerginim! Belki bakışlarımla kurtulabilirim diye masum masum etrafımdaki güzellere baktım. Pit'e bakınca başını iki yana salladı, 'Yavru kedi bakışların seni kurtaramayacak' der gibi. Pit de bana gerçekten çok kızmıştı, normalde imalı imalı kaş göz işaretleri falan yapardı.

Yutkundum, başım büyük beladaydı. Pit bile ciddiyse artık sonum yakındı. Ortam o kadar gergindi ki yere iğne atsanız duyulurdu. Masum bakışlarımı değiştirmeden yüzüme 'ben babamın küçük kızıyım' dedirten bir ifade ve gülücük yerleştirdim.

"Iıı şey, merhaba hepiniz harika görünüyorsunuz." dedim hiçbir şey olmamış gibi. Kim ikiyüzlü? Ben mi?

Yanıt babamın sesli bir şekilde sinirle burnundan soluması oldu. Kimse hiçbir şey söylemiyordu. Aralarında sanki anlaşmış gibi sessizlik ve kötü bakışla işkence ediyorlardı. Dr. Hall da ayrı bir olay hani, bari sen konuş be adam, doktor sonuçta diplomatik davranması gerekirdi, değil mi? Daha fazla dayanamadım, "Tamam, tamam, hepinizden özür dilerim. Kendimi kaptırdım, durumumu unuttum ilaçların etkisiyle iyiyim sandım. Aranızda anlaştınız mı siz sessizlikle mi işkence ediyorsunuz? Biriniz bir şey söylesin, lütfen yalvarırım!" dedim melül melül bakıp çaresizce.

Adrian gülmesini saklamak için öksürmeye başladı. Tepkisini görünce sıcaklık yüzüme hücum etti. (Hey! Şimdi ne diye kızardım ki ben?) Pit ise anlaşılmaz bir homurtu çıktı. Tanrıya şükür birilerini yumuşatmıştım. Babam ve doktorun yüz ifadesi değişmedi.

Çabalarım sonuç verdi en azından, Dr. Hall iç çekti ve konuşmaya başladı. O konuştukça daha da yerin dibine giriyordum sanki. Ne diye sessizlikten şikâyet ettiysem. Yağmurdan kaçarken doluya yakalandım resmen.

"Sally, dün o kadar konuştuktan sonra durumunun ciddiyetini anladın sanmıştım. Dikkatli olacağını düşünmüştüm o yüzden çıkmana izin vermiştim ama sen ne yaptın, dikişlerini patlatıp baygın bir şekilde hastaneye yetiştirildin. Tanrı aşkına, daha yirmi dört saat bile geçmedi, aklından ne geçiyordu senin! Sana güvendim ama sen böyle mi karşılık veriyorsun? Yanındaki adamları görüyor musun, sana değer veren insanları? Söyle bana seni geri getirmeseydim bu kadar insana kim hesap verecekti?" boğazım düğümlendi, gözlerim doldu. "Tek şansın hastaneye geldiğinde kriz geçirmen, yoldayken geçirseydin seni çoktan kaybetmiştik. Hastanedeyken bile oldukça zorlandık. Bugün buradasın, hemşireler saat başı kontrole gelecekler ben de akşam çıkmadan önce uğrayacağım. Bugün çıkmayı aklından bile geçirmeni tavsiye etmem, ne zaman çıkacağına akşam karar veririz. Geçmiş olsun Sally." İmalı bir bakış atıp kapıya yöneldi, elini kapıya uzatmıştı ki boğuk bir sesle, "Doktor. Ben, ben gerçekten özür dilerim. Tam bir aptal gibi davrandım." dedim gözyaşları yanaklarımdan süzülürken. Arkasını dönüp bana baktı ve başıyla onaylayıp bir şey demeden odadan çıktı.

Babam önce Pit ve Adrian'ı dışarı yolladı. Zaten en başta niye geldiler dışarıda beklemediler bilmiyorum. Gerçi Pit'in amacı belli surat ifademi görmek istemiştir orası kesin. Sonrası ise ııı, sonrası gerçekten berbattı. Kısacası babam açtı ağzını yumdu gözünü desem tam yerinde olur. O bağırdı ben ağladım. İçini tamamen döküp sustuğunda ben hâlâ hıçkıra hıçkıra ağlıyordum. Babam ilk kez bana böyle bağırıp çağırıyordu.

Sonunda yanıma uzanıp kollarının arasına aldı. Başımı okşayıp sakinleştirici sözler mırıldanmaya başladı. Yine de ne gözyaşlarımı, ne de hıçkırıklarımı bastırabiliyordum. Her hıçkırığın arasında özür dileyip durdum. Saçlarımı okşayıp kollarında yavaş yavaş sallarken, hep aynı kelimeyi mırıldandım. Gözlerim kapanırken titrek bir nefes aldım ve uykunun pamuktan battaniye gibi kollarının arasına yuvarlandım.

Gözlerimi açtığımda zifiri karanlık bir odadaydım. Doğrulup etrafıma bakınınca üzerimde kar beyazı, etekleri dizlerime kadar uzanan, kolları da dirseklerime dökülen bir gecelikle, büyük, siyah çarşafları olan bir yatakta uzandığımı fark ettim. Odada siyah olmayan tek şey bendim. Gözlerimi kısıp nerede olduğumu anlamaya çalıştım. Dikkatle bakınca, yerden tavana kadar geniş, kemerli bir pencere gördüm. Pencereden sızan ay ışığı, her şeyin siyah olması yetmezmiş gibi odayı daha da kasvetli hale getiriyordu.

Yataktan inip pencereye doğru yürüdüm. Pencereye yaklaşınca, pencerenin yanında duran büyük siyah kanatları olan bir siluet gördüm. (O an odada yalnız olmadığım kanıtlanmış oldu tabii) Bu büyük kanatlar bir yerden tanıdık geliyordu. Nerede gördüğümü hatırlayınca irkilerek geri bir adım attım. Rüya gördüğümü anlayınca rahatladım ama yine de korkuyordum. Rüya gördüğünü anlayınca insanlar uyanmaz mıydı? Ya da başka bir rüyaya geçmezler miydi? Kafam karışmıştı, alt tarafı bir rüyaydı ne olabilirdi ki?

Yatağın köşesine kadar geri geri gittim. Yapacak bir şeyim yoktu; ya yanına gitmeli ya da onunla konuşmalıydım. İlk adımı benden beklediği ortadaydı. Yanına gitmektense konuşmayı yeğlerdim. Kekelememe engel olamadan, "Ni-Nick, sen misin?" diye sordum.

Gölgelerden çıkıp pencerenin önüne ay ışığına çıktı. Son gördüğümdeki gibiydi, tek fark bu sefer üzerinde siyah kot pantolon olmasıydı. Ay ışığıyla beraber nefes kesiciydi. Kolyesi, kaslı, pürüzsüz teni, dağınık alnına dökülen siyah saçları, öpülesi dudakları... Aman ne diyorum ben! Düşünceleri kafamdan atmak ister gibi başımı iki tarafa salladım. Tekrar yüzüne baktığımda onu incelediğimi fark etmiş gibi dudakları ukala gülüşüyle bükülmüştü. Utanarak gözlerimi kaçırdım, sıcaklık yanaklarımda toplanmıştı. (Rüyada bile kızarıyorum şaka gibiyim değil mi?)

Konuşmayınca, gözlerim yerde yutkunarak devam ettim: "Şey, ben, rüya gördüğümün farkındayım peki neden uyanmıyorum?"

Bana doğru bir adım attı. İrkilerek aynı anda ben de geri adım atınca durdu.

Yumuşak nazik bir sesle, "Benden korkuyor musun?" diye sordu.

"Son rüyadan sonra temkinli davranıyorum diyelim." dedim.

Şaşırmış gibi, "Beni daha önce bu halde gördün mü yani?" diye sordu.

"Ben, evet. Yani daha farklıydın. Daha önce şu şeyler, yani kanatlar beyazdı sonra siyah oldu." dedim. Kendimi sorguda gibi hissetmiştim. Düşünceli düşünceli ellerini saçlarının arasından geçirdi ve pencereden dışarı baktı.

"Hımm, ilginç." dedi.

"Benim soruma cevap vermedin." dedim aksi bir sesle.

Bakışlarını tekrar bana çevirip, "Çünkü bu benim rüyam." dedi.

Güldüm, dalga geçerek, "Saçmalama öyle bir şey olmaz. İmkânsız bu." dedim.

"Hadi doğru diyelim." elimle işaret ederek "Şu kanat saçmalığı da ne? Bir de üzerimdeki gecelik var tabii. Ayrıca odada siyahtan başka renk yok, ne biçim rüya görüyorsun sen?" dedikten sonrada sırıttım.

"Öncelikle kanatlar için yapabileceğim bir şey yok üzgünüm, sonra burası benim yatak odam. Ah geceliğine gelirsek, seni beyaz gecelikle ve pembe yanaklarınla odamda hayal etmiş olabilirim." dedi sinsi sinsi gülerek.

Anında yanaklarım kızardı. Cevap vermek için ağzımı açtım ama aklıma bir şey gelmeyince geri kapadım. Pislik, ukala şey ne olacak. İnsan bu kadar da açık sözlü olmaz ki canım. Ayıp yani.

Kısa bir sessizlik anından sonra, "Pekâlâ, artık korkmuyorsan yaklaşabilir miyim?" dedi.

Tam yaklaşmasına izin verecektim ki, "Buradan pekiyi göremiyorum da pembe yanaklarını." diye devam etti sırıtarak.

Sinirle yüzüne baktım, gözlerimi kısıp ters ters, "Hiç sanmıyorum." dedim. Topuklarımın üstünde dönüp, yatağa gidip oturdum. Sırtımı yatağın başına dayayıp, bacaklarımı göğsüme çekip sarıldım.

"Ee, peki rüyada neden sohbet ediyoruz ayıptır sorması?" dedim sinirle.

"Ah evet, üzgünüm asıl konuyu unuttum." dedi. Bir şey söylemeden gelip yatağın diğer köşesine oturdu. Fazla yaklaşmamıştı bana. 'Aferin böyle akıllı ol bakayım.' diye düşündüm.

"Sen beni çağırdın ama seni bulamadım. Sonra rüyana girmeyi denedim fakat beni engelledin ya da yanındaki bir şey veya biri seni engelledi bilmiyorum. Sonra tekrar denedim ve işte buradayız. Neden çağırdın beni?" dedi.

Söylediklerinden hiçbir şey anlamamıştım. Ben onu çağırmışım, rüyama girmeyi denemiş sonra onu engellemişim falan filan. Bana ne ilacı verdiler çok merak ediyordum doğrusu. Saçma sapan rüyalar görüyordum.

"Şey, Nick, ben seni falan çağırmadım. Ayrıca bu rüya olayından da bir halt anladığımı sanmıyorum." dedim.

"Biliyorum çok saçma geliyor sana ama söz veriyorum açıklayacağım sana her şeyi." dedi.

"Gerçekten birileri bir şey açıklasa iyi olur." diye mırıldandım.

"Uyumadan önce yanında kim vardı ve nerdeydin?"

Yaramazlık yapmış bir çocuk gibi oturduğum yerde kıpırdandım.

"Iımm... Şey, hastanedeydim ve yanımda babam vardı." dedim.

Gözlerini kısıp kaşlarını çattı, "Neden hastanedeydin peki?"

"Bak, Nina'yı ara öğren tamam mı? Bugün yeterince azar işittim zaten. Daha fazlasına ihtiyacım yok emin ol."

Ellerini iki yana açıp, "Tamam, tamam sakin ol." dedi.

"İyi." dedim.

"Peki, iyi misin şimdi?" diye sordu.

"Evet, teşekkür ederim."

"İyi." dedi.

"İyi." dedim gülerek.

Kıkırdayarak, "Şey, açmışlar seni." anlamamış gibi kaşlarını çatınca elimle gösterip "Kanatlar." dedim gülerek.

Yorumum hoşuna gitmişti, iç gıdıklayan bir kahkaha atıp, "Teşekkür ederim." dedi.

Gözlerimiz buluşup gülüşümüz yüzümüzden yavaşça solarken, "Sen de çok güzelsin. Tahminimden daha güzelsin." dedi.

Bakışlarımı kaçırıp, "Teşekkür ederim." dedim. Göz açıp kapayana kadar yanıma geldi. Parmaklarıyla çenemden tutup başımı yukarı kaldırdı. Gözlerimiz tekrar buluştu. İnsanın içini ısıtan yumuşak bir ses tonuyla, "Lütfen, lütfen bakışlarını kaçırma benden! Pembe yanaklarına bayılıyorum. Çok güzeller, aynı senin gibi." dedi.

Mahcup bir gülümsemeyle tekrar, "Teşekkür ederim." dedim. Gözlerimiz birbirine kilitlenmişti. Bakışlarımı ondan ayıramıyordum, zaten ayırmak isteyen de yoktu açıkçası.

"Neden engelleyemiyorum sana karşı kendimi. Bu, bu ilk kez oluyor. Kontrolümü yerle bir ediyorsun Sally, ne yapıyorsun sen bana böyle?" dedi fısıltıyla.

"Sen mi, ben mi?" dedim aynı fısıltıyla. Elleriyle yüzümü iki tarafından tutup beni kendine yaklaştırdı. Dudaklarımız birbirine yaklaşırken, odanın kapısının altından parlak bir ışık süzülmeye başladı. Nick, arkasına dönüp ışığa kaşlarını çatarak baktı. Hızla başını bana çevirip, elleriyle omuzlarımı kavradı, "Lanet olsun! Birini göndermişler."

Işık kapının kenarlarından süzülmeye, odadaki parlaklık artmaya başlamıştı. Nick, sesini yükselterek aceleyle konuşmaya başladı ama sanki onu uzaktan bağırıyormuş gibi duyuyordum.

"Sally, bu rüyayı sakın unutma, şimdi söyleyeceklerimi de; uyandığın zaman yanında kim varsa ondan uzak dur. O yanındayken ben senin yanına gelemem, beni engelliyor."

"Ne! Seni anlamıyorum." dedim.

Oda kör edici ışıkla dolarken Nick omuzlarımı sarsıp bağırarak, "Uyandığın zaman odadakinden uzak dur!" dedi.

Odadaki bütün eşyalar kaybolmuştu, beyaz bir hiçliğin ortasında kalmıştım; sonra ışık o kadar parlaklaştı ki gözlerimi kapattığımda bile gözlerim ışıktan acıyordu. Altımdaki yatakta kaybolunca, düşmeye başladım. Sonu olmayan bir ışık huzmesinin içine hızla düşüyordum, ne düşüşü durdurabiliyor, ne de yavaşlatabiliyordum. Saçlarım düşüşün şiddetiyle savruluyor adeta bir kırbaç gibi yanaklarımı yakıyordu. Boğazım acıyana kadar çığlık attım. Kimse beni duymadı, düşmeye devam ettim.

Sıçrayarak uyandım. Terden sırılsıklam olmuştum, nefes alışverişim düzensiz ve hızlıydı. Doğrulup nefes almaya çalıştım. İlaçların etkisi gitmiş acıyla gözlerim büyümüştü.

Adrian omuzlarımdan tutup, "Sally, yavaş yavaş nefes alıp ver. Sakinleş!" diyordu.

Nefes almaya çalışmaktan vazgeçip, "Acıyor, nefes alamıyorum." diyebildim.

Adrian, Acil Durum düğmesine bastı. Hemşire odaya girerken yanımdan çekildi. Hemşire yüzüme hava maskesini takıp beni geri yatırdı. Odaya giren başka bir hemşireye sakinleştirici ve ağrı kesici getirmesini söyledi.

Yatarken hiç nefes alamıyordum. Doğrulmaya çalışınca, "Kıpırdama, rahatlamaya çalış, ağrı kesici olmadan doğrulursan canın çok yanar." dedi. Nefes alışverişim düzene girmeye başlamıştı. Beni bırakıp seruma ilaç enjekte etti. Sakinleşip nefes alışverişim düzene girince, "İyi misin?" diye sordu.

"Evet, evet teşekkür ederim. Ben ne olduğunu anlamadım. Uyandım ve bu hale geldim." dedim.

"Sanırım kâbus görmüşsün, ağrı kesicinin etkisi geçince de böyle olmuş. Şimdi iyisin merak etme." dedi cana yakın bir gülümsemeyle.

"Tekrar teşekkür ederim, şey, maskeyi çıkarabilir miyim?" dedim.

"Ah, evet rahatlıkla nefes alıp verebiliyorsan çıkar." dedi.

Maskeyi çıkardım, "Teşekkür ederim." dedim.

"Bana teşekkür edip durma hayatım, görevim bu." dedi. Gülümsedim o da gülümsedi. "Herhangi bir şeye ihtiyacın olursa düğmeye bas." dedi.

"Tamam," dedim minnetle. Hemşire odadan çıktı. Başımı yastığa koyup gözlerimi kapadım, derin bir nefes alıp verdim.

"Vay canına!" diye fısıldadım. Hüsranla, "Durum sandığımdan daha ciddiymiş sanırım." dedim.

"Eh, anladın sonunda."

Sesi duyunca gözlerimi aniden açıp başımı kaldırdım.

"Ay, şey, ben yalnız olduğumu sanıyordum. Özür dilerim."

"Özür dileyecek bir şey yapmadın Sally. İyi misin şimdi?"

"Evet, evet iyiyim. Teşekkür ederim, gerçekten sen olmasaydın ben hemşireleri çağıramazdım. Tanrım, kötü bir rüya beni ne hale getirdi inanamıyorum."

"Önemli değil, gerçekten. Ne görüyordun peki bu kadar kötü. Tabii sormamda sakınca yoksa."

"Hayır, yok" rüyayı hatırlamaya çalıştım. Rüyamda Nick vardı ama tam olarak neler olduğunu hatırlamıyor, sadece Nick ve kör edici ışığı hatırlıyordum.

"Ben, ben tam olarak hatırlamıyorum, Parlak bir ışık vardı. Sonra, sonra ışığın daha da şiddetlendiğini hatırlıyorum sadece." dedim. Ne var canım Nick'ten bahsetmediysem. Hem ona ne ki, kişisel Nick tamam mı?

Meraklı gözlerle bana bakıp düşünceli bir tavırla, "Anladım, ilginç." dedi. Başka bir şey söylememe fırsat vermeden, "Neyse ben bir bakayım demiştim uyumuyorsan eğer diye. Baktım, gördüm, iyisin." gülümsedi ve devam etti: "Ben tekrar uğrarım şimdi dinlensen iyi olur." dedi.

"Şey Adrian, ben tekrar teşekkür ederim ama acaba... Babama olanları söylemesen olur mu diyecektim. Benim durumuma yeterince fazla üzülüyor zaten daha fazla üzülmesine gerek yok bence."

"Evet, evet haklısın. Tamam, söylemem merak etme sen dinlenmeye bak." dedi yumuşak bir ses tonu ve nazik, sevecen bir gülümsemeyle.

"Tekrar ve tekrar teşekkür ederim." dedim gülümseyerek. O da gülümsedi ve göz kırpıp odadan çıktı.

Dr. Hall akşam uğradığında rapor sonuçları ve son kontrollerden sonra son kazığını da attı. Hem de sırtımdan vurdu. Adi herif! Ben de benim tarafımda sanıyordum onu. Bütün değerler normale dönüp dikişlerim alınacağı zamana kadar, yani tam beş gün boyunca daha hastanede yatmam gerektiğini söyledi. Okulu bahane etmeye çalıştım ama rapor ve gerekli ders notlarını Adrian'dan rica ettiğini ve onun da halledeceğini söyledi. Kısaca çevremdeki herkes bana karşı tavır alıp resmen beni hastaneye hapsetmiş durumdaydılar.

Hastanede neredeyse bir hafta kalmam yetmez gibi, yılbaşını da hastanede kutlamak ödül olmuştu bana doğrusu. Saçmalıyorum tabii ki hastanede yılbaşını geçirmenin neresi ödülse. Neyse ki akşama doğru Pit ve Nina'nın elleri kolları Scrabbel, Tabu, Monopoly ve abur cubur kutularıyla dolu kapıdan girdiğinde günüm aydınlanmış oldu. Yalvarmalarıma karşılık babamı ve Dr. Hall'ı mısır yemeye ikna edebildim. Pit ve Nina kola içerken ben de portakal suyuna temenni etmek zorunda kaldım ama sonuçta hiç yoktan iyidir. Kısa bir süre sonra oyunumuza babam da katıldı. Ona tabuyu öğretmek tam bir işkenceydi gerçekten. Babam kızgınlığını unutmuş herkes rahatlamıştı. Özellikle de ben.

Gecenin ilerleyen saatlerinde ziyaretime Adrian geldi. Gerçekten çok iyi biriydi; beni o şekilde bulduğundan beri hiç yanımdan ayrılmamış, desteğini eksik etmemişti. Görevini fazlasıyla yapan danışman desek yerinde olur. Yakışıklılığı da kaçınılmaz bir göz ziyafeti tabii ki. Yüz hatları tanıdığım birini andırıyordu bana ama bu eşsiz hatları biri dışında kimsede görmedim ne yalan söyleyeyim. Ve o biri kim, siz çok iyi biliyorsunuz. Gece boyunca sanki Adrian, her hareketimi her tepkimi ezberliyormuş gibiydi. Bakışlarımız buluştuğunda ben gözlerimi kaçırırken o gözlerimin içine bakıp adeta ruhumu okumaya çalışıyordu.

Hastanede kaldığım süre boyunca Adrian sürekli ziyaretime geldi. Ara sıra derslerden olsun, okuldan olsun hatta beysboldan bile uzun sohbetler ettik. Sonunda ne yazık ki o da bana Sel demeye başladı. Bu kadar kısa bir süre içinde herkesle iyi anlaşmasından şüphelensem de, dikişlerimin alınacağı gün getirdiği, en sevdiğim küçük çikolata kaplı fındık toplarından sonra şüphe falan kalmadığından emin olabilirsiniz. Tanrı aşkına, çikolata toplarından sonra kim birinden şüphelenir ki!

Cuma günü hastaneden çıkarken, neredeyse sonunda oradan çıktığım için hastanenin kapısının önünde, zafer dansı yapmamak için kendimi zor tutmuştum. Dr. Hall pazartesi günü okula dönebileceğimi söylediği için ayriyeten zafer dansı yapmalıydım. Tabii derslerde iki haftalık açığımın ve sınavlara da önümde sadece bir hafta olması şahaneydi doğrusu. Kesinlikle bittim ben! Sosyal hayatımın sıfırlandığı anlamına geliyordu resmen. Adrian açığımı kapatmam için, şehir kütüphanesinde öğretmenlere özel kiralanan ofislerden tuttuğunu ve kendi ofisini, sınırsız kaynak ve süre sıkıntısı olmadan çalışabileceğimi önerdiği için ayrıca minnettardım. Her şey eski haline dönmeye başlamıştı. Attığı mailden ve gördüğüm (ve hâlâ tam olarak hatırlayamadığım) rüyadan sonra bütün hafta ne Nick'i görmüş ne de konuşmuştum. Yanıma hiç uğramamasına kırılmıştım açıkçası. Hiç olmazsa insan bir arar canım yani. Her neyse madem o beni umursamıyordu ben de onu düşünmeyecektim.

Doktor çabuk iyileştiğimi, normalde bir ayda anca ayağa kalkabileceğimi söyledi. Tabii yine de sözlerinden cesaret almamamı ve her ihtimale karşı dikkatli davranacağıma dair söz verdirdi. Test sonuçlarının hepsi normal çıkmıştı. Sadece ilaçlarımı düzenli almam gerekiyordu. Sonunda çıktığıma o kadar mutluydum ki, zafer dansı yapmamak için kendimi zor tutuyordum. Dikişlerimi patlatmasaydım ve eğer kalbimi bu kadar yormasaydım eminim şuanda hastaneden değil de, Nina ile her zamanki yerimizde, (Susana Cafe) kafein ihtiyacımızı karşılamış eve dönüyor olurduk. Eve döndüğümüzde odama çıkmak için kimseden yardım istemedim. İhtiyacım olmamıştı da zaten. Gayet iyiydim hatta harikaydım. Odama girer girmez küveti doldurmak ve banyo keyfi yapmak için suyu açtım. Akan suyun altına karpuz kokulu duş jelinden ekleyip köpürttüm. Karpuza bayılırım. Kokusuna ayrıca bayılırım. Her zaman kendimi tazelenmiş hissetmemi sağlıyordu. Ne zaman şımartılmaya ihtiyacım olduğunu düşünsem karpuz vazgeçilmezimdir. Sanırım iki hafta boyunca yaşadığım kâbustan sonra şımartılmaya gerçekten ihtiyacım vardı.

Sıcak suya ayağımı sokar sokmaz gevşemeye başladığımı hissettim.

Nick'in gözlerinden;

Sonunda Sally'nin soyuna dair olan araştırmam tamamlanmıştı. Neden bu kadar hızlı ve erkenden ona bir koruyucu gönderdikleri anlaşılmıştı. Bütün hafta boyunca ona ulaşmaya çalışmıştım. Hatta son seferinde oldukça zayıf düşmeme rağmen rüyalarına da girmeyi denemiştim. Ama hiçbir şekilde ona ulaşamamıştım. Her denememde sert bir şekilde kapı suratıma kapatılmıştı. Gönderdikleri koruyucu kimdi acaba? Neden kendini kendi cinslerinden saklıyordu?

Şuan ki tek korkum Sally'i kendimden uzaklaştırmış olmaktı. Neyse ki hastanedeki bağlantılarımdan bugün çıktığını öğrenmiştim. İlk işim onu ziyaret etmek olacaktı.

Bugün ona her şeyi anlatmayı planlıyordum. Tabii ki anlattıklarımdan sonra şok yaşaması ve inkâr etmesi muhtemeldi. Ona karşı hissettiğim şeylerin karşılıklı olması daha da korkutmuştu beni. Ya ben onu etkileyeceğime o beni etkiliyorsa? Amacımdan sapmak istemiyordum.

Evim dediğim, dışarıdan baraka gibi görünen, içinden ise son teknoloji ve modern eşyalarla, güvenlik sistemiyle çevrili gizli dairemin çalışma odasına girdim. Güvenli hattan yakın dostum aynı zamanda ortağımın numarasını tuşladım. Gelişmelerden haberdar olmalıydı. Hem arkamı kolladığından, hem de dünyaya bir koruyucu gönderdiklerinden haberi olmalıydı ki ona göre tedbir alması gerekiyordu.

Her zamanki gibi ilk çalışta açtı.

"Evet, yoldaş haberleri alayım." dedi.

"Arada bir o mağaradan gün yüzüne çıkmayı düşünsen iyi olur. Tanrı aşkına bu zamanda kimse yoldaş kelimesini kullanmıyor bile."

"Dostum, insanların nasıl konuştuklarını pek önemsediğim söylenemez. Ayrıca tedbirli davranıyorum, cehenneme gönderilmeye pek meraklı değilim senin aksine. Senin kadar güçlü değilim biliyorsun. Her neyse neler oluyor oralarda, önemli bir şeyler olmasaydı sen beni aramazdın." dedi.

"Evet, dostum önemli gelişmeler var. Takip ettiğim kızın; araştırmalarım sonucunda bir baş meleğin kızı olduğunu öğrendim. Anafiel'i hatırlarsın, ben kaçtığım zamanlarda yeni baş melek olmuştu. Üstelik çoğu kovulanların bu yüzden kovulmasına rağmen, onun kızına bir koruyucu göndermişler. Bütün çabalarıma rağmen bu hafta boyunca kıza ulaşamadım. Buradan güçlü birini yani baş meleklerden birini gönderdikleri sonucuna varıyorum. Araştırmalarıma devam ediyorum, bu kızın diğer nefilimlerden ne farkı olduğunu çözmem gerekiyor."

Daniel, söylediklerimi hazmederken koltuğuma oturup kendime viski doldurdum. Daniel'in asıl adı Exael idi. Hepimiz gibi, o da kovulduktan sonra insanların garipsemeyeceği fani isimlerinden birini seçmişti. Sonunda derin bir nefes vererek, "Dostum, bana sorarsan bir şeyler oluyor. Bildiğim kadarıyla Anafiel kovulmadı ya da kaçmadı. Yukarıda ilginç şeyler oluyor gibi, her ne oluyorsa bizi de etkileyeceği kesin, bir an önce çözmeliyiz bu işi. Sanırım inimden çıkma vakti geldi. Haftaya yanında olurum." dedi.

Daniel, İngiltere'deydi. Oradan gelmesi uzun sürecekti.

"Bekliyorum, eğer bir terslik olursa beni güvenli hattan hemen ara."

"Ben gelene kadar kızı gözünün önünden ayırma dostum. Yaklaşabildiğin kadar yaklaş."

"Tamam, görüşürüz."

Telefonu kapattıktan sonra bardakta kalan viskiyi kafama dikip odadan çıktım. Sally'e hayatının yalan olduğunu anlatmam, Daniel gelene kadar ertelenmiş olmuştu. Önce yukarıdakilerin planını çözmemiz gerekiyordu. Tabii bu süre zarfında da Sally'e ne kadar yaklaşabiliyorsam o kadar yaklaşmam gerekiyordu. Bu durum işime gelmiyor değildi.

Sally'nin evine yaklaşınca cipimi ağaçların arasına park edip, kalan yolu yürümeyi tercih ettim. Eğer koruyucu gelirse benim orada olduğumu anlamamalıydı. Bütün duyularımı sonuna kadar açıp, etrafta melek enerjisi aradım. Ağaçların, böceklerin, gece kuşlarının hepsinin hayat enerjisini hissediyordum. Gece hayat doluydu. Tıpkı saat gibi, bir nabız gibi atıyordu. Olağan dışı hiçbir şey yoktu.

Evin önüne geldiğimde tam kapıyı vuracaktım ki, evdekilerin enerjilerine, ruh hallerine bakmaya karar verdim. Oturma odasının olduğu yerde bir yetişkin aurası, yukarıda Sally'nin odasında da genç bir kızın aurasını hissettim. Biri babası, biri de Sally idi. Sally'nin aurası yeşil, altın sarısı ve eflatun rengi karşımıydı. Yeşil ve altın sarısı mı? Bu, imkânsız. Eflatun dışında ikimizin aurası neredeyse birbirinin aynısıydı. Neden ona kendimi kaptırdığım anlaşılıyordu. Biz istemesek de auralarımız zaten birbirini çekiyordu. Çok garipti. Bir anlık bocalamadan sonra kafamdaki düşünceleri bir kenara atıp kapıyı çaldım.

Sally'nin gözlerinden;

Banyo sefasından sonra bütün hafta yatmama rağmen uykusuzluktan ölüyordum. Pembe pamuklu pijamalarımı (hani babamın aldıkları) giyip yatağın üzerine uzandım. Kendimi hiç hasta gibi hissetmiyordum ama en ufak bir terslikte krize giriyordum. Böyle uzanıp düşününce sanki hiçbir şey olmamış gibi hissediyordum. Gerçi pazartesinden itibaren eski monoton hayatıma geri dönecektim.

Gözlerimi kapar kapamaz uykuya daldım. Hiç zor olmamıştı. Genelde bir beş-on dakika dönüp dururdum. Henüz derin uykuya dalmamıştım. İçimde bir huzursuzluk hissedince gözlerimi açtım.

Gözlerimi açtığımda öncelikle ne gördüğümü anlamadım, sonra ise ne olduğunu anlayınca ki ilk tepkim, çığlık atıp geri çekilmek oldu. Çünkü bir çift siyah göze bakıyordum. Tanrım, o kadar yakındı ki! Yatakta geri çekilirken üzerimdeki çarşafa dolanıp yere düştüm. Çarşaf mı? Ben üstüme bir şey örtmemiştim ki. Ben çarşafla boğuşurken siyah gözlerin sahibi konuştu.

"Sally dur, Tanrı aşkına, benim Nick!"

Adını ve sesini duyar duymaz çarşaftan kurtulma çabalarıma ara verip ona baktım. O tanıdık güzel yüzü görünce rahat bir nefes aldım.

"Aman tanrım Nick! Ödümü kopardın."

"Özür dilerim. Açıkçası böyle bir tepki beklemiyordum."

Tanrım, benimle eğleniyordu. Dudaklarının kenarları yukarı bükülmüş bana bakıyordu.

"Ah, öyle mi, ben de uyandığım zaman burnumun dibinde bir çift siyah göz görmeyi beklemiyordum."

"Hem sen ne yapıyorsun burada?" diye sordum.

"Hastaneden çıktığını öğrenince nasılsın diye bakmaya gelmiştim." dedi.

Hah, nasılım diye bakmaya gelmiş miş. Hastaneden çıktığıma göre iyiyim demektir yani değil mi?

"Hastaneden çıkardıklarına göre iyiyim demek ki." diye tersledim.

"Şey ben, Sally daha önce gelmek istedim ama olmadı. Hem sana söylemiştim yanında o varken gelemem diye."

"Ne, dediklerinden hiçbir şey anlamıyorum Nick. Sen bana hiçbir şey söylemedin ki."

"Hatırlamıyorsun." dedi. Neyi hatırlamıyordum? Kaşlarımı çatıp alık alık bakınca "Her neyse boş ver, o kadar da önemli bir şey değil. Dur, kalkmana yardım edeyim iyice dolanmışsın oraya. Uyuduğunu görünce üzerine çarşafı örtüp gidecektim ama sen uyandın." dedi.

"Şimdi düşünüyorum da üstünü örtmek cidden iyi fikirmiş." dedi. İşte şimdi sırıtmamak için kendini zor tutuyordu.

"A öylemi, birilerini eğlendirdiğime çok mutlu oldum doğrusu!"

Yerden kalkmak için uzattığı elini tuttum. Diğer elimle de dengemi korumak için göğsüne yaslanıp çarşaflardan kurtuldum. Kafamı kaldırmadan, "Teşekkür ederim." dedim.

"Her zaman."

Siyah tişörtünün boynundan kolyesinin gümüş zinciri görünüyordu. Elimi zincire uzatıp kolyeyi tişörtün üstüne çıkardım. Bir yerden tanıdık geliyordu bu kolye bana ama nerden? Çok tanıdıktı zincirin ucundaki narin, etrafı çevrili mavimsi çember.

"Çok garip daha önce de gördüm ben bunu." diye fısıldadım. Tereddütle elimi kolye ucuna yaklaştırdım.

"Çok güzel!"

Nick sıkıntıyla, "Sally ben, şey ona dokunmasan daha iyi." dedi.

"Nerden hatırlıyorum ben bu kolyeyi?" Soru soran gözlerle Nick'e baktım. Nick, soruma kaşlarını çatarak cevap verdi. Nick'in geri çekilmesine fırsat vermeden kolyenin ucunu avucumun içine aldım. Ne olduysa işte o an oldu. Kolyeye dokunduğum anda Nick'ten bana sanki bir elektrik akımı geçmiş gibi oldu ve aynı anda beynime görüntüler dolmaya başladı. Nefesimin kesildiğini, dizlerimin bağının çözüldüğünü hissettim.

Nick, bir küfür savurup yere düşmeden belimden yakaladı ve kendine çekti. Kendime geldiğimde korkudan titriyordum. Nick beni kendinden kol boyu uzaklaştırıp omuzlarımdan tuttu.

"Sally sakin ol, derin derin nefes al ver!"

Gözlerimi yüzüne odaklamakta zorluk çekiyordum. Şaşkınlıktan kocaman açılmış gözlerle deli gibi sağa sola bakıyordum.

"Aman tanrım! Bu da neydi böyle?"

"Ne yazık ki birkaç tahminim var ama emin değilim."

"Gördüm, gördüm daha önce o kolyeyi nerde gördüğümü; sonra rüyamı, sonra kanatları ben birkaç şey daha gördüm ama anlam veremedim."

"Ne gördün anlat bana!" dedi merakla.

"Şey ben." gözlerimi kapatıp gördüklerimi tekrar gözden geçirdim: "Bir, bir tane adam vardı gözleriyle saçları benimkine benziyordu ama." kaşlarımı çatıp devam ettim: "Beyaz, kar beyazı kanatları vardı. Bu kolyeden vardı onda da, sonra yanında ben vardım, bir eli omzumdaydı. Ah, hayır o ben değildim, çünkü elini uzatıp beni de öbür yanına çağırıyordu. Benden bir tane daha vardı."

"Bu ne anlama geliyor Nick? Benden gizlediğin şeyler ne?"

"Emin değilim Sally anlat, her şeyi anlat başka ne gördün? Söz veriyorum çözer çözmez anlatacağım sana her şeyi."

"Şey başka bir şey görmedim, sadece daha önce gördüğüm ama hatırlamadığım rüyalarımı gördüm. Sen vardın rüyalarımda, kolyeni de daha önce rüyamda gördüm sen takarken. Tanrı aşkına bu kanat saçmalığı da neyin nesi, senin de kanatların vardı ama siyahtı. Bir de birini daha gördüm, elimden tutup beni o kar beyazı kanatları olan adama doğru götürüyordu. O adamı daha önce gördüm, hem de bütün hafta boyunca gördüm Adrian, Adrian'dı o."

"Tarif et, onda değişik olan ne vardı?" dedi Nick heyecanla.

"Şey, onun da kanatları vardı ama kar beyazı değildi, altın sarısı gibiydi ve diğerininkinden farklı olduğu anlaşılıyordu, daha görkemliydi. Ve şey; galiba mor ve mavi karışımı bir parıltı vardı üzerinde. Diğeri ise eflatun ve gümüş rengi karışımı parıldıyordu."

Kafamı kaldırıp tekrar Nick'e baktım: "Neler oluyor Nick? Korkuyorum." diye fısıldadım.

Yumuşak bir sesle, "Devam et tatlım, korkmana gerek yok ben yanındayım." dedi.

"Yemin ederim başka bir şey yok hepsi bu. O kız kimdi Nick? O kolyede ne var? Biliyorsun ama bana hiçbir şey söylemiyorsun, biliyorum çünkü hissediyorum. Lanet olsun her şeyi hissediyorum bundan nefret ediyorum. Kötü bir şeyler var değil mi? Ben hislerimde hiç yanılmadım Nick, en son böyle sezgileri annem ölmeden önce hissettim, birinin daha ölmesini istemiyorum. Anlamıyor musun birini daha kaybedersem bunu kaldıramam." sesim alçalıp hıçkırığa dönüştü. Yanağımdan bir damla gözyaşı süzüldü. Elimin tersiyle silip, "Ne istiyorsun benden, neden bu kadar ilgileniyorsun benimle, neden bu kadar karmaşıksın, neden gizemlisin söyle? Söyle lütfen, söyle Nick!" diyip hıçkırıklara boğuldum.

Yine hiçbir şey söylemedi. Sessizce beni kendine çekip sarıldı. Başımı göğsüne gömüp hıçkırıklarımın durmasını bekledim. Yapacak hiçbir şeyim yoktu. Elimden gelen en ufak bir şey bile yoktu. Çaresizce neler olacak diye beklemekten nefret ediyordum. Anlamadığım bir dilde yumuşak bir ses tonuyla sakinleştirici bir şeyler söylemeye başladı. Gerçekten büyülü bir sesi vardı. İnsan sırf onu dinleyerek kendinden geçebilirdi.

Sakinleştiğimde, "Neden bana bir şey anlatmıyorsun, bari onu söylesen olmaz mı?" diye sordum. Başım göğsüne gömülü olduğu için sesim boğuk çıkmıştı.

"Üzgünüm Sally, gerçekten seni böyle üzmek istemiyorum ama beklemek zorundasın. Her şeyi açıklığa kavuşturduğumda sana anlatacağım. Unuttun mu zaten söz vermiştim sana anlatacağıma dair."

Ses tonundan söylediklerinde samimi olduğu anlaşılıyordu. Ama beklemek yine de beni deli ediyordu. Bir anda pembe pijamalarımla Nick'e sarıldığım kafama dank etti. Durumumun farkına vardığım an yüzümü silip geri çekildim ve kekelemeye başladım.

"Şey, ben, tamam öyleyse." dedim ama aklıma başka bir şey gelince devam ettim: "Nick, neden son birkaç haftadır gördüğüm rüyaları hatırlamıyordum? Ben rüyalarımı hep hatırlarım, hem de en ince ayrıntısına kadar. Ama kolyeye dokununca sanki hepsi geri geldi ve daha fazlası."

"Bunu o yapmış olmalı, şu Adrian dediğin. Bütün hafta boyunca sana ulaşmaya çalıştım ama hep beni engelledi. Sıradan birinin yapamayacağını biliyordum ama onun gelmesini hiç beklemiyordum."

Bana açıklama yapmaktan çok kendine açıklama yapıyor gibiydi, çünkü söylediklerinden pek bir şey anlamamıştım. Adrian ne yapabilirdi ki? Hem Nick ile tanışmıyorlardı bile. Nick'in rüyamda söyledikleri aklıma geldi 'çünkü bu benim rüyam Sally', 'sakın bu rüyayı unutma, uyandığın zaman yanındakinden uzak dur yoksa yanına gelemem!' Hayır, hayır çok saçmaydı, biz rüyamızda mı buluşmuştuk yani? Bu imkânsızdı. Yok, canım mantıklı bir açıklaması olmalıydı. Parçaları yanlış birleştirdiğime, tamamen benim hayal gücüm olduğuna emindim. Daha doğrusu hayal gücüm olmak zorundaydı. Bir süre konuşmadan yatağın üstünde karşı karşıya oturup bakıştık. Sonra Nick'in yüzünde hafif bir tebessüm oluştu.

Kaşlarımı çatıp, "Ne, ne var?" diye sordum.

Başını iki yana sallayıp gülümsemeye devam etti.

"Neden gülüyorsun Nick? Söylesene!"

Sırıtarak, "Sadece, pijamalarını çok beğendim." dedi.

Aman tanrım! Kızlar beni hemen öldürebilir misiniz? Tanrım, rezil oldum! Sıcaklığın yüzüme hücum ettiğini hissettim. Ellerimle yüzümü kapatıp, "Tanrım, inanmıyorum." diye sızlandım.

"Çok kötüsün Nick Warrior!"

"Hayır, hayır lütfen çok tatlısın."

İltifatı hiçbir halta yaramamıştı çünkü söylerken gülmeye devam etmişti.

"Özür dilerim beyefendi hastaneden bugün geldim, hastayım malum ve rahat etmem gerek, hem pijamalarımı babam aldı laf yok. Ayrıca beyaz gecelikten daha rahat olduğu kesin."

Sırıtarak, "Ah, kesinlikle daha çok yakıştığı da kesin, benim aklıma gelmediği için üzülüyorum ben." dedi.

Omzuna hafif bir yumruk atıp, "Gülmesene!" dedim. Elimi geri çekerken yakalayıp tuttu. Aslında hep böyle gülse sonsuza kadar izleyebilirdim. Sırf onu güldürmek için adam tutmalıydı. O kadar güzel gülüyordu ki. Elimde olmadan ben de gülümseyip onu seyretmeye daldım. Sanırım gerçekten hoşlanıyordum ondan. Peki ya o da benden benim kadar hoşlanıyor muydu? Şu dakikada ne gizemliliği, ne de benden bir şeyler saklaması umurumda değildi. Onunla birlikte her şeye sonuna kadar gitmeye razıydım. Sanki birbirimizi bulmak ve beraber olmak için yaratılmıştık. Hakkında neredeyse hiçbir şey bilmiyordum ama sanki bütün hayatım boyunca yanımdaymış gibi, birbirimizi yakından tanıyormuşuz gibi hissediyordum. Yanındayken kendimi hep güvende hissediyordum. Bunun için geçerli bir sebebim var mıydı, yoktu.

Bana ne söylerse söylesin, doğruyu söyleyeceğinden emindim. Ona karşı sonsuz bir güven besliyordum. Ama neden?

Gözlerimiz birbirine kilitlenmişti. Her zamanki gibi gözlerinin derinliğinde kaybolmuştum. Elim hâlâ elindeydi. El ele bakışıyorduk. Tanrım, ne kadar romantik! Yavaşça bana yaklaşıp diğer elini de boynuma götürdü. Alnını alnıma dayayıp, "Beni büyülüyorsun." diye fısıldadı.

Aynı şekilde şakayla karışık, "Ne büyük tesadüf sen de beni." diye fısıldadım.

"Bunu duyduğuma çok sevindim Sally." bir an duraksayıp gözlerini kapattı. Gözlerini geri açtığında adeta ateş gibi parlıyordu. Gözlerinin güzelliği ve yaydığı güç karşısında soluğum kesilmiş, dudaklarım kurumuştu. (Neredeydi benim çilekli dudak nemlendiricim?) Ben de dudaklarımı yalayıp nemlendirdim.

"Bu anın üçüncü kez bozulmasına izin veremem." demesiyle birlikte dudaklarıma yapışmıştı.

Önce şaşkınlıktan hiçbir şey yapamadım. O da bunu anladı ve bekledi. Sonra öpüşüne karşılık verdim. Öpüşüne karşılık verir vermez kontrolü eline aldı. Sanki ben çöldeki suymuşum gibi bir iştahla ve hararetle öpüyordu ama aynı zamanda öpüşü o kadar nazik ve yumuşaktı ki. Öpüşmekten soluksuz kalana kadar devam etmiştik. Bu öpücük içinde o kadar büyük bir özlem taşıyordu ki, sanki yıllardır birbirinden ayrı kalmış iki âşık gibiydik. Geri çekildiğinde alnını alnıma dayayıp, soluk alıp verişimiz düzene girene kadar bekledik. Nefeslerimiz birbirine karışıyordu. Nefesi bahar çiçekleri gibi kokuyordu. (Anlaşılan naneli diş macununun modası geçmişti, ben de değiştirsem fena olmazdı. Tanrım o kadar güzel kokuyordu ki, nefesini içmek istiyordum.)

Gözlerimi açıp, "Vay canına!" diye fısıldadım. Onun gözleri hâlâ kapalıydı, dudaklarının kenarlarını yukarı doğru kıvırıp gözlerini açtı. Gözlerimiz buluşunca o da, "Vay canına!" diye fısıldayıp beni onayladı. O da benim gibi hissetmiş olmalıydı. Bu düşünce bile içimde kelebeklerin uçuşmasına yetmişti.

Alnımı alnından çekip dudaklarına küçük bir öpücük kondurduktan sonra başımı göğsüne yasladım. O da kollarıyla sırtımı ve belimi kavrayıp sıkıca sarılınca, kucağında kedi gibi gevşedim. O an o kadar huzurluydum ki, bu anın hiç bitmemesini, sonsuza kadar öyle kalabilmeyi diledim. Bazen hayat böyledir işte, beklenmedik bir anda aşkı bulurdunuz. Bazen ise, beklemediğiniz anda hayatınız birden bir kâbusa dönüşebilirdi. Hayat gerçekten de sürprizlerle doluydu. Yıllardır kendimi bir robot gibi hissediyordum açıkçası; okul, arkadaşlar ve babam. Annemin ölmesiyle beraber sanki duygudan da yoksun kalmıştım. Sevgi kaynağım gitmişti. Ama Nick, bilemiyorum sanki onunlayken bir şeyleri sevmek için nedene ihtiyacım yoktu, yanımda onun olması yeterliydi. Bunun da elimden alınmasından o kadar çok korkuyordum ki, sanki ümitlenmemem için boğazımda bir yumru vardı.

Kollarındayken o kadar rahattım ki bir an dalmıştım. Bunu fark eden Nick, başını aşağı eğip dudaklarını kulağıma yaklaştırarak kısık sesle, "Sally yorgunsun, seni yormamalıyım henüz tam olarak iyileşmedin, ben gitsem sen de dinlensen daha iyi olur." dedi.

İç çekip daha sıkı sarıldım.

"Hayır, Nick lütfen gitme beni bırakma!"

"Seni asla bırakmam, merak etme."

"Kollarında o kadar rahatım ki, biliyor musun bütün hafta boyunca yanıma gelmeni bekledim. Bunun için bir nedenim yoktu ama yine de hep seni bekledim."

Başımı öpüp nefesini bıraktı, "Üzgünüm gerçekten çok üzgünüm. Bundan sonra beni beklemek zorunda kalmayacaksın, çünkü zaten hep yanında olacağım." dedi.

"Sen de hissediyorsun değil mi bu, bu aramızdaki akımı?"

"Evet hissediyorum. Sanki beni, sana bağlayan elektrik akımı gibi. Seni ilk gördüğüm andan beri hissediyorum bu bağı sen de hissetin mi?"

"Evet, ben de seni ilk gördüğüm andan beri hissediyorum. Çok garip değil mi? Sanki daha önce de tanışıyormuşuz gibi hissettiriyor."

"Evet öyle."

Nick sırtını yatağın başucuna yasladı. Bir eli sırtımda, diğer eli de yanağımda daireler çiziyordu. Daha sonra Nick o daha önce kullandığı, anlamadığım bir dilde bir şeyler mırıldanmaya başladı. Kulağımın altındaki kalbi, söylediği sözleri adeta bir ninniye dönüştürüyor uyumlu bir ritimle atıyordu. Ses tonu ipek gibiydi, söylediği sözler büyü gibi ruhumun derinliklerine işliyordu. Kısa süre sonra kolları arasında huzurlu bir uykuya daldım. Haftalardır ilk huzurlu uykumdu herhalde.

Rüyamda yüzü olmayan insanlar ve büyük, siyahlı beyazlı bir sürü görkemli kanatlar gördüm. Eh gördüğüm rüyaları hatırlamamaktan iyidir en azından. Uyandığımda ise sabahın ilk ışıkları odamın camından süzülüyordu. Üstümde dün dolaşıp düştüğüm çarşaf vardı. Dün deyince, ah, dün olanlar gözümün önünden tekrar geçti! Yüzümde aptal âşık gülümsemesiyle çarşafa sarılıp yan döndüm. Canım benim, bir gece de ikinci kez üstüme çarşaf örtmüştü. Nasıl da düşünüyordu ama beni.

Yastığımın köşesinde not defterimden bir parça kâğıt duruyordu. Düzgün, kavisli ve küçük el yazısı vardı. Nick'in el yazısıydı. Kâğıtta şunlar yazıyordu;

Sevgilim,

Kollarımda o kadar huzurlu uyuyordun ki giderken uyandırmaya kıyamadım. Yanından ayrılmak istemezdim ama sanırım babanla aram iyiyken durumları aleyhime çevirmesem daha iyi olur diye düşündüm. Gün boyu seni çok özleyeceğim. Adrian denen adamdan uzak dur, yoksa yanına gelemem. Yanına gelmeye çalışacağım.

Nick.

Sevgilim demiş. Eh, olayımız resmiyetleşmişti. Vay canına, şimdi biz çıkıyorduk yani! Kâğıdı alıp öptükten sonra yastığımın altına koyup geri uyudum.

5.

Bölüm İsmi Yok

Hafta sonu boyunca evde babamla birlikte oturduk. Ne kadar sıkıldığımı tahmin edebiliyorsunuzdur. Nick, gündüz değil ama hep ben yatmadan önce geldi. Ona sarılıp uykuya dalmak tarif edilemez bir duyguydu. Beni önemsediğini gözlerinden anlayabiliyordum. Cuma gecesi kolyeyle olanlardan sonra, ona sarılırken kolyenin zincirine bile dokunmaktan kaçınıyordum. Aslında dokunmaktan değil, hatta dokunduğum anki verdiği elektrik akımı da değildi korktuğum; göreceklerimden korkuyordum. Ne gariptir ki ne kolyenin gücü, ne de Nick' in söylediği anlaşılmaz şeyler bana çok da tuhaf gelmiyordu. Beni gören de her gün, garip güçleri olan kolyelerle garip rüyalarla uğraşıyor sanır.

Babama iyi olduğumu kanıtlamak için birkaç spor hareketi yaptıktan sonra pazartesi okula gitmeme izin verdi. Daha önce okula bu kadar çok gitmek isteyeceğim aklımın ucundan bile geçmezdi. Ah, tabii tarih ödevlerini de sabırsızlıkla bekliyordum desem yalan olur tabii ki. O kadar da sıkılmadım canım evde.

Pazartesi sabahı erkenden kalktım. Aşağı kahvaltıya indiğimde, enerjik ve taptazeydim. Bir şeyler atıştırdıktan sonra arabamın anahtarlarını aramaya koyuldum. Ah bebeğim benim, küçük kırmızı maymuncuğum. Onu sürmeyi o kadar çok özlemiştim ki. Bulamayınca aramayı bırakıp babama seslendim.

"Baba Lizzy'nin anahtarlarını gördün mü?"

"Lizzy de kim? Ah dur tamam, senin arabaydı. Aramak için zahmet etme tatlım, seni okula bırakması için birini çağırdım. Bugün şoförün var."

Şoför mü? Bir bu eksikti zaten, "Baba benim bebek bakıcısına ihtiyacım yok, iyiyim biliyorsun!" diye bağırdım. Zaten son dakika golü atmadan izin verseydi şaşardım.

"Mızmızlanma, ben seni düşünüyorum."

"Kimi çağırdın? Pit'i çağırdıysan o külüstür kamyonetle yeniden hastanelik olurum haberin olsun!" diye somurttum.

Merdivenlerden inerken, "Kim olduğunu birazdan görürsün." demişti ki, dışarıdan taşların tekerleklerle sürtünme sesi geldi.

"Of baba!"

Babam itirazlarıma hiç aldırış etmeden sırıtarak alnımdan öptü ve montumu uzattı. Üzerimde dar kot pantolonum, pamuklu, boğazlı beyaz kazağım, ayaklarımda uzun binici botlarım ve beyaz eldivenlerim ile şapkamla, bordo renkli montum vardı. Beyaz montumu ne yazık ki hastanede kesmişlerdi! Üstümdeki her şeyi kesmişlerdi. Kesmekten zevk mi alıyordu bunlar? O monta tam üç yüz dolar bayılmıştım. Anlaşılan Hastanedeki hemşirelerin neye ne kadar para verdiğim, umurlarında değildi.

Çantamı aldığım sırada kapı çaldı. Babam kapıdakiyle konuşurken ben de mutfaktan çıktım ve karşımda onu buldum.

Babam, "Geldiğiniz için teşekkür ederim. Onu yetişkin olan birine emanet etmek zorundaydım." diyordu. Ben dediklerine pek dikkat etmedim çünkü o an aklıma Nick'in söyledikleri doldu 'Ondan uzak dur Sally!'

Üstünkörü gülümseyip ve selam verip kendimi dondurucu sabah soğuğuna attım.

Adrian'nın, "Merak etmeyin gözüm üzerinde." dediğini duydum. Neydim ben beş yaşında mı?

Okula giderken pek konuşmadık. Sorduğu şeylere kısa cevaplar verdim. Okula geldiğimizde ise onu beklemeden arabadan indim. Seri adımlarla yürüyordum. Adrian arkamdan seslenince durdum, onu bekledim.

"Sally! Sally bekle! Bu acelen ne? Neyin var senin çok durgunsun bugün, canın bir şeye mi sıkıldı? Ben mi bir şey yaptım? Söyle, böyle surat asma lütfen!"

Ne yapıyordum ben Tanrı aşkına. Bir anda Adrian'ı düşmanım yapmıştım. Gerçekten saçmalıyordum. Adrian idi o sonuçta, okulun danışman öğretmeni. Ondan ne zarar gelebilirdi ki?

"Ah, şey, özür dilerim. Sen bir şey yapmadın, gerçekten sadece babama bozuldum. Beş yaşındaymışım gibi davranıyor."

Verdiğim cevaba karşılık gülümsedi, "Evet, haklısın biraz aşırı korumacı davranıyor. Ama bir yönden de onun açısından bakmalısın, hayatta tek varlığı sensin." dedi. Sanırım ben aşırı tepki vermiştim. Adrian gerçekten çok iyiydi.

Ben de gülümsedim ve "Evet, sanırım haklısın. Özür dilerim Adrian, sana kaba davranmak istemezdim." dedim.

Bir elini omzuma koyup hafifçe sıktı, samimi bir gülümsemeyle, "Önemli değil anlıyorum ben seni, haydi şimdi sınıfına git geç kalma!" dedi.

"Tamam, görüşürüz."

Sınıfa girer girmez Pit, Nina, John ve birkaç kişi daha çevremi sarmıştı. John da bizim gruptandı. Pit ile beraber beysbol takımındaydılar, genelde hep dördümüz takılırdık. Diğerleri ise sıradan arkadaşlar. Hepsinin benimle ilgilenmesine, geçmiş olsun dileklerine çok sevinmiştim. İlk dersimiz tarihti. Bay Salvador henüz gelmemişti.

Daha sonra o tanıdık enerji akımını hissettim. Arkamı döndüğümde, kapı girişinde Nick'i gördüm. Görmeden önce o olduğunu hissetmiştim zaten, sadece o olduğundan emin olmuştum. Gözlerimiz buluşunca o karizmatik sinsi gülüşünden yaptı. Ben de gülümsedim. Arkamdaki kızların, "Vay canına, çok seksi!" dediklerini duydum. Onlara aldırmadım çünkü o benimdi. Masanın üstünden kalkarken o da bana doğru geldi. Yanıma gelince dudaklarıma hafif bir öpücük kondurdu ve "Seni özledim." diye fısıldadı. O anda etrafımızdaki herkes kaybolmuştu, sanki sadece ikimiz vardık.

Ben de hafifçe gülümseyip, "Ben de." diye fısıldadım.

Pit'in öksürmesiyle olduğumuz âna geri döndük. Arkamdaki kızların kıskançlık dolu fısıltılarını duydum. Nick, elimden tutup beni ön sıraya götürdü. Nina'ya baktığımda ise şaşkınlıktan açılmış gözleriyle dudaklarını oynatarak, "Seni öldüreceğim, zil çalınca bana her şeyi anlatacaksın!" diyordu. Sırıtarak başımla onayladım. Zil çalınca, Pit ve John sınıftan çıkıp kendi derslerine gitti. Nina ise arkaya geçip, dört göz Henry'nin yanına oturdu ama gözleri hâlâ üzerimdeydi. Gülümseyip ona öpücük gönderdim. 'Seni seni' der gibi imalı şekilde başını salladı.

Ders sonuna kadar Nick sıranın altında elimi tutmuştu. Not almak için elimi çekmeye çalıştığımda daha sıkı tutup, "Ben not alırım." demişti. Gülümseyip başımı iki yana salladım, "Sen delisin." dedim.

"Evet, sana deliyim."

Saf, saf sırıtırken Bay Salvador'un bakmasıyla sırıtışım öksürüğe dönüştü. Bunun üstüne Nick, ufak bir kahkaha atınca Bay Salvador, "Komik olan ne Bay Warrior, söyleyin de hepimiz gülelim?" dedi. Ah, hocalar ve klişeler!

"Komik olan bir şey yok efendim." dedi sırıtarak.

"Peki, neden hâlâ gülüyorsunuz?"

"Gülmek gençleştirir efendim arada siz de yapın."

Bunun üstüne sınıftan kahkahalar yükseldi. Bay Salvador, bozuntuya vermeden devam etti.

"Evet, nerde kalmıştık? Hey! Justin o telefonu ortadan kaldır hemen!"

Nick defterimin kenarına;

Çıkışta işin var mı sana bir şey göstermek istiyorum? Diye yazdı.

Bunun üzerine yüzümü buruşturup;

Kütüphaneye gitmem gerek çok açığım var. Ayrıca yaptığın şov sayesinde Nina'nın peşimi bırakacağını sanmıyorum. Diye yazdım.

Daha sonra öyleyse. Diye yazdı buruk bir gülümsemeyle.

Yanıma geleceksin değil mi daha sonra? Yazdım beklentiyle. Bunun üzerine gülümseyip başını yukarı aşağı salladı. Ben de gülümsedim ve bir omzumu ona yaslayıp tahtaya döndüm.

Zil çaldığında Nick ile birlikte ayağa kalkıp kapıya yöneldim ama onunla beraber çıkmayacağımı biliyordu; çünkü henüz benim dersim bitmemişti. Arkasını dönüp dudaklarını kulağıma yaklaştırıp, "Sanırım bugünlük bir tane şov yeter." diye fısıldayıp yanağımdan öptü ve çıktı. O gider gitmez Nina yanıma ışınlandı. Yemin ederim ışınlansa bu kadar olurdu, birden yanımda bitmişti.

"Dökül, dökül, dökül hemen çatlamak üzereyim. Neden daha önce söylemedin?"

"Iımm, ben şey." kekeledim.

"Bırak şimdi şeyi meyi, anlat hadi!"

Ayrıntıya girmeden kabataslak anlattım her şeyi. Her şeyi dediysem şu kolyeyle olanlar ve garip rüyalar falan onları atladım tabii ki.

Gözleri ışıldayarak bana baktı, "Vay canına, ben demiştim sana senden hoşlanıyor diye gördün mü bak! Tek hisleri güçlü olan sen değilsin. Ama tam bir pisliksin Sally Mallette." dedi.

"Ne ama niye? Anlattım ya işte olanları."

"Seni öptükten bir saat sonra beni arayıp anlatmalıydın. Dedikodu kraliçesine yapılacak iş mi bu yahu!"

Gözlerimi devirdim.

"Ah, bu arada bugün arabam yok, sabah babam Adrian'ı aramış beni okula bırakması için. O nedenle çıkışta beni kütüphaneye bırakman gerek."

"Lanet olsun kütüphaneden nefret ediyorum! Vay canına, danışman öğretmen işinde iyi çıktı!"

Son söylediğini kaşlarını yukarı aşağı oynatarak söylemişti. Komik gözükmüştü. Güldüm: "Delisin sen Nina." dedim.

"Evet öyleyim. Haydi, en sevdiğim derse gidelim." En sevdiği ders resimdi. Resim olmasının sebebi de serbest çalışmamızdı. Nina genelde tuvale renk cümbüşü yapıp bırakırdı. Tabii ki bu en fazla beş dakikasını alırdı, kalan zamanda da benim çizmeye çalıştığım şeyle dalga geçer, dikkatimi dağıtmaya çalışırdı. Ah, eğleniyor muydu, kesinlikle! Bayan Taylor gelip resimde neyi anlatmaya çalıştığını sorduğunda ise lafı öyle bir döndürüp dolaştırırdı ki, zavallı kadın ona inanırdı. Ona göre bu ders takılma dersiydi.

Sınıfa girip her zamanki yerlerimizi aldık. Nina, bir eline fırça diğer eline de paleti alıp hazır ola geçti.

Ama Bayan Taylor konuşmaya başlayınca Nina, suratını asıp malzemeleri geri yerlerine koydu. Bayan Taylor, konulu çizim yapacağımız zaman, çizeceğimiz şeyin tarihi hakkında bahsetmeye bayılırdı. Bu hal ve hareketlerinden, konuşma tarzından oldukça belli oluyordu. Normalde daha sakin, yumuşak başlı olan kadın, enerji içeceği almış gibi oluyordu.

Bize çizeceğimiz şeyin konusunu söylediğinde oldukça şaşırmıştım.

"Arkadaşlar sizden bir melek çizmenizi istiyorum. Tuvale nasıl yansıtacağınız umurumda değil, sadece bir meleği ifade etsin yeter. Kalanı sizin hayal gücünüze kalmış. İstediğiniz gibi çalışabilirsiniz; karakalem, pastel ya da diğer boya çeşitleriyle. Evet, şimdi başlayın, ders sonuna kadar çiziminizin bitmesini istiyorum."

Nina, "Bayan Taylor, bugün de serbest çalışsak olmaz mı?" diye sordu.

Bayan Taylor, "Ah Nina, serbest çalışmayı çok sevdiğini biliyorum ama belli bir müfredatımız var tatlım!" deyince Nina homurdandı ve önüne döndü.

Elime kalemi alıp aklıma bir şey gelmesini bekledim. Mecbur kalmadıkça karakalem çalışmayı severdim. Melekler, konu buydu. Melek deyince benim aklıma ne geliyordu?

6.

Siyah Kanatlar

Bayan Taylor'un yanıma gelip, "Sally, çizmeyi bırakın dedim!" demesiyle kendime geldim.

"Ah, özür dilerim çizmeye dalmışım duymadım!" dedim gülümseyerek.

Geri çekilip resme baktığımda günün ikinci şokunu da yaşadım. Bütün kanın yüzümden çekildiğini hissettim. Bayan Taylor, tuvale yaklaşıp baktı. Sonra doğrulup soru soran gözlerle bana baktı ve "İki saati verimli kullanmışsın Sally, aferin!" dedi. Ama az önceki gibi gülümsemiyordu. Dik dik bana bakıyordu. Kafasında başka şeyler vardı sanki.

Resimde bir adam vardı, daha doğrusu genç bir çocuk. Hafif kaslı bir vücudu, kot pantolonu ve boynunda bir kolye vardı. Saçı yüzüne dökülmüştü. Başı hafif aşağı eğik olduğu için yüzü gölgede kalıyordu. Ama resmin garip yanı, iki yana açılmış kocaman kanatları vardı. Biri beyaz, diğeri siyahtı.

Resimdeki çocuk Nick'ti. Rüyamdaki haliydi. Ama neden onu çizmiştim? Neden böyle kanatlar çizmiştim?

Nina elinde tuvalle yanıma yaklaşıp, "Tanrım, seninki daha havalı olmuş ama. Değiş tokuş edelim mi?" diye sordu.

"Üzgünüm Nina, Bayan Taylor benimkine çoktan baktı."

"Lanet olsun! Hey, baksana! Sence bundan B+ alır mıyım?"

Resmini bana çevirip gösterdi.

Resimde tombik bir bebek; başında hare, küçük pembemsi kanatlar ve bir elinde ok, diğer elinde de yay vardı. Tamam, Eros'tu bu, herkes anlar ama asıl komik yanı ise ağacın arkasına saklanmış ve okun ucunu çöreklerle dolu bir tabağa nişan almış olmasıydı.

Kendi resmimi unutup bir kahkaha koyuverdim.

Gülmemi bastırmaya çalışarak, "Tanrım, Nina, sen harikasın. Bununla A+ bile alırsın." dedim.

Nina, resmi kendine çevirip bir kez daha baktı, kaşlarını havaya kaldırıp, "Gerçekten mi?" diye sordu. Başımla onayladım.

Sırıtıp, "Vay canına, harika bir ressamım ben kızım!" diye hava atmaya başladı.

Bayan Taylor, resimlerin hepsine tek tek baktıktan sonra, "Resimlerinizin altına imzalarınızı atın ve şu köşeye bırakın ama isteyenler evine de götürebilir, notlarınızı verdim." dedi. Kesinlikle bu şeyi eve götürmek istemiyordum. Çok garipti bir kere, hem Nick'in görmesini istemiyordum. Gösterdiği köşeye yönelmiştim ki, Bayan Taylor beni yanına çağırdı.

"Sally, çizimini evine götürmeni istiyorum. Okulda kalmasa daha iyi." dedi. Çok gizemli konuşuyordu ve konuşurken yüzüme bakmamıştı.

Şüpheyle, "Pekâlâ, nasıl isterseniz." dedim. Yanından ayrılıp Nina'nın yanına gittim. O da resmini eve götürecekti. 'Annem bayılacak.' demişti. Arkama baktığımda Bayan Taylor'un bana baktığını gördüm.

Nina ile beraber önce Adrian'ın odasına uğrayıp ofisinin anahtarını aldık. Sonra Nina'yı evine gitmeye ikna ettim. Zaten Adrian işlerini hallettikten sonra beni eve bırakacaktı. Kütüphaneye girdim, girişteki Bayan Madeleine'ye selam verdim, o da bana geçmiş olsun dileklerini iletti. Anlaşılan bütün kasaba benim yaralandığımı duymuştu. Kütüphaneye elimde tuvalle girmek zorunda kalmıştım. Bayan Madeleine, resmime bakıp başını aşağı yukarı salladı.

"Yaratıcı olmuş beğendim." dedi. Bunun üzerine sadece teşekkür etmekle yetindim ve biraz ayaküstü konuşup ofise çıktım. Ofisler üst katlardaydı.

Ofise girip, masanın üstüne çalışacağım kitapları ve notları istifledim. Daha çalışmaya başlamamın üstünden bir saat geçmişti ki, esnemeye başladım. Daha önce söylemiş miydim, tarih cidden beni uyutuyor. Daha fazla dayanamadım zaten, kollarımı kıvırıp çenemi yaslayıp; ABD'nin I. Dünya savaşındaki rolünü okurken uykuya daldım. Aslına bakarsanız sızdım desem daha doğru olur, sanırım.

Odada birinin varlığını hissettim, o yüzden sıçrayarak uyandım ve hemen geri çekildim. Verdiğim ani reflekse ben de şaşırmıştım. Görüşüm netleştiğinde Adrian'nın elini bana doğru uzatırken yarıda kalmıştı ve bana çatık kaşlarla bakıyordu. Tanıdık birini görünce rahat bir nefes aldım.

"Sen miydin?"

"Özür dilerim seni korkutmak istemedim. Uyuyorsun sanmıştım."

"Aslına bakarsan uyuyordum ben de anlamadım sadece, birinin bana yaklaştığını hissettim. Ani tepki verdim üzgünüm."

"Önemli değil, reflekslerin iyi çalışıyor. Seni almaya gelmiştim, eşyalarını toparla da çıkalım. Hava karardı bile."

"Ciddi misin, zaman ne çabuk geçmiş."

"Evet, uyurken çabuk geçer." dedi gülümseyerek. Ah, pislik!

"Ne yapayım yani, tarihte sıkıcı olmasaymış." dedim omuz silkerek.

"Faydası oldu mu peki odanın?"

"Ah evet, daha rahat çalışabildim ve uyudum." dedim sırıtarak.

"Gerçekten çok teşekkür ederim."

"Her zaman. Dur yardım edeyim sana!" dedikten sonra sırt çantamı ve tuvalimi eline aldı. Resmi görecek diye ödüm kopmuştu.

"Dur! Yani şey tuvali ben alırım çizilmesin." dedim. Aceleyle tuvali elinden kaptıktan sonra rahat bir nefes aldım. Resmi göremeyeceği şekilde ters çevirdim. Adrian arkamdan yürüyordu, çıkış kapısına gelince Adrian kapıyı açıp bana yol verdi. Gülümseyerek başıyla reverans yaptı. Tanrım, çok şirin! Kıkırdayarak yanından geçtim. Kıkırdadım mı? Cidden mi? Tanrım, yerin dibine girsem daha iyi herhalde! Çabucak yanıma yetişti. Park alanına kadar yan yana yürüdük sonra, "Resmini merak ettim doğrusu." dedi. Dediklerini duyunca panikledim, kan beynime sıçradı. Paniğimi sesime yansıtmayı başardım.

"Şey, saçma bir resim işte bugün okulda yaptık."

"Öyle mi? Bakabilir miyim?"

İşte bu soruyu beklemiyordum. Hemen "Hayır!" diye bağırdım sonra, "Yani şey özür dilerim, görmesen daha iyi Bayan Taylor da beğenmedi zaten, eve götürmemi söyledi. Senin de bu berbat şeyi görmeni istemem." dedim buruk bir gülümsemeyle. İyi rol çekiyordum ha! Çünkü inanmışa benziyordu.

"Tamam, tamam nasıl istersen." dedi gülümseyerek. Böyle gülümsediğinde yanağında gamzesi ortaya çıkıyordu. Çok güzel gülümsemesi vardı. Onu izlediğimi fark edince yanaklarım kızardı ve kafamı önüme çevirdim.

Kalan yolda ve arabada da pek konuşmadık. Günün nasıl geçti, iyi senin, iyi. Ne yalan söyleyeyim konuşmaktan çekiniyordum biraz, çünkü çenemin açılmasından korkuyordum. Sohbete kendimi kaptırıp söylememem gereken bir şeyi ağzımdan kaçırabilirdim. Sabah da, şimdi de arabayı yavaş ve dikkatli sürüyordu. Beni düşündüğü ortadaydı. Yan gözle ona baktım. Parmakları gevşek bir şekilde direksiyonu kavramıştı, gözleri yoldaydı. Ona baktığımı hissetmiş gibi bakışlarını bana çevirdi. Bakışlarımı kaçırdım ama hâlâ bakışlarını üzerimde hissediyordum. Daha fazla tutamadım kendimi, kıkırdamaya başladım.

"Hey, ne oldu?"

"Yok, yok bir şey sadece teşekkür ederim."

"Ne için?"

"Arabayı özellikle yavaş kullanıyorsun."

Kaşlarını çatmış bana bakıyordu sonra, "Ah, tamam önemli değil!" dedi gülümseyerek.

"İyisin değil mi? Yani hastaneden çıktığından beri."

"Evet, harikayım hatta Dr. Hall da çabuk iyileştiğimi söyledi. Olaylar hiç yaşanmamış gibi."

"Öyle mi, güzel o zaman sevindim!"

"Eh, babamı pek buna inandıramıyorum ne yazık ki! Baksana Tanrı aşkına seni aradı."

Sadece gülümsedi, cevap vermedi. Aramızda tarifsiz bir gerilim vardı. Arabayı evin taşlık arazisinde durdurunca, sırt çantamı kavrayıp buz gibi Hills kış akşamına çıktım. Ayağımın altında erimiş karlar çıtırdıyordu. Evin tahta verandasına kadar yürüdüm sonra teşekkür etmek için arkamı döndüm. Adrian tuvalimi eline almış, arabanın yanında çizdiğim resme bakıyordu. Ah, lanet olsun!

Adrian kafasını kaldırıp çatık kaşlarla bana bakıyordu. Yutkundum. Gözlerini gözlerimden ayırmadan sessizce yanıma geldi. Yüzünü bana çevirip, başını eğdi; kulağıma sessizce, "Bu resmi neden çizdin Sally?" diye fısıldadı.

Anında aklıma Nick'in söyledikleri dolmaya başladı 'Ondan uzak dur Sally!', 'Uzak dur!'.

"Şey be-ben ya-yani." diye kekeledim.

Tekrar, "Sorumun cevabını istiyorum Sally." diye fısıldadı.

"Be-ben bilmiyorum bugün derste Bayan Taylor konuyu söyledi, bir bakmışım bunu çizmişim. Ye-yemin ederim isteyerek çizmedim."

Başını geri çekip elleriyle omuzlarımı kavradı ve yatıştırıcı ses tonuyla, "Tamam Sally, sakin ol! Sadece sordum, inanıyorum sana." dedi.

"Ben özür dilerim gerçekten, bu aralar çok garip şeyler yaşıyorum, garip rüyalar görüyorum, sonra olanlar falan, kafam karmakarışık oldu."

"Özür dilemene gerek yok anlıyorum seni tamam." dedi ve bana sarıldı. Farkına varmadan hıçkırmaya başladım.

"Asıl ben özür dilerim, boş yere üstüne geldim yaşadıklarını düşünemedim."

"Geri çekildim, burnumu çekip, "Teşekkür ederim." dedim.

Yüzüne kocaman bir gülümseme yayıldı, "Haydi gömleğimi mendil yapmadan içeri girelim." dedi.

Küçük bir kahkaha atıp, "Aha, çok kötüsün!" dedim.

Daha sonrasında ise babama sadece bir selam verip odama çıktım. Neyim vardı benim böyle? Sadece neden böyle bir resim çizdiğimi sormuştu, durduk yerde panik yapmış saçmalamıştım. Ne var yani herkes sorar böyle soruları, sadece konuyu söylemem yeterliydi. Son zamanlarda anlam veremediğim o kadar çok şey yaşamıştım ki, herhalde artık herkese ve her şeye paranoyayla yaklaşıyordum. O saçma, anlam veremediğim düşünceler başımı ağrıtıyordu.

Çantamı yatağın dibine, kendimi de üstüne attım. Pek bir şey yapmamıştım ama yorgunluktan ölüyordum. Gözlerimi dinlendirmek için kapatmıştım ki, uyuyakaldım. Gerçekten, sadece gözlerimi dinlendirecektim.

Rüyamda sanki her şeye tepeden bakıyordum. Orada sadece bir seyirciydim. Hayalet gibiydim. Bir arabanın içindeydim, önde yolcu koltuğunda oturuyordum. Yanımda zayıf, siyah saçlı, koyu mavi gözleri kocaman açılmış ve yola sabitlenmiş bir kadın oturuyordu. Panik içindeydi, yüz ifadesinden gayet net anlaşılıyordu bu. Hız sınırlarına aldırmıyor, arabayı çok hızlı sürüyordu. Arkamdan bir bebek sesi geldi. Dönüp baktığımda bebek koltuğunda iki tane bebeğin durduğunu gördüm. Biri uyuyordu diğeri ise uyanmış ağlamaya başlamıştı.

Bebeklerin ikisi de kızdı, ikisi de sarışın ve şey ah Tanrım, bunlar ikizdi! (Çok şirin!)

Yanımda oturan kadın bebeği susturmak için oturduğum koltuğun üstünden bir çıngırak aldı. Eli içimden geçmişti, çıngırağı bebeğe doğru sallayarak, "Sally, bebeğim şşşş, anne burada!" diye avutmaya çalıştı. Sally mi? Hayır, hayır, hayır. Bu-bu imkânsız, o bebek ben değilim bu kadın da annem değil. Olamaz böyle bir şey, hayır! Beynim gördüklerimi ve duyduklarımı inkâr etmeye çalışırken uyuyan bebek de uyanmış ikizine katılmıştı.

Kadın, "Ah Alysa, lütfen bebeğim sen de başlama!" diye mızmızlandı. Kendi kendine, "Neden biriniz başladığında diğeri de ona katılmadan duramıyor, anlamıyorum." diye söylenmeye devam etti. Bebekler sanki canları yanıyormuş gibi çığlık çığlığa ağlıyorlardı. Bir an bebekler ağlıyordu, bir an ise susmuş, ıslak koyu mavi gözlerle hıçkırarak annelerine bakıyorlardı. Kadının Sally dediğinin gözleri aynı benimki gibiydi. Lanet olsun, bu benim bebekliğimdi! Sessizliği garipseyen kadın, kafasını arkaya çevirip bebeklere bakmasıyla olan oldu. Bebeklerin ağlamayı kesmesinin nedeni her neyse, kadını daha fazla korkutmaya yetmişti.

"Lanet olsun!" diye bağırıp bir elini direksiyona vurdu. Bir küfür savurup, "Sizi asla bırakmayacağım, siz benim bebeklerimsiniz, kimse size zarar veremez gerekirse..." gözünden yaşlar süzülmeye başladı: "Gerekirse ben, sizi saklarım. Size dokunmaları için cesedimi çiğnemeleri gerek."

Bebeklerin hıçkırmaları da kesilince, "Lanet olsun, lanet olsun yaklaştılar, buradalar!" dedi.

Arabayı yoldan ormana doğru kırdı. Arabayı hızla frenlemesiyle, araba gürültüyle durdu. Ellerini dua eder gibi birleştirip direksiyona dayadı.

"Michael, Anafiel size yalvarıyorum, çok zor durumdayım lütfen yanıma gelin! Bebeklerim büyük tehlikede!" diye dua etti. Dua ettikten sonra arabadan hemen inip cebinden sapı desenli, ince bir hançer çıkarıp etrafa bakınmaya başladı. Birkaç saniye geçmişti ki daha önce rüyamda gördüğüm o sarışın melek bir ışık huzmesiyle ortada beliriverdi. Kadın hıçkırarak, "Eric!" deyip adamın kollarına attı kendini.

"Eric, buldular bizi, biri ihanet etti. Onları hissettim, hemen kaçtım ama izimi sürüyorlar, başka çarem kalmadı."

Kadın hızlı hızlı konuşuyor, dediklerinden bir halt anlaşılmıyordu. Adam kadını omuzlarından tutup, kol boyunda tuttu.

"Tamam, tatlım ben geldim, şimdi sakin ol, tane tane anlat her şeyi! Anladın beni değil mi Liz?"

Kadın, başıyla onayladı. Anlatmaya başlayacağı sırada bir ışık huzmesi daha oldu. Ve ilk baş melek Michael geldi. Yok canım, daha neler Michael değil ki bu, bu Adrian! Michael yani şey Adrian, (Adrian diyelim lütfen kafam karıştı.) diğer ikisine yaklaştı.

"Neler oluyor burada?"

Sarışın olan başıyla hafifçe selamladı: "O da tam anlatıyordu." dedi ve kadına döndü.

"Okulda bir hain var, bilmiyorum belki de bir casus. Bugün derse girmeden önce garip şeyler hissetmeye başladım. Son dersi de iptal ettim hatta. Hislerim daha da güçlenince kızları da alıp daha önce anlaştığımız yere doğru yola çıktım. Ama oraya varmadan önce ulaşacaklardı bana, sadece sizinle konuşacak kadar vaktim var buradalar, geldiler, izimi buldular. Kızlar bile hissetti bunu. Eric, Adrian alın onları, güvenli bir yere götürün, ben oyalarım diğerlerini, zaten benim izimi sürdüler!"

Adrian, "Hislerinde eminsin değil mi?" dedi.

"Ne yazık ki hiç olmadığım kadar."

Adrian başıyla onaylayıp arkadan bebekleri aldı, birini Eric'in kucağına verdi.

Liz bebekleri öpüp, "Onları iyi koruyun olur mu? Anneniz sizi çok seviyor canlarım hep de sevecek." dedi.

Adrian, "Buradalar." diye fısıldadı.

Eric, kucağındaki bebeği Adrian'a verip, "Sen önden git, sadece birkaç saniye!" dedi. Adrian giderken Eric ve Liz birbirine sarılıp öpüştüler. Alınlarını birbirine yaslayıp soluklandılar, o sırada siyah tüylü bir ok Liz'in sırtına saplandı.

Eric, "Hayır, hayır, hayır." diye mırıldandı. Elinin birini yumruk yapıp etrafa büyük bir ışık topu gönderdi. Liz'i kucağına alıp, "Seni seviyorum." diye fısıldadı. Liz kesik kesik nefes alıyor, gözünden yaşlar akıyordu. Eric'in gözünden pembe pırıltılı bir gözyaşı damladı.

Liz, parmağıyla gözyaşını silip, "Seni seviyorum Anafiel." diye fısıldadı ve son nefesini verdi. Eric, Liz'e sıkıca sarıldı omuzları sarsılıyordu.

Daha sonra ben de sarsıldığımı hissettim. Nefes nefese gözlerimi açtığımda Nick, endişeyle kocaman açılmış gözlerle bana bakıyordu.

"Ah tanrım!" diye nefesini verip beni kendine çekti. Sarılırken, "Sally, ödümü kopardın. Rüyanda hıçkırarak ağlıyordun ve ben seni uyandıramadım, ne kadar sarstıysam hissetmedin beni. Ne gördün rüyanda, çok endişelendirdin beni?" dedi.

Zorlukla, "Nick, nefes alamıyorum." dedim. Beni kaldırıp pencerenin önündeki divana koydu. Pencereyi açtı, buz gibi kış rüzgârı içeri doldu.

"Derin nefes al, temiz hava iyi gelir."

Nefes almaya çalışırken gözümden yaşlar akmaya başladı. Nefes alışverişimi düzene soktuktan sonra hıçkırmaya başladım. Nick, beni kendine çekip başımı göğsüne gömdüğünde daha şiddetli ağlamaya başladım. Saçlarımı okşayıp beni sakinleştirmeye çalışıyordu. Her hıçkırığımda daha sıkı sarılıyordu. Yanımda olduğunu, beni önemsediğini bilmek, o an o kadar huzur vericiydi ki. Gözyaşlarım son bulunca başımı kaldırmadan boğuk bir sesle, "Nick." dedim.

"Evet, bebeğim buradayım, seni dinliyorum."

"Rüyam gerçek değildir değil mi? Ama be-ben hissediyorum, hissediyorum ki gördüklerim gerçek. Ama yani hiçbir açıklaması yok Nick. Beynim durmuş durumda, hiçbir mantıklı açıklama bulamıyorum gördüklerime, hislerime." başımı kaldırıp gözlerine baktım, "Ben deliriyorum değil mi?" diye sordum.

Yüzünde hüzünlü, buruk bir gülümseme belirdi. Başını iki yana salladı: "Hayır sevgilim, delirmiyorsun. Sadece zaman yaklaştı ve güçlerin, ne olduğun, kim olduğun konusunda seni uyarmaya, uyandırmaya çalışıyor, bir tür savunma mekanizması diyebilirsin."

"Güçlerim mi, ne olduğum mu? Nick ne diyorsun sen, ne zamanı Tanrı aşkına?"

"Ben aslında sana anlatmayacaktım, her şeyi tamamen öğrendikten sonra anlatacaktım ama rüyaların daha garip bir hâl almaya başladı. Belki rüyanda ne gördüğünü bana anlatırsan, yapboz parçalarını birleştirebilirim. Haydi, bu sefer ne gördün rüyanda? En ince detayına kadar anlat bana, daha sonra ben de sana parçalarını birleştirdiğim halini anlatayım hım, ne dersin?"

"Tamam." dedim ve gördüklerimi ona anlattım. Beni dinlerken çok dikkatliydi, tek bir kelimeyi bile atlamak istemiyordu. Anlattıklarım bittiğinde bir küfür savurdu.

"Daha dikkatli olmalıydılar, lanet olası kurallar sizi cennette korumalıydılar. Ne diye dünyaya geri getirdilerse sanki ah Tanrım, bunlar akıllarını peynir ekmekle yemişler!"

Nick'in söyledikleri rüyamın gerçek olduğunu doğruluyordu ama beynim hâlâ inkâr ediyordu. Gerçek olduğuna inanamazdım çünkü inanırsam kafayı sıyırdığım kanıtlanmış olurdu. Ama düşününce yani, geçmişten izler taşıyan garip rüyalarım, hissettiklerim, hayır, hayır, hayır...

Nick'e boş boş baktığımı, "Tamam, dediklerimden bir şey anlamadın. Baştan her şeyi anlatacağım sana. Ta en baştan." dediğinde anladım. İçine derin bir nefes çekip konuştu.

"Sally, benim asıl adım Gabriel, ben ilk baş meleklerden biriydim. Yani çok çok önceden öyleydim. Şeytanın hikâyesini bilirsin, zaten İncil'de geçer. Lucifer cennetten kovulduktan sonra ilk işi Havva ile Âdem'e saldırmak oldu. Havva'yı kandırdıktan sonra hedefini başkalarına da yöneltecekti, bunu biliyorduk bu yüzden Havva ile Âdem'in kızlarına ve oğullarına koruyucu melekler gönderdik. Ben de en küçük kızı Chione'ya eşlik ettim. Kısa zaman sonra birbirimize âşık olduk. Ben gökyüzünün ölümsüz hayatını sürerken o, yeryüzünün fani kısacık hayatını sürecekti. Cennete geri döndüm, ağabeyim Michael'e yalvardım beni insan yapmanın bir yolunu bulması için ama o gitti, bu durumu babamıza danıştı. Babamız böyle bir şeyin imkânsız olduğunu, ne onun ölümsüz ne de benim ölümlü olamayacağımı söyledi. Chione'dan uzak durmamı öğütledi ve görevimi elimden aldı. Acil durumlar dışında yeryüzüne inmemi yasakladı.

Yakın dostlarımdan biri Exael, o sıralar dünyaya gidip geliyordu; daha sonra bana onun, Chione'nin çok hasta olduğunu, fazla dayanamayacağını söyledi. Bunun üzerine harekete geçtim, yeryüzüne inmek üzereyken ağabeyim Michael beni durdurdu. Eğer gidersem sonumun sürgün olacağını, hatta eski ağabeyim Lucifer'in yanına bile düşebileceğimi söyledi. Ona umurumda olmadığını, ta en başta geri dönmemem gerektiğini söyledim. Beni orda daha fazla tutamayacağını, gerekirse dövüşebileceğimi söyledim. O gitmeme izin vermek yerine dövüşmeyi seçti. Yalan yok, çok kötü dayak yedim. Sonuçta en büyüğümüz ve en güçlümüz oydu ama pes etmedim. Bana kendimi öldürteceğimi, kardeş katili olmak istemediğini, hâlâ beni sevdiğini ve gitmekten vazgeçmezsem beni cennetten kovmak zorunda kalacağını söyledi. Umurumda olmadığını, tek önemsediğim şeyin Chione olduğunu söyledim. O da beni kovdu. İşte bu yüzden rüyalarında benim siyah kanatlarım var. Kovulan meleklerin kanatları böyledir, gece siyahından siyah. Hem güzel, hem de lekeli.

Kavga yüzünden geç kalmıştım. Ben oraya varamadan Chione son nefesini vermişti. Benden sonra birçok melek daha kovuldu, kimisi insanlarla ilişkiye girdi ve çocukları oldu. Buna dostum Exael de dâhil. Çocukları hem melek kanı hem de insan kanı olan melezlerdi. Bunlara nefilim deniyor. Bir nefilim ve bir kovulan melek ruhlarını bağladıklarında, nefilim de sonsuz hayata ulaşır ve yetenekleri artar. Daha güçlü, daha hızlı ve zaten olan yetenekleri güçlenir. Kovulan meleğe ise onun güçlerini kontrol etme şansı doğar ve olduğundan daha fazla bir güce ulaşır. Bir nefilim on sekizinden sonra ruh bağı yapabilir. Onun dışında etkisiz elaman, az güçleri vardır.

Binlerce yıldır yeryüzündeyim; ne başka biriyle ilişkiye girdim ne de ruh bağı yaptım. Tam biriyle ilişkiye girmek üzereyken hep Chione'nin hatıraları, yüzü aklıma geldi.

Onun hatıraları musallat olmuştu bana. Yeryüzünde geçirdiğim süre zarfında onun dışında ilk kez seninle aynı şeyleri yaşamadım. Sanki sen ona karşı benim tılsımımdın. Seninle olduğum zamanlarda hatta seni gördüğüm andan beri o, aklımın ucundan bile geçmez oldu." Hüzünlü bir gülümsemeyle bana baktı sonra tekrar ciddileşip devam etti.

"Senin tariflerine göre Sally, sarışın olan melek Anafiel, yani annenin dediği Eric, ben kovulmadan hemen önce baş melek olmuştu. Anladığım kadarıyla annen bir nefilim ve Anafiel ile ruhlarını birleştirmiş. Daha önce görülmemiş şey Sally, inan zaten neredeyse bütün melekler insanlarla duygusal yakınlaşmaları sonucu kovuldu. Düşün, ben ilk baş meleklerden olmama rağmen bana bile müsamaha göstermediler ama neden Anafiel'a gösterdiler o kısma anlam veremiyorum. Ve neden sana bir koruyucu gönderdiklerini de anlamıyorum. Ayrıca bir ikizin de var Sally. Bilmiyorum belki de sizde melek kanı daha fazla olduğu için olabilir. Dediğim gibi araştırmam henüz tamamlanmış değil. Hatırlıyor musun sana rüyadan uyandığında yanındakinden uzak durmanı söylemiştim, o yanındayken yanına gelemeyeceğimi. İşte o zaman bir koruyucu gönderdiklerini anladım. Çünkü sana yaklaşır yaklaşmaz seni korumaya aldı, herkesi seni göremeyecekleri şekilde kamufle etti.

Yani sana güçlü bir koruyucu gönderdiklerini biliyordum ama açıkçası ağabeyim Michael'i beklemiyordum. Anlayacağın başımızın büyük dertte olduğu, yoksa Michael'in birine koruyuculuk yapmak için inmesi çok zor bir ihtimal. İşte böyle, senin gerçek hayatın böyle gerçek anneni kimin öldürdüğüne gelirsek; anlaşılan iblisler de sizin peşinizdeymiş, kardeşin Alysa ve senin. Bana rüyanda babanla onun yan yana durduklarını, Adrian'nın seni onların yanına götürdüğünü söylemiştin. Buradan da kardeşini bulmamız gerektiği anlaşılıyor."

Anlattıklarını sanki bir hikâye anlatıyormuş gibi dinledim. Çünkü hikâyeden başka bir şey olamazdı. Saçmalıyordu. Sözünü bitirdiğinde deli gibi başımı iki yana sallıyordum. Gözlerim dolmuştu.

"Hayır, yalan söylüyorsun. Anlattıklarının hiçbiri gerçek olamaz Nick, bunları beni kendinden uzaklaştırmak için mi söylüyorsun? Bu söylediklerinin hiçbirine inanamam, inansam bile kaldıramam. Anlamıyor musun, eğer gerçekse bütün hayatım baştan sona yalan demektir. Annem, babam, arkadaşlarım hatta ben bile yalan bir dünyada yaşamışım demektir."

"Biliyorum, anlıyorum bunları kaldırması gerçekten güç. Ama söyle Sally, gördüğün garip rüyaların, hissettiklerinin, kolyeme dokunduğunda olanlar, hatta bir konuda sanki geleceği görmüş gibi emin olman, hiç yanılmaman bunları başka nasıl açıklayabilirsin?"

"Yine de söylediklerinin gerçekliğini kanıtlamıyor Nick, hem altıncı his diye bir şey var biliyorsun, bende de ondan vardır. Sadece hislerim kuvvetlidir."

"Tamam, pekâlâ. Peki, ne annene ne de babana benziyorsun, bunu nasıl açıklayacaksın hım?"

"Be-ben bilmiyorum illaki vardır bir açıklaması, olmalı." Boğazımın düğümlendiği, bütün gariplikler bir yapbozun parçası gibi yerine oturuyordu sanki. Yutkundum, kuruyan dudaklarımı nemlendirdim. Dışarıdan gelen soğuğun etkisiyle titremeye başladım. Başımı iki yana sallayıp, "İmkânsız." diye mırıldandım. Nick, pencereyi kapatıp, üstüme battaniyeyi örtüp, bebekmişim gibi beni kollarının arasına aldı. Başımın tepesini öpüp saçlarımı okşayarak beni sakinleştirmeye çalıştı.

Yumuşak, sakinleştirici ses tonuyla, "Beynin ne kadar inkâr etmeye çalışsa da, bunun gerçek olduğunu biliyorsun değil mi?" dedi. Kendimde konuşacak sesi bulamadım, o yüzden başımla onayladım. Ona daha sıkı sarıldım, o da beni daha sıkı kavradı.

"Her zaman yanındayım, eğer hâlâ inanmaya ihtiyacım var diyorsan kanatlarımı gösterebilirim. Hım ne diyorsun?" diye fısıldadı.

Başımı kaldırıp, ışıldayan gözlerle "Gerçekten mi?" dedim.

Kafasını aşağı yukarı sallayarak onayladı, dudaklarıma nazik bir öpücük kondurup "Biraz alan açmalısın." dedi. Gülümseyerek başımla onayladım ve geri çekildim, o da masamın yanına açık alana geçti. Gözlerimi kocaman açmış gerçekten kanatlarını çıkarmasını bekliyordum. Acayip heyecanlıydım, sanki küçük bir kızdım; bir panayıra gitmişim de o da sihirbaz ve bana sihir numarası yapacaktı. Sanırım deliriyorum.

O sinsi, karizmatik gülüşünden yaptı ve siyah kazağını çıkardı. Adeta kalbimi yerinden oynattı. Aynı rüyamdaki gibi pürüzsüz kaslı vücudu vardı. Boynundaki kolyeyi çıkarıp parmağına taktı. Omuzları titredi ve inledi. Dizlerine tutundu. Acı çekiyor gibi bir hali vardı.

"Nick, iyi misin?" diye sordum korkuyla.

"Ah, evet, evet iyiyim sadece kanatlarımı çıkarmayalı uzun zaman oldu."

Tekrar inledi, kol kasları gerildi, sırtı büküldü. Sonunda birden doğruldu. Sırtında iki tane kocaman, sonuna kadar açılmış siyah kanat ortaya çıktı. Odamın bir duvarından diğer duvarına kadar uzanıyordu. Nefes nefeseydi, göğsü hızla inip kalkıyordu. Çakmak çakmak parlayan o eşsiz gözleriyle, beni olduğum yere mıhlıyordu. Kanatları titredi sonra da kapandı. Bir elini bana doğru uzatıp beni yanına çağırdı. Elini tuttum ona yaklaştım. Kalbim hızla atıyordu.

Hafifçe dudaklarının kenarları yukarı kıvrıldı, "Dokunabilirsin." dedi. Gözlerimi kanatlarından ayıramıyordum. Gözlerimi ona çevirip tereddütle baktım.

Başıyla onaylayıp, "Haydi!" diye fısıldadı. Nefesimi tuttuğumun farkında değildim. Nefesimi dışarı verip arkasına geçtim. Parmaklarımı yavaşça kanatlarına yaklaştırdım. Canını yakmaktan çok korkuyordum. O kadar güzellerdi ki. Nick tereddüdümü anlamış gibi, "Korkmana gerek yok Sally, canım acımaz bilakis hoşuma gider." dedi.

Parmaklarımla kanatlarına dokundum. Sertti ama aynı zamanda yumuşaktı da. Kusursuzdu. Elimi kanatların üzerinde dolaştırdım, tüylerin altındaki kasları hissettim. Kocaman tüyleri vardı. Her birini sevgiyle okşar gibi dokundum. Daha fazla dayanamadım, kanadının kenarını öptüm. Nick'in gülümsediğini hissettim.

"Çok güzel!" diye mırıldandım.

"Gel bak!" dedi ve elimden tutup beni önüne getirdi. Tek kanadını kocaman açtı. Şimdi kanadının içine bakıyordum. Burada tüyler daha dağınık ve kabarık görünüyordu. Gülümseyip, "Dokun!" dedi.

Elimi kanadının iç tarafına dokundurdum. O kadar yumuşaktı ki. İpekten, pamuktan bile yumuşaktı. Parmaklarımı tüylerin arasında dolaştırdım. Nick nefesini içine çekti.

Hemen geri çekilip, "Ah özür dilerim canını yaktım değil mi?" dedim.

"Hayır, hayır çok hoşuma gidiyor gerçekten. Emin ol kolay kolay canım acımaz. Unutma ki bir zamanlar cennetin, Tanrının savaşçısıydım."

Yeniden kanatlarına dokundum, okşadım, sevdim. Sonsuza kadar böyle kalabilirdim. Siyah renkti ama mükemmel bir siyahtı. Kendine çeken bir derinliği vardı. Nick onlara lekeli demişti, bu kanatlar lekeli olamazdı. Lekeli olamayacak kadar güzellerdi.

"Bunları nasıl saklıyorsun?" diye sordum.

"Kolyemi görmüştün daha önce zaten. Bu yüzükler de; yeryüzüne indiğimiz zaman insanlara kocaman kanatlarla görünmeyelim, onlardan biri gibi, yakın dostları olalım diye yapıldı. İnsanların her zaman tavsiye verecek yakın dostlara ihtiyaçları vardır. Biz de o görevi üstlendik. Hani şu baştaki hare olayı, aslına bakarsan bizim harelerimiz bu yüzükler. Her meleğin yüzüğü farklıdır. Mesela ben baş melektim, biliyorsun ve ben şey, sevgi ve merhamet işte, o tür duygular meleğiydim. Benim yüzüğümün çevresinde dikkat edersen dikenli bir sarmaşık dolanmış gibi, işte bu Tanrıya sevgiyle bağlandığımı, aynı zamanda dikenlerde bir savaşçı olduğumu simgeliyor. Her meleğin yüzüğü, üstündeki deseni ve simgesi görevine göre değişiktir."

"Tamam, anladım. Vay canına, bana hâlâ şakaymış gibi geliyor."

"Biliyorum, sevgilim biliyorum. Sadece zamana ihtiyacın var. Bu arada sana yemek getirmiştim. Baban bir şey yemediğini söyledi."

"Ah, evet! Yatağın üstüne kendimi atmamla uyuyakalmışım. Vay canına, cidden kurt gibi açım!"

Gülümsedi: "Gel otur!" dedi. Masanın üstündeki tepsiyi alıp divana koydu. Yatağın üstüne karşıma oturup bağdaş kurdu ve beni izlemeye başladı.

"Sen neden yemiyorsun."

"Aslına bakarsan hiç beslenmeme bile gerek yok. Sadece keyfi."

Gülümseyerek başımı iki yana salladım. Yemeği bitirdikten sonra Nick, tepsiyi aşağı götürmeyi teklif etti ama kanatlarını hatırlayınca yüzünü buruşturup gülümsedi. O gülümseyince ben de dayanamadım gülümsedim. Tepsiyi mutfağa bıraktığımda babamdan eser yoktu ama çalışma odasının ışığı açıktı. Elimi kapı koluna uzatıp geri çektim. Bugün onunla konuşacak cesaretim yoktu. Odama geri döndüğümde Nick resmime bakıyordu. Ah lanet olsun, neden eve gelince onu atmadım ki sanki! Bana bakıp, "Garip, bu benim. Neden beni böyle çizdin sevgilim?" dedi. Sesi yumuşaktı.

"İnan neden öyle bir şey çizdiğim hakkında en ufak bir fikrim bile yok. Resim dersinde Bayan Taylor, melekler bize neyi simgeliyorsa onu çizmemizi söyledi. Ne yalan söyleyeyim bir an tuvale boş boş bakıyordum, bir an sonra da bu resmi çizivermiştim. Bayan Taylor'un seslenmesiyle kendime geldim. Bilmiyorum transa girmiş gibiydim. Sonrasında zaten Bayan Taylor da garip davrandı. Resmi okulda istemediğini, evime getirmem gerektiğini söyledi. Bana garip garip bakmaya başladı. Bilmiyorum. Nick o da yani sizden biri olabilir mi?"

"Bilmiyorum tatlım dediğin gibi garip, onu görmem lazım, kim olduğunu ancak o zaman söyleyebilirim."

Divana oturup bacaklarımı göğsüme çekip sarıldım. Başımı dizlerime koydum dışarıyı, gökyüzünü seyretmeye başladım. Bugün dolunay vardı. Rüzgâr vardı ama bulut yoktu gökyüzünde. Ay parlaktı, görkemliydi. Bugün olanları; hayatımı, kim olduğumu düşündüm. Peki, şimdi ne yapacaktım? Hiçbir şey olmamış gibi davranamazdım. Bir kardeşim bile vardı hem de ikizim. Bazen nedensiz yere sıkılıp üzüldüğüm, mutlu olduğum zamanlar belki de onun duygularıydı. O da beni hissetmiş midir acaba?

"Ne yapacağım ben?" diye mırıldandım. Düşünmekten başım patlayacakmış gibi hissediyordum. Başımı ellerimin arasına aldım.

"Yavaş adımlarla ilerleyeceğiz sevgilim. Araştırmalarımı bitirmeliyim."

"Başım çatlıyor, ağrı kesici almalıyım." dedim.

"Yanıma gel, o ilaca ihtiyacın yok."

Başımı ona çevirdim kanatları hâlâ duruyordu. Onlara bakmaktan alamıyordum kendimi. Yanına gittim sırtımı ona verip önüne oturdum. Sırtımı göğsüne yasladım o da kollarını belime sardı.

Başımın tepesini öpüp, "Bana bak, bu hiç acıtmayacak," dedi. Başımı ona çevirdiğimde dudaklarımdan başlayıp şakağıma doğru küçük öpücükler kondurdu. Dudaklarını şakağımın üstünde durdurdu. Gözlerimi kapattım. Dudaklarından başıma, oradan da tüm vücuduma hafif bir karıncalanma ve ısı yayıldı. Çok hoş bir duyguydu. Baş ağrım kesilmişti. Sanki vücudum daha dinçti.

Dudaklarını geri çekti, "İyi misin?" diye sordu.

"Evet, harikayım nasıl yaptın?"

"Sadece ufak bir yetenek."

"Her eve lazım bu yetenekten." dedim gülümseyerek.

"Bana lazım olan tek şey sensin." dedi o insanın içini eriten gülümsemesiyle.

Nick'in kollarında bulduğum huzura gözlerimi yumup teslim ettim kendimi. Sessizce ağladım. Ağlamak istemiyordum ama gözyaşlarımı da durduramıyordum. Ben hıçkırırken sıkı sıkı sarılıyordu bana.

"Özür dilerim çok sulu gözlüyüm. Tutamıyorum kendimi üzgünüm."

Nick, "Düzelecek her şey söz veriyorum." diye fısıldadı. Ona dönüp yüzümü göğsüne gömdüm, elimi beline sardım. Anlamadığım o yabancı dilde yumuşak, sakinleştirici ses tonuyla mırıldanmaya başladı. Çok geçmeden yeniden uykuya daldım.

7.

Bölüm İsmi Yok

Nick'in gözlerinden;

Sally, olanları tahminimden daha kolay atlatmıştı. Kollarımdayken o kadar savunmasız, o kadar çaresiz görünüyordu ki. Sakinleştirmek için yeteneğimi ve eski Yunancadan bir ninni mırıldandım. Kollarımda yavaşça gevşeyip uykuya dalmasını izledim.

Tahminime göre Sally, sıradan bir nefilimden daha fazlasıydı ama bunu ona söyleyemezdim. Eğer düşündüklerim doğruysa iki kardeşin de biran önce dünyadan uzaklaştırılması, daha güvenli bir yere gitmesi gerekiyordu. Anlayamadığım kısım madem bu kadar önemliler, peki ağabeyim neden onları buraya getirdi. Şu ikinci kız da vardı tabii, Alysa. Onu da bulmak gerekiyordu. Daniel'ı o kızdan da haberdar etmeliydim. Gerçi bir iki güne burada olacağı için aceleye gerek yoktu.

Sally, biraz daha böyle uyumaya devam ederse her yeri tutulacaktı, o yüzden onu kucaklayıp yatağın üzerine yatırdım. Tam geri çekilecektim ki içini çekip daha sıkı sarıldı bana. Gülümseyip alnını öptüm. Kanadımın birini altına serip onun yanına uzandım. En azından uyurken huzurlu görünüyordu. Onu uyurken seyretmeye bayılıyordum. Tanrı insanları sevmemizi, korumamızı emretmişti. Tamam, korumak bir görev ama Sally'e bakınca da sevmemek zor gibi geliyordu bana. Keşke bütün insanlar onun gibi saf ve güzel olsaydı. Kanatlarımı görünce benden korkacak, kaçacak diye korkmuştum ama tam tersi onları çok sevmişti.

Uykusunda kaşlarını çatıp anlamsız bir şeyler mırıldandı sonra bana sırtını dönüp kanadımın üstüne iyice kıvrıldı. Yüzünü iç taraftaki tüylere sürtüp yeniden gevşedi. Aynı bir kedi yavrusu gibiydi.

Birkaç saat geçmişti ki, Sally'nin kedisi içeri girdi. Divana çıkıp bana tısladı. Sonra yeniden aşağı atladı. Ben gidecek sanırken bu sefer de yatağın üstüne çıkıp, Sally'nin başına doğru yaklaştı. Bana bakıp tekrar tısladıktan sonra Sally'nin yüzünü yalamaya başladı.

"Ah, tanrım pişt! Seni aptal kedi git buradan!" diye elimle kışladım ama ne yazık ki Sally, uyanmıştı. Uykulu sesiyle, "Serseri, in aşağı!" dedi. Kedi onu dinleyip uzaklaştı sonra da odadan çıktı. Yüzünü bana döndü, "Sanırım uyuyakaldım. Neden uyumama izin verdin?" dedi. Sonra tekrar uzanıp aynı bir kedi gibi gerindi. Ama gerinmesi yarıda kaldı gözlerini kocaman açmış kalakaldı. Çığlık atıp hızla kendini yataktan aşağı attı. Alıcılarım sonuna kadar açıktı, hiçbir tehlike hissetmiyordum. Kaşlarımı havaya kaldırıp ona baktım.

"Hey ne oluyor?"

Yerden doğrulup, "Be-ben özür dilerim kanatların, onların üstünde yatıyordum. Canını yaktım, yaktım mı? Yoksa kırdım mı? Aman Tanrım! Aman Tanrım çok özür dilerim." dedi. Kanatlarıma dokunmaya korkuyordu zarar verdiğini sanıyordu. Kendimi tutamadım ve kahkaha atmaya başladım. Karnıma kramp girene kadar güldüm.

Sally, kollarını kavuşturup çatık kaşlarla bana baktı, "Hey! Gülmeyi keser misin lütfen, benim ödüm koptu burada!" dedi. Sırıtarak elimi uzattım, "Gel buraya, sen şahanesin gerçekten mükemmel birisin!" dedim.

"Birilerini eğlendirdiğime sevindim, çok korktum ya kanadını kırdıysam!"

Hâlâ korkuyla kanadıma bakıyordu. Gülümseyip doğruldum. İki kanadımı da yanlara kocaman açtım, hafifçe çırptım ve titrettim, "Bak hiçbir şeyi yok. Zaten ben seni koydum oraya yumuşak, rahat et diye." dedim gülümseyerek. Rahat bir nefes aldı. Elini kanadımın iç tarafına uzatıp okşadı. Bana bakıp kaşlarını çattı çocuk azarlar gibi "Delisin sen, sakın bunu bir daha yapma!" dedi. Gülümsedim, alnından öptüm ve sarıldım ona.

"Gitmeliyim." diye fısıldadım.

"Gitme, yanımda kalsan olmaz mı? Yanında huzur buluyorum Nick, sen olmazsan nasıl başa çıkarım olanlarla bilmiyorum."

Aslında ben de gitmek istemiyordum ama hem araştırmamı bitirmek hem de tahminlerimin doğruluğunu kanıtlamak zorundaydım.

"Üzgünüm gitmek zorundayım, zaten sabaha birkaç saat kaldı. Seni okula götürmek için gelirim hım ne dersin? Okuldan sonra da sana göstereceğim bir şey var demiştim hatırlarsan ona gideriz."

"Tamam, öyle olsun." dedi ve geri çekildi. Uzaklaşmasına izin vermeden belinden yakalayıp hoşçakal öpücüğü verdim. Benim nefes almaya ihtiyacım yoktu ama onun vardı, nefes almak için geri çekildiğinde alnımı alnına dayadım.

"Her şey yoluna girecek merak etme." diye fısıldadım.

Yüzünde hüzünlü bir gülümseme belirdi, "Umarım." diye fısıldadı. Kanatları kaybetmekten nefret ediyordum ama yeryüzünde gezerken başka çarem yoktu. Kendimi hapsedilmiş gibi omuzlarımda hep bir huzursuzluk, rahatsızlık hissediyordum. Saldığım zaman ise sanki benden özgürü yokmuş gibiydi. Geri çıkardığım anda sanki bir elektrik dalgası vücudumda dolanıyormuş gibi hissediyordum. Emin olun muhteşem bir histi.

Yüzüğü çıkarıp geri boynuma taktım. Kanatlar kaybolurken dişlerimi sıktım, kollarımı ve bacaklarımı kastım. Acı vermiyor desem yalan olurdu. Sonuçta onlar salınıp uçmak içindi, saklamak için değil. Kaybolduğunda doğruldum, alnımda beliren ufak ter kümesini sildim. İşlem boyunca Sally, meraklı ve korku dolu gözlerle beni izlemişti. Neler hissettiğimi anlamış gibi, "Acı çektin değil mi?" dedi.

"Pek sayılmaz. Sadece onları kaybetmeyi pek sevmiyorum." dedim.

"Kandırma beni, kötü yalan söylüyorsun. Sanırım melek olmanın dezavantajı." dedi hüzünlü bir gülümsemeyle. Söyleyecek lafım yoktu, haklıydı. Alnından öpüp, "Hoşçakal." dedim ve odadan çıktım.

Sally'nin gözlerinden;

Nick gittikten sonra üzerimdekileri çıkarıp kenara fırlattım ve pijamalarımı giydim. Kendimi yatağın üstüne attığımda derin bir nefes aldım. Lanet olası düşünceler beynime hücum etti. İki hayatımdaki tek ortak nokta, ikisinde de annemin ölmüş olmasıydı. Tamam, annenizin bir trafik kazasında öldüğünü öğrenmek başka bir şey, öldürüldüğünü görmeniz ise bambaşka bir şeydi. Son nefesine kadar bizi düşünerek öldüğünü öğrenmek bile avutmuyordu insanı. Üzerinden beş yıl geçmiş olmasına rağmen sanki dün olmuş gibi hissederken acısını, biyolojik annemi ve daha fazlasını bir günde öğrenmem bana şok etkisi yapmıştı. Nick yanımdayken daha iyiydim ama o gittikten sonra kendimi bir boşluğa düşmüş gibi hissediyordum. Gerçekler acı yüzünü göstermişti.

Yatağın üstünde top oldum, kollarımla kendime sarıldım. Rüyamda olanlar gözümün önüne geliyordu. Annemin o hali, paniği, bize duyduğu sevgisi, babama duyduğu aşkı... Yeniden sessiz gözyaşlarına boğuldum. Bu sefer annem için, olmasına izin verilmeyen ailemiz için, nerede olduğundan en ufak bir fikrim bile olmayan ikizim için ağladım. Hayat o kadar acımasız ve sürprizlerle doluydu ki asla gelecek için kesin bir plan yapmamalıydınız. Yoksa büyük hayal kırıklıkları sizi bekliyordu.

Güneş doğmak üzereydi ve bir gram olsun uykum yoktu. Olanlardan sonra zaten uyumam nasıl beklenirdi ki? Bir sağa dön, bir sola dön derken gözümden akan son gözyaşı damlasını elimin tersiyle silip ayağa fırladım. Üstümü değiştirdim, anahtarlarımı aldım. Ah ve babama küçük bir not bıraktım.

Erken çıktım. Merak etme akşam görüşürüz. Bütün gün kütüphanede olurum.

Sally.

Parmak uçlarımda merdiveni ve koridorları geçtikten sonra sessizce kapıyı açtım ve dışarı çıkınca aynı şekilde kapattım. Soğuk sabah rüzgârı etrafımı çevrelerken kendimi titremekten alıkoyamadım. Arabayı taşlık araziden asfalt yola çıkarana kadar nefesimi tuttum. Lanet olası taşlar çok ses yapıyordu. Kasaba merkezine değil de Hills'in tersi yönünde ilerleyip 218. karayoluna çıktım, buradan Iowa şehir merkezine varacaktım. Bugün ders dinleyecek ne moralim ne de enerjim vardı. Ev ve kasaba sanki üstüme üstüme geliyordu. İnsanların bırakacağı etkiyi tahmin bile edemiyordum.

Adeta beynim durmuş durumdaydı. Otoyol gecenin bu saatinde bomboştu. Ben de hızımı arttırdım. Arabanın hız ibresi yüz kırkı gösterirken gözlerim akmayan gözyaşları yüzünden buğulanmaya başladı. Hızımı daha da arttırdım. Hızlandıkça sakinleşiyordum, sanki vücudumdaki adrenalinin etkisiyle hızlı hızlı nefes alıyordum. Sağ elimi gözlerimi silmek için direksiyondan çektim. Gözlerimi sildiğim esnada yanımdan sakin bir ses, "Yavaşla Sally!" dedi. Hani korku filmlerinde arkanızda korkunç yaratığın olduğunu anlarsınız da yavaş hareketlerle arkanıza dönersiniz ya, aynı o durumdaydım. Elim gözümde donakaldım yavaşça yan tarafıma baktım. Karşımda Adrian'ın kaşları çatık, ciddi ve sinirli surat ifadesini görünce çığlık atıp aniden frene asıldım. Tanrıya şükür ki kemerim takılıydı yoksa çoktan yolun ölçüsünü almıştım. Ama yüz ellide gidip de aniden fren yapınca emniyet kemeri göğsünüzü acayip kesiyordu. Gözlerimi sıkıca kapamış hızlı soluk alıp veriyordum. Başımı direksiyona dayadım "Ah, lanet olsun hayal de görmeye başladım sonunda!" diye fısıldadım. Elimle kemerin kilidini aradım ama onun yerine kilidin üstünde yabancı bir el buldum. Kilidin tık sesiyle kapıyı açıp kendimi dışarı atmam ve yere kapaklanmam bir oldu tabii. Geri geri emekledim. Adrian birden yanımda bitmişti elini uzatıp, "İyi misin Sally? Gel yaralandın mı bir bakayım." dedi. Uzattığı ele korkunç bir şeymiş gibi tiksintiyle baktıktan sonra, "Benden uzak dur!" diye bağırdım. Yerden kalkmak için sol elimden destek aldığımda, yüzümü buruşturup inledim. Bileğim felaket durumdaydı, dokunamıyordum bile.

Adrian homurdanıp yanıma geldi "Dur, Tanrı aşkına dur Sally. Yardım etmeye çalışıyorum." dedi.

"Öyle mi? Nick'e yardım ettiğin gibi mi ya da Gabriel mi demeliyim hım? Ah dur, bir saniye anneme de çok güzel yardım etmiştin. Onu ölüme terk ederek." diye lafı yapıştırdım.

"Demek öğrendin, ikisinde de başka çarem olsaydı yapardım Sally, annen sadece bir nefilimdi, bizimle beraber onu da ışınlayamazdım. Sizde melek kanı daha fazla, o yüzden sizi kurtardım zaten önemli olan da sizdiniz."

Boğazım düğümlenmişti: "Nick için başka çaren vardı, ama sen ne yaptın onu kovdun." dedim.

"O derin bir konu. Sally seni ilgilendirmez, gel buraya! Bileğinle ilgileneyim."

"Beni nasıl buldun?"

"Zaten hep seni izliyordum Sally ama bu sefer kalbinin normalden daha fazla mesai yaptığını hissettim. Ben senin koruyucunum."

"Bebek bakıcısına ihtiyacım yok benim rahat bırak beni!" diye bağırdım.

"Çok inatçısın aynı bir keçi gibisin." dedi ve yanıma yaklaştı. Kolumu yakaladı geri çekmeye çalıştıysam da beceremedim. Hareket dahi ettiremiyordum. Diğer eliyle de yaralı bileğimi kavradı. Acıyla çığlık attım, oturduğum yerde çırpındım ama o bileğimi bırakmadı. Sonra Nick'in baş ağrımda yaptığı gibi bileğimi dudaklarına götürdü. Oradan hafif bir sıcaklık dalgasıyla karıncalanma hissettim. Hareket etmeyi kestim donmuş onu izliyordum. Kalp atışlarım da düzene girmişti. Başını kaldırıp gözlerini gözlerime sabitledi.

"İşte bitti bu kadar, şimdi iyisin."

Gözleri aynı Nick'in gözleri gibiydi. Sonu belli olmayan derin bir kuyu gibiydi. Gözlerimi kaçırdım, "Beben teşekkür ederim. Hey dur, bir saniye teşekkür falan etmiyorum zaten senin yüzünden oldu." dedim ve yerden kalkıp sinirli adımlarla arabaya doğru ilerledim. Kapıyı hızla çarpıp kapıyı kilitledim. Ellerimle direksiyonu kavradım. Parmak boğumlarım beyazlaşana kadar sıktım. Hıçkırdım. Ama hayır ağlamayacaktım, direksiyona yumruk üstüne yumruk attım. Yanımdaki kapı açıldı, Adrian ellerimi tutup beni kendine çekti. Başımı göğsüne dayadı. Daha fazla tutamadım kendimi, içimdeki duygular patlama noktasına gelmişti. Bağıra bağıra ağladım. Adrian sıkı sıkı sarıldı bana.

Hıçkırıkların arasından, "Yalan söyledim de, yalandı hepsi de bana Adrian, Nick ile şaka yaptık kandırdık seni de, ne olur yalvarıyorum sana hepsi şakaydı de!" diye bağırdım. Sanırım şok geçiriyordum. Evet, bence de şok geçiriyordum. Şoktan ellerim titriyordu.

"Üzgünüm Sel, söyleyemem."

Burnumu çekip gülümsedim: "Bana Sel demenden nefret ediyorum!" dedim.

O da gülerek, "Biliyorum." dedi. Geri çekildim, gözlerimi ve burnumu sildim, kendime çeki düzen verdim, derin bir nefes aldım. Bugün yeterince ağlamıştım daha fazla ağlamaya niyetim yoktu. Her şeyi adım adım soğukkanlılıkla çözecektim.

"Yeter bu kadar sulu gözlülük. Teşekkür ederim yanımda olduğun için. Evet, şimdi demek ünlü Michael sensin." karşısına geçip baştan aşağı süzdüm onu "Ne yalan söyleyeyim hayal kırıklığına uğradım açıkçası, ben şöyle Brad Pitt gibi biri bekliyordum." dedim sırıtarak.

"Eh eğlenmeye başladığına göre ciddi kısımlara gelsek daha iyi olur. Hem bu sadece insan bedeni gerçek halimi dünyada göremezsin Sel." dedi.

"Söylesene yoksa Brad Pitt de nefilim ya da kovulan melek falan mı?" diye sordum.

"Değil tabii ki, Tanrının cömert davrandıklarından biri sadece." dedi.

"Hah, tam bir meleğe göre cevap."

"Her neyse boş ver onu bunu, sen nereye gidiyordun böyle Tanrı aşkına, kaldı ki hız limitleri seni ilgilendirmiyor galiba. Çıldırdın mı sen, ne kadar önemli olduğunu biliyor musun? Seni ele geçirseler neler olur haberin var mı?"

"Hayır, haberim yok, hiçbir şeyden haberim yok çünkü hayatımın baştan sona yalan olduğunu bile daha birkaç saat önce öğrendim."

"Tamam, üzgünüm üstüne gelmemem gerekirdi. Şimdi haydi geri dönelim dışarısı güvenli değil, bir yere oturalım her şeyi anlatacağım sana. Arabayı ben kullanırım."

"İyi o zaman." dedim ve ayağımı sürterek arabanın etrafını dolandım. Arabaya oturur oturmaz, "Kemerini tak." dedi.

Ters ters baktım: "Tamam." dedim.

"Görevimi ciddiye alırım Sally."

"Tamam dedik ya!"

Kemerimi taktım, (anca o zaman arabayı çalıştırdı zaten.) arkama yaslandım. Çok sessizdi, tüm dikkatini yola vermişti. Yandan yüzüne bakınca Nick'e ne kadar çok benzediğini keşfettim. Yan yana gelseler gerçekten ağabey kardeş gibi duracaklardı. İkizim Alysa'nın bunlardan haberi var mıydı acaba? Beni bulmaya çalışmış mıydı? Soracağım o kadar çok şey vardı ki ama şuan soracak cesareti bulamıyordum kendimde. Peki ya babamız Eric, annemiz öldükten sonra bizi istememiş miydi yoksa? Annemiz o kadar güzeldi ki siyah, beline kadar inen saçları ipek gibi görünüyordu. O güzel saçlara dokunmayı o kadar çok isterdim ki. Sanırım gözlerimiz ve vücut ölçülerimiz ona çekmişti. Bu hayattaki annemle vakit geçirmiştim en azından ölmeden önce. Yüzünü, sesini, bana nasıl seslendiğini her şeyi sanki hayattaymış, dün konuşmuşuz gibi hatırlarım. Ama biyolojik annemin rüyamda gördüğüm halinden başka bir şeyi yoktu elimde. Ah Tanrım, sert bir içkiye ihtiyacım vardı.

Yol kenarında kahvaltı servisi yapan bir kafede durduk. 'Buranın krepleri şahanedir seveceksin' demişti. Telefonumu bulup Nick'e mesaj attım. Anca okuldan sonra görüşebileceğimizi ve onu özleyeceğimi yazdım. Kendine sadece kahve söyledi bana ise krep ve meyve suyu.

"Kahve içsem olmaz mı cidden ayılmaya ihtiyacım var." dedim.

"Hayır, meyve suyu daha sağlıklı hem yeterince ayıksın."

Kibirli budala ne olacak. Gülümsedi: "Ben kibirli değilim Sally, budala hiç değilim, senin iyiliğini düşünüyorum." gözlerimi kocaman açmış ona bakıyordum, fısıltıyla, "Tanrım düşüncelerimi mi okuyorsun? Bu, bu imkânsız, hayır dur bir saniye, değil vay canına, çok havalı bir şey bu! Ben de yapabiliyor muyum?" dedim.

Gülümsemesi genişledi: "Hayır, yapamıyorsun," dedi. Tüh be! Nina bunları öğrenseydi emin olun bu yetenekler için her şeyi yapardı.

"Asla ama asla Sally, diğerleri öğrenemez kimseye söyleyemezsin. Hayatlarını tehlikeye atmak istemezsin değil mi?"

"Tanrım! Beynime tecavüz etmeyi keser misin? Söylemeye niyetim yoktu zaten."

"Tamam, tamam haydi kahvaltını bitir."

Bir bu eksikti zaten. Durun bir saniye bunca zaman yani Adrian benim düşüncelerimi mi okuyordu? Lanet olsun! Kesinlikle bunu engellemenin bir yolunu bulacaktım. Krepler gerçekten şahaneydi. Bundan sonra artık krep mekânım burasıydı.

"Tek başına buraya gelemezsin. Güvenli değil."

Sinirle başımı kaldırıp bir düşünce daha yolladım ona: "Beynimin içinden siktir git Adrian!"

Gülerek, "Üzgünüm alışkanlık." dedi.

"Öyle mi? Hiç üzgün gibi görünmüyorsun."

"Tamam, bir daha dinlemek yok. Söz veriyorum."

Bu garip kısacık sohbet bile iştahımı kaçırmaya yetmişti. Yemeyi bırakıp çatalımla oynamaya başladım. Bir an önce sorulara geçmek istiyordum. Şuan sadece babamız acaba bizden nefret mi ediyor diye düşünüyordum. O yüzden mi bizi başka insanlara vermişti?

"Adrian, bizden nefret mi ediyor yani şey, gerçek babam?"

Adrian'nın konuşmaya başlaması için önce boğazını temizlemesi gerekti. Sorumu beklemiyordu.

"Hayır, tabii ki hayır Sally, anlaman lazım sizi güvenli bir yere götürmemiz gerekiyordu ve burası kusursuz. Yani öyleydi. Burada, sen fark etmesen de senin çevrende birçok melek var. Seni gözlüyorlar, hep koruyorlar. Ben ne kadar cennette sizi korumayı istediysem de baban, annen gibi normal bir hayat yaşamanızı istedi."

"Peki, kardeşim Alysa, onu neden benden ayırdınız? Madem burası güvenli beraber büyüyebilirdik ve..."

"Dur, dur Sel! Her şeyi en baştan anlatsam daha kolay ilerleriz."

Başımla onayladım. Kahvesinden bir yudum daha aldı ve anlatmaya başladı.

"Eski melek yazıtlarında, günün birinde erkek aydınlardan birinin -aydınlar baş melekler oluyor, diğer meleklere de kutsanmışlar diyoruz- bir nefilimden ikiz kız çocukları olacağı yazar. Ve bu ikizlerden birinin," sesini biraz daha kısıp devam etti: "Birinin cennet kapısının, diğerinin de cehennem kapısının anahtarı olacağı yazar. Babanın bir insanla ilişkisi olduğunu öğrendiğimizde onu konsey önüne çıkardık. Konseyde kadının yani annenin nefilim olduğunu ve size hamile olduğunu öğrendik. Yazıtlarda yazanın gerçek olduğundan şüphelendik tabii ki, o yüzden babanı kovmak için sizin doğmanızı bekledik. Evet, ikiniz de tek yumurta ikizleri ve kız çocuklarıydınız, o yüzden babanı kovmadık çünkü sizi korumak için öncelikle ona ihtiyacımız vardı. Çünkü o olmadığında sizi avutmak imkânsızdı. Daha ilk doğduğunuz andan beri sadece annenizi ve onu dinliyordunuz. Başkası her şekilde aklınızı çelmeye çalıştığında yine de anne ve babanıza gidiyordunuz. Kardeşinle birebir aynısınız kişilik olarak da. Bir evin içinde sizi ne kadar çok birbirinizden ayırdıysak, hep bir şekilde birbirinizi buldunuz. Sizi engellediğimizde ise sanki dünyanın sonuymuş gibi ağlardınız." kardeşim ve benim hakkımdakileri anlatırken kendimi gülümsemekten alamadım. Küçük bir bebekken bile birbirimizi seviyorduk.

"Anneniz öldükten sonra kısa bir süre cennette kaldınız. Tanrım melekleri görmeliydin, herkes adeta size tapıyordu. Boş kaldığınız bir dakika bile yoktu. Ama sonra sizi yeryüzüne getirdik. Yeryüzünde sizi ayrı tutmalıydık çünkü eğer iblisler size ulaşırsa, en azından ikinizi birden ele geçiremeyeceklerdi. Anlamalısın Sally, özellikle seni ele geçirirlerse cennet diye bir yer olmaz, dünyada da kaostan başka bir şey olmazdı. Sizi ayırdık ve ikinize de koruyucular verdik. Tahmin edersin ki seninki birazcık daha fazla. Okulda, kasabada, kütüphanede tahmin bile edemeyeceğin kişiler hep seni gözledi. Bu kasabada hem melek çoğunlukta olduğu için, hem de sanki doğal bir kalkanı vardı. Dünya doğduğundan beri bu kasabada hiç iblis olayı yaşanmadı. Yan kasabalarda yaşandı ama buradaki insanlar çok dindar olmasalar bile hep iyilerdi. Eh bizim için de kusursuz bir korunma yeriydi. Son birkaç aydır nedensiz yere hep kasaba dışına çıkmak istediğini biliyoruz. Aynısını kardeşin de yapmaya çalışıyor çünkü. Doğal içgüdü sanırım birbirinizi bulmaya çalışıyorsunuz. Artık öğrendiğine göre zaten sizi ayrı tutmanın anlamı yok, sizi geri birleştireceğiz fakat şartım var."

Gözlerim kocaman olmuştu hemen, "Ne, ne şartın ne?" dedim. Vay canına, yeniden bir aile olabilirdik. Düşünsenize Nina, ben ve kardeşim fırtına grup olurduk vay canına, kız geceleri, pijama partileri...

"Savaş eğitimi almanı istiyorum. Bir nevi kendini savunma eğitimi."

"Ben kendimi savunabilirim eğitime falan ihtiyacım yok. Çok güzel bir beysbol sopam var." dedim kaşlarımı kaldırıp sırıtarak.

"Saçmalama lütfen, iblisleri sopanla dövemezsin. Başka çaren yok Sel, ya eğitim ya da kardeşini unut, korumada kal!"

Kardeşimi istiyordum ben, ne kadar onu hiç görmesem de, içimde ona karşı büyük bir özlem vardı. Derin bir iç çektim. Başka çarem yoktu sanırım.

"Alysa biliyor mu yani bütün bu olanları, beni ve o da eğitim alacak mı?" diye sordum.

"Evet, o senin aksine bir yetimhanede büyümek zorunda kaldı. Başka güvenli bir yer bulamadık onun için. Zaten neredeyse aynı zamanda keşfettiniz gerçekleri. Baban da ona anlattı her şeyi. İnan Sel, o da en az senin kadar seni görmek istiyor ve eğitimi kabul etti."

"Tamam, o zaman başka çarem yoksa kabul ediyorum. Peki, kim benim antrenörüm olacak?"

Yüzüne yine o aynı sırıtış yayıldı. Ah hayır, o, o olacaktı. Tanrım inanmıyorum. Yüzümü ellerime gömdüm. Tanrım, "Beni dövmek için bahane uydurmuyorsun değil mi?" diye sordum.

Küçük bir kahkaha atıp, "A, aşk olsun ben bir meleğim Sel. Ama hoşuma gitmeyecek desem yalan olur." dedi. Pişmiş kelle gibi sırıtıyordu. Aha! İşte onu bozguna uğratma zamanı. Belki ben de iki kardeşin arasını yapabilirdim.

"Dur bir saniye, bir şartım var." dedim gülerek. Yüzü düştü, onu sinir edecek bir şey söyleyeceğimi anlamıştı. Yüzü düşünce gülümsemem daha da büyüdü.

"Söyle hadi." dedi.

"Kabul edeceğine söz ver önce." dedim ciddiyetle. Bir süre ciddi ciddi gözlerini gözlerimden ayırmadı, ben bakışlarımı kaçırmayınca –beni bakışlarınla korkutamazsın babalık- "Of, tamam haydi söyle, söz veriyorum şartını kabul edeceğim." dedi homurdanarak. Gülümseme bütün yüzüme yayıldı, yerimde kıpırdandım ve "Seninle beraber birini daha istiyorum antrenör olarak ve o da senin gibi bir savaşçı, yani önceden öyleydi neyse ben Nick'i de istiyorum." dedim. Anında bakışları donuklaştı. Ortam bir anda o kadar gerilmişti ki, hiç teklif etmemeyi bile diledim. Ama hayır, kararımdan vazgeçmeyecektim.

"Şey Sally ben." devam etmesi için duraklaması gerekmişti. Küfür etmemek için içinden ona kadar sayıyordu herhalde.

"Ben, yani o, onun kabul edeceğini sanmıyorum. Ben ona öfkeli değilim ama o bana çok öfkeli. Hatta sanırım nefret ediyor."

"Hayır, etmiyor. Bana olanları anlatırken hissederdim, eğer nefret etseydi hissederdim. Ben onunla konuşurum sen sadece onay ver yeter."

"Zaten onayımı aldın hatırlamıyor musun? Her neyse fark etmez zaten birbirimize fazla katlanabileceğimizi sanmıyorum. Denemekten zarar çıkmaz."

Sevinç çığlığı atarak boynuna sarıldım.

"Teşekkür ederim, çok teşekkür ederim."

Gülümseyerek yerime geri oturduğumda, onun yüzünde ise buruk bir gülümseme vardı. Güzel, en azından her şey açıklığa kavuşmuştu. İçimi döktüğüm için artık rahattım da. Sanırım artık alışıyordum. Eh ağlamaktan bıkmıştım yani. Her şey yoluna girebilirdi. Hayır, her şey yoluna girecekti. Bir de şu eğitim vardı. Umarım Nick ve Adrian arasından sağ çıkabilirdim. Bugün buluştuğumuzda Nick'e söylemeyi düşünüyordum her şeyi. Sonuçta Adrian ona söyleme demedi, hem yardım etmesi için bilmesi gerekiyordu.

Kafeden çıktığımızda derslerin başlamasına bir saat vardı. Arabaya bindiğimde aklımdaki tek soru babam ne olacaktı? Onun için endişeleniyordum. Sonuçta hayatım boyunca o babalık yapmıştı bana, seviyordum onu.

Adrian eve giden yolu pas geçip kasaba merkezine giden ana yolda düz gidince, beni okula bırakacağını anlamıştım.

"Okula gitmesem lütfen?"

"Ben senin şartını kabul ettim Sel, sen de söylediklerimin dışına çıkmayacaksın, normal hayatına olabildiğince devam edeceksin."

"Tamam, ne dersen o olsun."

Normalde ısrar ederdim. Ama tartışamayacak kadar yorgun hissediyorum kendimi. Adrian da bunu garipsemiş olmalı ki, başını çevirip süzer gibi bana baktı, sonra omzunu silkip önüne döndü. Başımı cama dayadım. Yanından hızla geçtiğimiz ağaçları evleri izledim. Sıradan evlerde yaşayan sıradan hayatlar süren insanları düşündüm. Aynı birer koyun gibiydiler, hiçbir şeyden haberleri yoktu. Cehalet gerçekten de kötü bir şeydi. Evet, insanları bilinçlendirmek gerekliydi. Eğitim alanlarında çalışma yapılmalıydı. İnsanlar teşvik edilmeliydi. Aman ne diyorum ben ya?

Başımı camdan çekip iki yana salladım. Saçma düşüncelere yer yoktu şuan hayatımda. Adrian, Nick'in bahsettiği gibi tehlikeli biri değildi, peki neden ondan bu kadar çok uzak durmamı istemişti, anlayamadım. Sanırım iki kardeş de olanlardan sonra birbirine pek güvenmiyordu. Okulun otoparkına geldiğimizde Nina, Pit ve John da beni bekliyordu. Arabadan indikten sonra bizimkilere yöneldim. Adrian arabayı kilitleyip arkamdan geldi. Henüz yarı yola gelmiştim ki, sol omzumda keskin bir acı hissettim. Acının etkisiyle dizlerimin bağı çözüldü ve dizlerimin üstüne düştüm.

8.

Aşkın Kokusu

Gözlerimin önüne bir sis perdesi çöktü, sonra ise sisli bir görüntü belirdi. Karanlık bir ormanda ağaç dallarına takılarak ve düşerek bir şeyden kaçıyordum. Nefes nefeseydim bakışlarımı omzuma çevirip yabancı bir dilde sövdüm (yani ses tonu sövüyor gibiydi.). Omzuma siyah bir ok saplanmıştı. Bu ok, annemizin sırtına saplanan oktu. İblisler, iblisler Alysa'nın peşindeydi. Adrian'ı uyarmalıydım, ona yardım göndermeliydi. Ne olduğunu anlamadan görüşüm yeniden netleşti.

Adrian omuzlarımdan tutmuş dikkatle bana bakıyordu.

"Sakin ol Sally, derin nefes al! Buradayım."

"Hayır, hayır Adrian, onu bulmuşlar. Alysa tehlikede, omzuna bir ok saplanmış kaçıyordu. Git, git bir an önce git, onu kurtar! Tanrım, ölecek o, ölecek!"

Herkes etrafıma toplanmış, korku ve merak dolu gözlerle bana bakıyordu.

Adrian beni Pit'in kucağına vermişti çünkü dizlerim hâlâ tutmuyordu ve omzum sızlıyordu.

Aceleyle Pit'e dönüp, "Onu sakin bir yere götür, Nick'i arayın, hemen gelsin." dedikten sonra son hızla oradan uzaklaştı.

Nick'in gözlerinden;

Sabahın erken saatinde önce Sally'den mesaj aldım. Kısa bir süre sonra da yakın arkadaşı Nina'dan bir telefon. Adrian'ın acil bir durum olduğu, Sally'nin kötü olduğunu ve acilen onun yanına gitmemi istediğini söyledi. Zaten ağabeyimin beni istemesi bile büyük bir terslik olduğunu kanıtlıyordu ki bir de Sally'nin kötü olduğunu duyduğum an, işimi gücümü bırakıp hemen harekete geçtim. Elimden geldiği kadar hızla okula vardım.

Sally, okul revirinde bir sedyeye oturmuş, çaresizce dizlerine sarılmış, ağlamaktan kızarmış gözlerle bekliyordu. Benim geldiğimi hissetmişti. Kafasını bana çevirip hemen yerinden fırladı. Kollarımı açıp onu karşıladım. Alnından öpüp ona sıkıca sarıldım. Onu daha önce bu kadar korkmuş bir vaziyette görmemiştim.

"Onu buldular Nick, Alysa'yı buldu iblisler, yaralandı. Adrian yetişebildi mi bilmiyorum. Onu öldürecekler." diye fısıldadı.

"Şşş, sakin ol, eğer Adrian söz konusuysa yetişmiştir, merak etme sen!" diye fısıldadım. Ağabeyimle bir davamız olabilirdi ama asla gecikmezdi bunu inkâr edemezdim. Sally'nin arkadaşlarını odadan çıkarmak ne kadar güç olduysa da önce onları gönderdim. Sessiz bir ortama ihtiyacımız vardı, neler olduğunu öğrenmeliydim. Sally'i önce sedyeye geri oturttum ve kapıyı kilitledim. Sonra ise neler olduğunu anlatmasını istedim. Titrek, derin bir nefes aldıktan sonra anlatmaya başladı.

Önce ağabeyimin anlattıklarını, sonra da bugün gelen görüyü anlattı. Ağabeyimin söylediklerinin yarısını tahmin ediyordum zaten, çünkü yazıtları okumayan melek yoktur. Kardeşine olanlarsa, görü geldiğinde ağabeyim yanında olup hemen müdahale edebildiği için şanslıydı. Dediğim gibi onun geç kalması muhtemel bile değildi.

Aniden Sally çığlık atıp acıyla bileğini tuttu. Göz bebekleri geri kayıp, nefes alışı sıklaştı. Yeni bir görü gelmişti ve işler hiç iyi gitmiyordu. Onu omuzlarından tutup sedyeye uzandırdım. Gözlerini kırpıştırdı ve geri geldi. Ne gördüğünü sormadan önce ona su verdim. Titreyen elleriyle bardağı kavradı. Suyu içtikten sonra ben sormadan o anlatmaya başladı.

"İriyarı bir adam vardı. Gözleri, gözleri tamamen siyahtı, simsiyahtı. Göz akı denen bir şey yoktu. Çirkin ve korkunç bir adamdı. Alysa'yı, yakaladı onu..." devam edebilmesi için nefes alması gerekmişti.

"Onun bileğini eliyle kırdı sonra, Tanrım ona işkence ediyordu. Yanında iki tane daha iblis vardı. Gülerek Alysa'ya işkence etmesini seyrediyorlardı. Sonra o siyah oku tam kalbine saplayacaktı ki Adrian bir ışık huzmesiyle ortaya çıkıp iblisin göğsüne parlak desenli, küçük bıçak fırlattı. Diğer iki iblisi de elindeki uzun, ince ve aynı bıçak gibi parlak, desenli kılıçla işini bitirdi. Aslına bakarsan kellelerini uçurdu desem daha doğru olur, cidden iğrençti. Sonra ben de geri döndüm. Adrian olmasaydı şimdi çoktan ölmüştü. Tanrım, neden ona işkence ediyorlar Nick? Çok, çok korkunçlar, kötüler ve iğrençler."

"Tamam, geçti artık, bak her şey yolunda. Eğer soruna gelirsek, o cehennemin anahtarı Sally, biliyorsun ve onu ortadan kaldırmak istiyorlar çünkü cehennemi ele geçirme gibi bir tehlikeyi de ortadan kaldırmış olacaklar. Eğer seni yakalarlarsa önce işlerini halledip sonra da seni öldürürler. Gerçi çabuk ölüm, emin ol onların elindeysen tek isteğin olur, çünkü şimdiye kadar çabuk öldürdükleri görülmemiş. Onların içinde saf kötülük var sevgilim, insanların acı çekmesi onlara zevk veriyor."

İblislerin bir zamanlar melek olmasına insan gerçekten inanamıyordu. Çünkü içlerinde böylesine büyük, saf kötülük ve nefretin olması beni üzüyordu. Sally, hâlâ sık sık nefes alıyordu.

"Sally, sakin ol, nefesini düzene sokmaya çalış, kriz geçireceksin!" Kalbi adeta kulağımda uğulduyordu. Çok hızlı atıyordu. Sally'i kendime çekip önce dudaklarına küçük yumuşak bir öpücük kondurdum. Sonra ise iyileştirme gücümü gönderirken öpüşüm daha da derinleşti. Geri çekildiğimde hem nefesi hem de kalbi düzelmişti.

"Teşekkür ederim." dedi fısıltıyla.

"Ah öpücük mü her zaman." dedim sırıtarak.

"İkisi için de." dedi gülümseyerek. Bu sefer başından öptüm, o da başını göğsüme yaslayıp gözlerini kapattı. Kollarımda yavaşça gevşeyip uyuyakaldı. Onu sedyeye yatırıp üstünü örttüm. Kapıya yönelip kilidi açtım. Kapıya arkamı dönmüştüm ki babası hararetle içeri girdi. Korku dolu gözlerle Sally'i aradı.

"Merak etmeyin, sadece uyuyor. Gayet iyi. Yeni uykuya daldı uyandırmasanız daha iyi."

Başıyla onaylayıp, "Ne oldu ona?" diye sordu. Ben açıklama yapardım ama babasının neyi bilip neyi bilmediğinden haberim olmadığı için sustum. Dışarıdaki koltukları gösterip oraya yönelttim.

Oturduktan sonra, "Ben aslında tam olarak ne olduğunu bilmiyorum. Duyunca hemen geldim. Adrian ile konuşsanız daha iyi olur, o yanındaydı." dedim. Tanrı biliyor ya dünyadan bile haberi yoktur. Öz kızı olmadığını bildiği kesindi ama ne kadar önemli olduğunu biliyor muydu? Her neyse üzerime vazife değildi, zaten er ya da öğrenecekti nasılsa. Bugün Daniel geliyordu, o gelmeden önce son bir kez ortalığı kolaçan etmeliydim. Geldikten sonra bana her konuda yardım edeceğinden emindim.

Ayağa kalktım, "Bakın, üzgünüm benim gitmem gerek. Sally'e geri döneceğimi söylerseniz sevinirim."

"Tamam, ilgilendiğin için teşekkür ederim."

Başımı sallayıp çıkışa yöneldim. Eğer iblisler diğer kızı buldularsa Sally'i de bulmaları an meselesiydi. Eğer onu ele geçirirlerse bu dünyanın sonu olurdu. Ortada insanlık diye bir şey kalmazdı. Dışarıdaki soğuk havaya çıktım. Hills'de kar az yağardı ama sonbahar uzun sürerdi. Rüzgârın kanatlarımın arasından süzülmesi için sabırsızlanıyordum. Önce otoparka gidip arabayı aldım. Issız, ağaçlık bir yere park etmeliydim. Arabayı okulun iki yüz metre arkasındaki ormana park ettim. Üstümdeki tişörtü ve deri ceketimi çıkardım. Yüzüğü boynumdan çıkarıp sol yüzük parmağıma taktım. Ah, işte o rahatlama hissi bütün vücuduma yayılıyordu. Nefesimi tuttum ve dizlerimi sıktım. Kanatlarım ortaya çıktığında nefesimi verdim. Derin derin nefes alıp kanatlarımı iki yana açtım. Onları özlemiştim. Kanatlarımı birkaç kez çırptım sonra da kuvvetlice çırpıp hızla gökyüzüne fırladım. Gözlerimi kapatıp daha da yükseldim. İstediğim yüksekliğe gelince duraksayıp aşağıya baktım. Kasabanın girişinden başlayıp gökyüzünden etrafı taradım. Bütün duyularımı sonuna kadar açtım. Kasabada çok fazla melek, nefilim ve lekelilerden vardı. Daha önce kontrol etmediğim için kendime küfür ediyordum. Lanet olsun, daha dikkatli olmalıydım. Nasıl böyle bir hataya düşerdim? Kasabaya yaklaşan bir iblis vardı. O yöne dönüp kanatlarımı hızla çırptım ama sonra durup bekledim. Eğer işini hemen şimdi bitirirsem, iblisten haber bekleyenler bir haber alamayınca bu kasabanın korunduğunu anlayacaklardı. Tedbirli davranmak gerekiyordu. Onun yerine yönümü geri okula çevirdim. Arabayı es geçip okulun arkasına ıssız bir yere geldiğimde kanatlarımı geri kaybettim. Okula girip revire yöneldim. Revire geldiğimde Sally'nin yattığı sedye boştu. Telefonumu çıkarıp Sally'nin numarasını tuşladım. Dördüncü çalışta açtı hemen, "Sally, nerdesin?"

"Ah Nick, şey, babam rapor alıp beni eve getirdi."

"Tamam, sakın evden dışarı adımını atma hemen geliyorum. Odanda kal ve kapıyı kilitle!"

Sesi bu sefer endişeli çıkmıştı, "Nick, neler oluyor?" dedi.

"Merak etme sevgilim, gelince anlatacağım!"

"Tamam, o zaman bekliyorum." dedikten sonra telefonu kapattım. Üstümde bir şey olmadığını fark ettim. Ah hemşire ve idaredekilerin neden garip baktığını açıklıyordu. Neyse ki birkaç kişi dışında herkes dersteydi. Arabanın olduğu yere gittim. Tişörtü ve ceketimi geri giydim. Cipi yola çıkarıp gazı kökledim. Sally'i korurken ağabeyimle muhatap olmam gerekiyordu. Ne kadar istemesem de Sally için katlanacaktım. Katlanmaya değerdi.

Onu gördüğümden beri düşünmediğim dakika geçmiyordu. Hislerim hoşlanmaktan ileri gitmeye başlamıştı. Onunla ilk konuştuğum an bunun başıma geleceğini biliyordum. Ne kadar kendimi engellemeye, amacımdan sapmamaya çalıştıysam da olmadı, yapamadım. Kendime büyülemeye çalıştıkça, o büyüledi. Aynı hatalara ikinci kez düşmeyecektim. Bu kez sadece onun güvenliği vardı. Onu daima gözetecektim.

Henüz kendime yüksek sesle dahi itiraf edemediğim gerçek şuydu ki, seviyordum onu. Âşık olmuştum.

Sally' nin gözlerinden;

Nick aramadan önce Adrian'dan bir mesaj gelmişti. Pasaport işlemlerini hallettikten sonra yarın sabah burada olacakları yazıyordu. Ona babamın bir şey bilip bilmediğimi sorduğumda ise her şeyi bildiğini söylemişti. Sadece koruyucu aileydi. Odada bir aşağı bir yukarı volta atıp duruyordum. Ona bildiğimi söylemeliydim. Stres bütün benliğimi sarmıştı. Nick aradıktan sonra ise, o gelmeden önce halletmenin daha iyi olacağını düşündüm, en azından biz konuştuktan sonra geleceği için o gerginlikten beni kurtarırdı. Nick'in sesinden bir terslik olduğunu anlamıştım, o yüzden bir an önce bu konuyu halledip diğer konuya yoğunlaşmak istiyordum. Daha fazla bekleyemezdim, telefonu kapattıktan sonra hemen kapıya yöneldim ve odadan çıktım.

Babam koltuğuna oturmuş maç tekrarlarını izliyordu. Merdivenin son basamağını da indikten sonra bir süre durakladım. Derin bir nefes alıp geri verdim. Sonunda her zamanki ses tonumu takındım.

"Hey baba, ne yapıyorsun?"

Arkasını döndü önce gülümsedi, sonra ciddileşti.

"Hey tatlım, asıl sen ne yapıyorsun, dinlenmen gerek."

Hafifçe gülümseyip yanına gittim ve karşısındaki koltuğa oturdum.

"Ah, şey konuşmamız lazım. Ben gayet iyiyim emin ol."

Kaşlarını çattı sonra bakışları yumuşadı. Belki de aklından, 'işte o konuyu konuşma zamanı' diyordur.

"Lütfen ben bitirene kadar sözümü kesme olur mu?" başıyla onayladıktan sonra devam ettim.

"Ben, öğrendim yani kötü bir şekilde öğrendim ama olsun. Yani her şeyi; gerçekte kim olduğumu, ne olduğumu sonra sizi, annemi ve seni hâlâ gerçekten ailemmişsiniz gibi seviyorum ve eminim sevmeye de devam edeceğim. Bana hiçbir açıklama falan yapmana gerek yok saklamak ve beni korumak zorunda olduğunuzu biliyorum. Gerçekten ikinize de çok ama çok teşekkür ederim, beni öz kızınız gibi gördünüz, hiç değilmişim gibi, başka biriymişim gibi hissettirmediniz. Biyolojik babamla tanışınca neler olur bilmiyorum belki onunla gitmek zorunda kalabilirim Malûm, kendi isteklerimden daha önemli konumum. Ama yine de bilmeni istiyorum ki, sen her zaman babam annem de, annem olarak kalacak. Şuan senden tek bilmek istediğim şey şu, beni gerçekten sevdiniz mi, görev değil de kızınız olarak gördünüz mü, onu bilmek istiyorum?"

Babam ayağa kalkıp yanıma oturdu. Yakından bakınca gözlerinin dolduğu görülüyordu. Alnımdan öpüp bana sarıldı.

"Her ne kadar senin biyolojik baban olmasam da ben senin hâlâ babanım. Tabii ki seni sevdik ve seviyoruz. Gitmek zorunda kalsan da her zaman seveceğim. İkinci evin burada hep hazır olacak. Odan, araban Lizzy, eşyaların, ev, hepsi senin bir parçan. Sen benim bir parçamsın."

Sıkıca sarılıp, "Seni seviyorum baba." dedim.

"Ben de seni seviyorum küçük meleğim."

Daha sonra ise babama olanların kısa bir özetini çektim. Meğer o da şehir dışına iş için değil de, etraftaki kasabaları ve iblis olaylarını gözlemek için çıkıyormuş. Sonra resim öğretmenimiz Bayan Taylor'un melek, kütüphane görevlisi Bayan Madeleine'nin nefilim, Susanna Café'nin sahibi yaşlı Bayan Susanna'nın melek ve kasabadakilerin neredeyse yarısının melek ya da nefilim olduğunu öğrendim. Hatta bizim gruptan John da nefilimdi. Vay canına, çevremde neler dönüyormuş öyle! Her dakika izleniyordum. Vay canına! Dünyadan haberim bile yoktu gerçekten. Artık birbirimizden bir şey saklamamanın verdiği huzurla arkama yaslandım. İkimize de kahve yapmak için mutfağa gittim. Kahve çekirdeklerini öğütücüye koyup onlar çekilirken tezgâha yaslanıp bekledim. Kahve çekirdekleri öğütüldükten sonra kahve makinesine doldurup çalıştırdım. Kahve olurken kendime dolaptan krema, süt ve şeker çıkardım. Kahveyi sade içmekten nefret ederdim. Bence tadı zift gibi oluyordu. Eh, birkaç kez sarhoşluktan ayılmak için içmek zorunda kalmıştım. Tadı cidden iğrençti. İnsanlar onu nasıl içiyordu öyle? Babam da krema katmayı severdi. Onunkine krema ekledim, benimkini hazırlarken kapı çaldı. Babam, "Ben açarım!" diye bağırdıktan sonra Nick'in sesini duydum. Kendi kahvemi de hazırladıktan sonra iki bardağı da tepsiye koyup içeri gittim.

Nick'i görünce refleks olarak gülümsedim. Ama yüzündeki endişeyi görünce gülümsemem geri silindi.

Kahveleri masaya bırakıp ona dönüp, "Hey, kahve ister misin?" diye sordum.

"Hayır, teşekkür ederim. Konuşmamız gereken şeyler var. Belki başka bir odaya geçsek daha iyi olur."

"Ah Nick, şey, babam zaten her şeyi biliyormuş. Yani yanında konuşmamızın bir sakıncası olmaz. Şey, onlar benim koruyucu ailem olması için ayarlanmış."

"Ah öyle mi, güzel o zaman! Siz de söyleyeceklerimi duysanız iyi olur o zaman, Bay Mallette."

"Lütfen, sadece Carl diyebilirsin! Haydi, şuraya geçelim daha rahat konuşuruz."

Babam oturma odasını işaret edip oraya yöneldi. Babam ciddi bir ifadeye büründü. Genelde iş konuşurken hep böyle olurdu. Ben de endişelenmeye başlamıştım. Alysa'ya yaptıklarını gördükten sonra korkmaya başlamıştım.

Babam, "Şimdi öncelikle söyle bakalım sen tam olarak nesin, melek ya da nefilim misin? Meleklerin ayarladıklarından biri değilsin, hepsinden haberim var."

"Carl, ben ilk baş meleklerden Gabriel. Ama artık melek değilim, yani tam olarak değilim. Uzun zaman önce cennetten kovuldum."

"Vay canına, ünlü Gabriel ha! Açıkçası bu ismi beklemiyordum. Evet, her neyse, neden kovulduğun beni ilgilendirmez, beni sadece kızımın güvenliği ilgilendirir. Eğer ona zarar getirecek olursan hemen şuan terk et bu evi!"

Babamı ilk kez böyle görüyordum. Çok ciddi ve sertti. İşini bildiği ortadaydı.

"Şimdi gelelim bizimle konuşacağın konuya."

"Teşekkürler, bugün Sally'e kardeşiyle ilgili bir görü geldi ve ben de okuldan çıktıktan sonra kasabayı taramayı düşündüm. Yakın çevrelere bile baktım. Ama tam dönerken kasabaya girmek üzere olan bir iblis keşfettim. Onu hemen öldürecektim ama sonra düşündüm ki, eğer öldürürsem ondan haber bekleyenler, bir ses çıkmadığında burada bir şeyler olduğundan şüphe edecek ve daha fazlası gelecekti. O yüzden ağabeyimle bir plan yapmamız gerektiğini düşündüm, aynı zamanda böyle bir tehlikeden haberdar olmanız gerektiğini. Eminim burada henüz birinin olduğunu bilmiyorlar. Bilselerdi eğer daha fazla kişi gönderirlerdi. Bu sadece kontrol amaçlı."

"Ah Tanrım, lanet olsun!" diye mırıldandım. Bir bu eksikti.

"Sally, senden Adrian'a durumu özetleyen bir mesaj atmanı ve elinden geldiğince hızlı bir şekilde dönmesini söyle! Tavsiyem önce cennete, oradan da buraya ışınlanmak. Hem daha güvenli kardeşin için, hem de daha hızlı bir yol. Ve senin ne okul için, ne de başka bir şey için kesinlikle burnunu bile dışarı çıkarmanı istemiyorum. En azından ağabeyim gelene kadar. Anlaştık mı?"

Başımla onayladım.

"Şimdi, benim gitmem gerek ama daha sonra tekrar geleceğim. Seni kesinlikle yalnız bırakmaya niyetim yok ama ben gelene kadar dikkatli ol lütfen! Ve Carl, ben gelene kadar onu canın pahasına korumanı istiyorum, eğer başına bir şey gelirse ölmüş olmayı dilersin. Anladın mı beni?"

Nick, son söylediklerini ortaya büyük bir güç yayarak söylemişti. Ses tonundan karşısına çıkılmayacak birisi olduğu anlaşılıyordu. Güç karşısında nefesimi tuttum. Güçlü olabileceğini tahmin edebiliyordum ama bu kadarını da tahmin etmiyordum. Kapıya yöneldiğinde arkasından gittim. Hole geldiğimizde kapının önünde duraksadı. Arkasından sıkıca sarıldım. Bana dönmesi için kollarımı gevşettim. O da bana sıkıca sarıldı. Başımı çenemden tutup yukarı kaldırdı. Dudaklarıma küçük bir öpücük kondurdu.

"Lütfen başını belaya sokma olur mu?" dedi.

Gülümsedim, "Sen de kendine dikkat edersen iyi edersin." dedim.

"Ah, bu bir tehdit mi Bayan Mallette?"

"Kesinlikle öyle Bay Warrior."

Alnımdan öpüp, "Görüşürüz." dedikten sonra arkasından kapıyı da kilitlememi söyledi. Kapıdan çıkarken, "Nick." dedim ama devamını getiremedim.

"Efendim?"

"Ah, yok bir şey görüşürüz." O çıktıktan hemen sonra kapıyı kilitledim. Sırtımı kapıya yaslayıp yere oturdum. İçimden, 'Seni seviyorum' dedim. Ama ona söyleyemedim. Eğer söylersem aramızdaki her şey sanki bozulacakmış gibi hissediyordum. Yüksek sesle söylemeye korkuyordum.

Önce koltuğa kuruldum sonra ise kalkıp kendime mısır yapıp televizyona DVD yerleştirdim. Bugün çok uzun olacaktı. Ah, daha yeni öğlen olmuştu! Bütün gün böyle oturacak mıydım? Saate baktığımda okulun dağıldığını fark ettim. Aynı sırada Nina'dan mesaj geldi.

— BEŞ DAKİKAYA YANINDAYIM BEBEĞİM.

— SABIRSIZLIKLA BEKLİYORUM, SIKINTIDAN PATLAMAK ÜZEREYİM.

— TAHMİN EDERİM.

Cevap yazmaya gerek duymadım ve Nina'yı beklemeye koyuldum. Koltuğa iyice yayıldım. Serseri de kucağıma zıpladı. Ben onu severken ritimli bir şekilde biri kapıyı tıkladı. Eh, kim olduğu belliydi. Koşup kapıyı açtım.

Nina, yüzünde kocaman bir gülümsemeyle, "Seni kurtarmaya geldik!" diye bağırdı.

"Geldik mi?" diye sorduğum esnada Pit ve John kapının yanlarından fırladılar.

"Biz de varız!"

Koşup ikisinin boynuna atladım, "Tanrım, siz harikasınız! Nina ile yalnız bırakmadınız beni." dedim geri çekilirken.

Nina, "Hey, gelmeleri benim fikrimdi. Geri gönderebilirim." dedi.

Üçümüz aynı anda gözlerimizi devirip, "Mızmız." dedik.

"Haydi, soğukta beklemeyelim içeri gelin!" dedim.

Pit, "Aslında biz dışarı yemek yemeye oradan da biraz takılalım diye düşünmüştük." dedi.

"Iım çocuklar, ben şey, bilmem ki."

"Lüütfeeennn!" dedi Nina.

Hepsi kedi yavrusu bakışlarını takınmışlardı. Aslında evde babam da yoktu, hem toplam dört kişiydik ve John nefilimdi yani onların arasında daha güvendeydim.

"Sizler cidden şeytansınız. Haydi, ben hazırlanana kadar içeri girin!"

Odama çıkıp üzerimi değiştirdim. Pijamaların yerini dizlerime kadar inen siyah ketenden bir elbise, onun üstüne de siyah ceketim ve binici botlarım aldı. Hafif bir de makyaj yaptım.

Kasaba merkezinde bir şeyler atıştırdıktan sonra kasabanın çıkışına yakın, yeni açılan bir kulübe gittik. John'ın söylediğine göre canlı müzik de varmış. Kulübe girerken de içimden hâlâ evden çıkmanın kötü bir fikir olduğunu düşünüyordum. Şuan eve dönmek istediğimi söylesem herhalde beni boğazlarlardı. O nedenle kendimi tehlikeye atmamayı tercih ettim ve çenemi kapalı tuttum. Zaten yanıp sönen ve insanı sağır eden yüksek müziğin içine girince bütün düşüncelerim uçmuştu. İçeri girer girmez gözlerimiz boş masa aradı. Köşede yeni boşalan bir tane bulunca hemen kaptık orayı. John ve Pit içkileri almaya bara gitti. Onlar gelene kadar Nina kolumdan yakalayıp dans pistine sürükledi. Çocuklar içkileri alıp gelmiş hatta içmeye başlamışlardı ama biz hâlâ dans ediyorduk. Bu kızın bitmez tükenmez bir enerjisi vardı. Sonunda masaya geri döndüğümüzde terden ölmüş ve nefes nefeseydim. O kadar susamış ve sıcaklaşmıştım ki, koca bira bardağını tek dikişte bitirmiştim. Canlı müzik yapacak olan grup çıkana kadar pistte kurtlarımızı döktük. Koca iki haftanın stresini iyi atmıştım. Burada kendimi dansla kaybederken sanki bütün olanlar geçen yıllarda kalmış gibi geliyordu.

Sonunda müzik durdu ve büyük bir alkış koptu. Vay canına, demek ki gelen grup işinde iyiydi! Olduğumuz yerden sahne pekiyi görünmüyordu. Ben de omuz silkip kulaklarımı dört açtım.

Grup, önce sevgililer için slow şarkıyla başladı. Büyük ihtimalle kendi besteleriydi çünkü daha önce hiç duymadığım bir şarkıydı. Solistin sesi çok tanıdık geliyordu ama ne kadar düşündüysem çıkartamadım. Sesin sahibini hatırlamayı bırakıp insanın içine işleyen müziğe bıraktım kendimi. Pit, kolunu omzuma atmıştı, müzikle beraber olduğumuz yerde sallanıyorduk.

Hareketli parçaya geçtiklerinde Nina, bizi kalabalığın önüne doğru çekiştirdi. Gürültüde sesini duyurmak için kulağıma eğilip bağırdı.

"Aman Tanrım Sel, bu Ian amcan!"

"Ne?" dedim ve parmak uçlarımda yükselip sahneyi görmeye çalıştım. Sahnede elektrogitarıyla herkesi coşturan adamı görünce yüzümde kocaman bir gülümseme belirdi. Yanımdakilere dönüp, "Bu Ian amcam!" diye bağırdım. Vay canına, şansa bakın! Onu en son annemin cenazesinde görmüştüm. Aileden birilerini gördüğüme o kadar mutlu olmuştum ki. Bu sefer çocukları çekiştiren ben olmuştum. En öne vardığımızda herhalde arkamızda kalan herkes bana küfür ediyordu. Amcam beni gördüğünde gülümseyip göz kırptı. Çevremdeki kızların hepsi çığlık attı. Müzik bittiğinde amcam seyirciye dönüp, "İçkilerinizi tazeleyin millet, on dakika mola!" diye seslendi.

Mikrofonu grubundaki gitaristlerden birine verdi. Üstünde siyah dar kot, beyaz tişört, onun üstünde de siyah deri ceketi vardı. Acayip havalı görünüyordu. Yüzünde kocaman o karizmatik gülümsemesiyle sahneden atlayıp bize doğru yöneldi.

Yaklaşırken kollarını iki yana açıp gülerek, "Prenses." dedi.

"Ian amca!" diye bağırıp kendimi boynuna attım.

"Tanrım seni çok özledim. Neden geldiğini haber vermedin. Seninle konuşacak o kadar çok şeyim var ki!"

"Tamam, tamam yavaş ol prenses, ben de seni özledim ama ne işin var senin burada, ağabeyim nasıl oldu da izin verdi?"

Sırıtarak, "Tamam, belki izin vermemiş olabilir." dedim.

Aynı şekilde sırıtarak, "Şimdi senin kime çektiğin belli oldu." dedi.

Ayaküstü biraz sohbet ettik. Bu hafta başında geldiğini ve grubuna kalacak yer aradığını söyledi. Uzunca bir süre burada kalmayı planladıklarını da söyledi. Sonra ise tek tek hepimizi süzüp çok büyüdüğümüzü söyledi. Hatta şakayla karışık takılarak albinolar gibi nerdeyse beyaz saçlarım olmasaymış beni de tanıyamayacakmış.

Bizim neler yaptığımızı sordu, hepimiz soruyu okul falan diye geçiştirdik. Ama tabii ki amcam bir şeyler sakladığımızı anladı. Grubun zayıf halkası Nina'ya saldırdı.

Kolunu Nina'nın omzuna atıp karizmatik gülüşünü takındı, "Ah, sevgili Nina, Nina!" dedi. Nina'nın zaten küçüklüğümüzden beri amcama ufak bir hayranlığı vardı. Tanrı aşkına kimin olmazdı ki, benim bile vardı. Adam cidden rock starları gibiydi. Nina'nın surat ifadesinden eteğindeki bütün taşları dökeceği anlaşılıyordu.

"Amca cidden önemli hiçbir şey olmadı. Aynı sıkıcı, lise hayatı işte canım!"

Bana tabii, ben de yedim bakışından atıp Nina'ya döndü.

"Nina, ne dersin seninle bir gün kahve içmeye gider miyiz? Ama tabii önce, hım, geçen hafta neler yaptın söylesene?"

"Ah, geçen hafta cidden kâbustu!" dedi Nina.

"Öyle mi? Neler oldu ki geçen hafta?" dedi amcam.

"Önce Sally vuruldu." ah lanet olsun bakışlarımı ayakkabılarıma indirdim. Ne güzel botlarım varmış benim öyle.

"Sonra onun bir kalp hastalığı ortaya çıktı. Sonra karların ve ağaçların arasında onu kaybettik ve kriz geçirdi. Dedim ya cidden kâbus gibi bir haftaydı. Bay Carl da daha dün okula gelmesine anca izin verdi."

Ian amcamın ezici bakışlarını üzerimde hissediyordum. Gözlerimi kapattım. Yutkundum. Boğazım kurumuştu. Bira bardağını sıkıca kavrayıp dudaklarıma götürdüm. Ama amcamın eli olduğunu tahmin ettiğim bir el bardağın tepesinden tutarak içmemi engelledi ve elimden aldı.

"İçkiye yaşın tutmuyor küçük hanım." dedi amcam. Diğer eliyle de bir omzumu kavrayıp beni kendine çekti, başını eğip, "Bana haber vermeyi düşünmüyordunuz sanırım." dedi.

"Şey, ben Ian amca, olaylar gerçekten çok hızlı oldu, kimsenin aklına gelmedi sanırım." diye kekeledim. Yüz hatları yumuşadı.

"İyisin değil mi şimdi?" diye sordu.

Başımla onayladım. Başımın tepesini öpüp sarıldı.

"Eve uğrarım işim bitince, fazla kalmayın burada ve hepinize söylüyorum elinizdeki bardakları bırakın içki yok çocuklar. Ara bitti şimdi dönmem gerek, sonra görüşürüz."

Amcam arkasını dönüp sahneye giderken Nina'ya dönüp pis bir bakış attım.

"Ne yapayım ayol? Lafı nasıl alacağını iyi biliyor." dedi.

Köşedeki masamıza geri döndük. Benim söz dinlediğim nerede görülmüş acaba? Pit ile John tekrar içkileri tazelemek için bara gittiler. Hafif çakır keyif olmuştum. Bardağımda kalan birayı da bitirdim. Saate baktığımda gece yarısı olduğunu gördüm. Diğerlerinin henüz ayrılmaya niyeti yoktu. Onlara taksiye bineceğimi söyleyip kulüpten ayrıldım.

Kapıdan çıkarken rüzgâr ve içkinin etkisiyle olduğum yerde sallandım. Amma da soğukmuş yahu. Sonra kıkırdamaya başladım. Sanırım çakır keyif değil sarhoş olmuştum.

Çantamı omzumdan çıkarıp içinde arabanın anahtarlarını aramaya başladım. Tam buldum derken çantayı yere düşürdüm ve tekrar anahtar aramaya koyuldum. Anahtarı bulduktan sonra bu sefer de anahtarı yere düşürdüm. Deli gibi kendi kendime gülüyordum. Elim telefona kayınca sinsi sinsi telefona baktım. Sonra tekrar kıkırdayıp Nick'i aradım.

Telefon çalarken çevreye bir göz attım, ağaçlık ve ıssız bir yerdi. Telefon ikinci çalışta açılmıştı. Ama ona pek dikkat ettiğim söylenemez.

"Alo Sally, ne oldu?"

"Alo. Alo Sally, orada mısın?"

"Ah buradayım," dedim ve kıkırdadım. Kelimeler ağzımdan yuvarlanarak çıkıyordu.

"Sally neredesin sen..." lafını kestim "Nick, biz çıkıyor muyuz? Çıkmamız lazım çünkü öpüşüyoruz değil mi?"

"Sevgilim, tabii ki çıkıyoruz, neredesin sen, seni almaya geleyim?"

"Bana sevgilim diyorsun ama bana hiç, beni sevdiğini söylemedin. Neden çıkıyoruz biz Nick?"

"Prenses bana nerde olduğunu söyle!"

"Bana emir vermekten vazgeç! Beni sevdiğini bile söylemedin." burnumu çektim, "Beni seviyor musun Nick?"

"Şey ben, Sally, nerede olduğunu söylesen, yanına gelince söylemem daha doğru olur."

"Aman her şeyi doğru yap zaten. Doğru olmasa ne olur? Öf sıkıldım ben!" kıkırdadım "Arabanın anahtarı yine düştü. Beni seviyor musun Nick? Ben söylerdim ama önce senin söylemen gerek. Neyse arabanın anahtarını bir daha düşürmek istemiyorum. Bye."

"Araba kullanma Sally, sarhoşsun!"

Telefonu kapatmamam ve nerede olduğumu söylememi isteyen sesini duymazlıktan gelip telefonu yüzüne kapattım. Telefonu kapattıktan sonra tekrar çalmaya başladı. Telefonu çantanın derinliklerine gönderdikten sonra tekrar kıkırdadım. Ah, derdim neydi ki benim, durup durup gülüyordum? Birkaç denemenin sonucunda anahtarı arabanın kilidine sokmayı becerdim. Koltuğa oturup arabayı çalıştırdım. Başımı direksiyona koydum. Sanırım bir ara dalmış olmalıyım. Sonra arabayı yola çıkardım. Hey, arabayı gayet de güzel sürüyordum. Tabii direksiyona yapışmış olmamın da etkisi vardı sanırım.

Gözlerim kapandı, başım aşağı düştü ama hemen geri açtım, elimin tersiyle gözlerimi ovaladım. Kısa süre sonra yeniden gözlerim kapanmaya başladı. Bu sefer onları yeniden kaldıramıyordum. Sanki göz kapaklarıma küçük ağırlıklar yerleştirilmiş gibiydi.

Yanımdan bir kadın sesi, "Aç gözlerini, minik prenses ölmemen gerek!" dedi. Önce rüya sandım sonra yan tarafa bakınca frene asıldım.

"Ah Tanrım! Bunu yapmaktan vazgeçseniz olmaz mı? Yemin ederim araba kazasında değil, kalpten gideceğim öbür tarafa."

"Benim yüzümden gidersen geri getiririm merak etme."

"Öyle mi? Bak içime su serpildi. Sen hangisisin, cidden sizden kaç tane var?"

"Öncelikle içine ne serpildiği umurumda değil, ikici olarak ben Azrael ama sen Clover diyebilirsin, dünyada bunu kullanıyorum da ve son olarak tahmininden daha fazla var, bizden emin olabilirsin."

"Vay canına, sen gerçekten Azrail misin yani?"

"Evet, öyleyim."

Başımı geri çekip dikkatlice süzdüm onu. Harbiden taş gibi hatundu yahu. Tamam saçmalıyorum. İçkiden. Kesinlikle içkiden.

Dolgun, biçimli, kırmızı dudakları, ancak porselen bebeklerde olabilecek küçük bir burun ve çıkık elmacık kemikleri, uzun gür kirpikleri, o içinde kendinizi kaybettiğiniz simsiyah gözleri ve uzun ipek gibi siyah saçları vardı. Vay canına, Azrail'in bu kadar güzel biri olacağı aklımın ucundan bile geçmezdi. Onda ölümün cazibesi vardı. Saf güzellik. Onu böyle hayranlıkla süzdüğümü gören Clover'ın o uğrunda ölünesi dudakları yukarı kıvrıldı. Gözlerimi kaçırdım, yüzüme sıcaklığın hücum ettiğini hissettim.

"Ö-özür dilerim, ben böyle bakmak istemedim." dedim kekeleyerek.

Elini yanağıma götürdü, "Özre gerek yok minik prenses, elimde büyüdün sayılır." dudaklarını büzdü, "Evet, birkaç ay kadar sanırım." dedi.

"Bana mı baktın, gerçekten mi?" Acayip şaşırmıştım. Tanrım, ne havalı düşünsenize ölümün ta kendisi size bebek bakıcılığı yapıyor.

"Peki, seni bana getiren ne?" diye sordum.

"Ah, zaten sizi görmek istiyordum ayrıca şuan bütün meleklerin görevi sizleri gözetlemek, sonra bugünün listesini tamamlamış" parmaklarıyla tırnak işareti yaparak devam etti, güldüm, "görevlerimi bitirmiş, yan gelmiş yatıyordum. Kısaca keyif yapıyordum sonra bir baktım listeme bir isim daha eklenmiş."

Söyleyeceklerini anlayınca yanaklarım kızardı: "Ah evet, bizim pembe yanaklı minik prensesin adı eklendi. Henüz zamanın gelmemişti –gelseydi bilirdim- o yüzden yardımına geldim. Şimdi Clover adını niye seçtiğimi anladın mı?" dedi ince kaşlarını havaya kaldırıp indirerek gülümsedi.

"Ah şey, teşekkür ederim o zaman. Ama itiraf etmelisin ki gerçek adınla hiç uymuyor."

"Sanırım öyle. Bak Sally, birine nutuk çekmekten nefret ederim. Hatta genelde bana nutuk çekerler, çekerler dediğim ağabeyim Michael'den başkası yapamaz. Sıkıysa başkaları denesin zaten. Neyse, yani anlayacağın sana nutuk çekecek son insan benim ama gel gör ki buradayız." oturduğum yerde büzüldüm.

"Daha dikkatli olman gerekiyor. Anlamıyorum daha önce sıklıkla izledim seni. Hep örnek davranışlarda bulunan birisin yani uslu kızsın ama son zamanlarda çok dikkatsizsin. Bulunduğun durumdan haberin var, hayati önem taşımıyorsun, dünyanın hatta bütün evrenin hayatı senin elinde desem yeri olur. Bak seni uyarıyorum, bu uyarımı ciddiye alsan iyi olur çünkü eğer bir daha böyle dikkatsiz davranırsan istesem de istemesem de ikinizi gizli bir yere götürmemiz gerekecek. Ailen ve arkadaşlarından uzak kalmak istemeyeceğini tahmin ediyorum, o yüzden bu sana ilk ve son uyarım Sally!"

Ups! Asıl adımı kullandı sanırım gerçekten ciddi. Hapı yuttun Sally.

"Bak üzgünüm, gerçekten üzgünüm. Böyle fevri davranmak istemezdim ama anlamıyorsun her şey çok ağır geliyor. Daha hafta sonuna kadar sıradan Iowa kızıydım ama şimdi her şeyim altüst oldu. Herkes, dikkatli ol prenses, sakın bir yere gitme prenses, çok önemlisin prenses, ah biliyor musun sen cennetin anahtarısın prenses, ben meleğim prenses, falan prenses yalan prenses... Gerçekten çok bunaldım sıradan bir şeyler yapmaya, arkadaşlarımla takılmaya ihtiyacım vardı. Kısaca sert bir içkiye ihtiyacım vardı. Hem bu prenses de neyin nesi yahu. Prenses, prenses herkes prenses diyor. "

Hiç susmadan nefes bile almadan konuşmuştum. Lafımı bitirip soluklandım. Clover'in yüzü, bakışları yumuşadı.

"Anladım prenses, kader bu önüne geçemezsin. Prenses senin adının anlamı bilmiyor musun? Alysa da prenses demek." Ah, anlaşılan benim dışımda herkes adımın anlamını biliyordu.

Cümlesini bitirdiğinde arkamızdan polis arabasının yanıp sönen ışıkları yansıdı. Gözlerim kocaman açıldı, içimden küfür etmeye başlamıştım.

"Ah lanet olsun! Ehliyetimi alacaklar içkiliyim."

"Hey sakin ol, burada ben varım! Hem ağzından o kelimeyi bir daha duymayayım lütfen!"

Polis arabamızın arkasına park etti. Arabadan inmeden önce Clover bir elini omzuma koydu. Hızla nefesimi içime çektim. Göz kırpmalık bir sürede -yani saliseler-Clover'in oturduğu yerde ben oturuyordum.

"Vay canına!" diye mırıldandım. Clover bana sırıtıp göz kırptı ve camı tıklayan polise camı açtı.

Clover polise o çekici gülümsemesinden yaptı. "Evet, bayanlar ehliyet ruhsat lütfen. Ve yolun ortasında neden durduğunuzun açıklaması."

Gelen polis Bay Kaeline idi. Yani Nina'nın babası. Başını içeri uzatıp içeri süzdü, beni görünce yüz ifadesinde hiçbir yumuşama olmadı, hatta daha da sertleşti.

"Sally, senin gecenin bir yarısı ne işin var burada?" cevap vermek için ağzımı açmıştım ki, Clover girdi araya.

"İyi geceler." yakasındaki isme baktı ve devam etti. "Şef Kaeline. Ben, Sally'nin teyzesi onu eve götürüyordum. Ve önemli bir telefon görüşmesi yapmam gerekti, o yüzden durduk. Araba kullanırken telefonla konuşmamı onaylamazsınız herhalde." Ruhsatı uzattı ve elini deri ceketinin içine daldırıp ehliyetini çıkardı. Clover o masumane gülüşünden yapıyordu. Bay Kaeline, boğazını temizleyip sorun olmadığını söyledi.

"Yol ıssız, bayanlar dikkat edin ve yavaş gidin, ortalıkta hâlâ soğuktan kaçan geyikler var. Birine çarpıp kaza yapabilirsiniz. İyi geceler Sally ve Bayan?"

"Clover Blair." Annemin soyadıydı bu yani öz olmayanın. İçim cız etti.

"Bayan Blair."

Bay Kaeline, arabasına geri dönerken Clover da arabayı çalıştırdı ve yola koyulduk. Yol boyunca konuşmadık. Camdan dışarı bakıp yanımda oturan kadının Azrail olamayacağını düşünüyordum. Hadi ama! Koskoca ölüm meleğinin işi gücü yok da bana bakıcılık yapacak. Gerçek olsa bile insanın inanası gelmiyordu. İçkinin de etkisiyle eve kadar olan yolda başım camda dayalı bir şekilde sızdım.

Clover'ın omzuma pıt pıt vurmasıyla gözlerimi açtım. "Uyan bakalım prenses eve geldik."

İçeride duyacağım azarları düşününce oflayıp koltuğa iyice gömüldüm.

"Of, lane..!" Clover'ın kaşlarını çatmasıyla lafı çevirdim. "Tamam, tamam bir şey demedim. İçeri girmesek olmaz mı?" Nick'i arayıp söylediklerim aklıma gelince, "Tanrım, asla içeri giremem!" diye ciyakladım. Lanet olsun! Rezil olmuştum. Nick'in yüzüne nasıl bakacaktım.

Clover, "Merak etme Nick, şuanda söylediklerinden çok, nerede ve güvende olup olmadığını düşünüyor." dedi.

"Tanrım! Sende mi beyin okuyorsun? Nick okuyabiliyor mu, eğer okuyorsa kesinlikle içeri girmem bahçede yatarım."

"İlk baş meleklerin hepsi okur. Nick, kovulunca bu yeteneği kayboldu ve dışarıda donarsın saçmalama! Haydi, in arabadan!"

O, arabadan indi ama ben hâlâ inip inmemekte kararsızdım. Clover, arabanın önünde durup bana baktı ve başını iki yana salladı. Önce kilidin açılma sesi geldi sonra da arabanın kapısı sonuna kadar açıldı. Ah, Lizzy bebeğim sana ne yapıyorlar böyle!

Ayaklarımı yere sürterek ve sarhoşluk yüzünden Clover'ın yanına sallanarak gittim. Bu meleklerin hepsi mi uzundu yahu! Adrian ve Nick ile aynı boydaydı sanırım. Yanında cidden küçük prenses gibi kalmıştım. Yanına varınca ellerini omuzlarıma koyup beni itiştirdi. Verandaya geldiğimizde zile basıp açılmasını bekledik. Bu arada arkamı dönüm ona baktım. 'Ne olur içeri girmeyelim' diye düşünüp yüzümü buruşturdum ve kedi bakışlarımı takındım. Gülümseyip başını iki yana salladı. O, başını salladığı sırada hızla kapı açıldı.

Nick, "Ah Tanrım!" deyip beni kollarına çekti. Sıkıca sarıldı bana ama ben utançtan kılımı bile kıpırdatamamıştım. Beni kol boyu geri çekip yaram var mı diye incelerken ben, göğsündeki gömleğin düğmelerinden bakışlarımı ayıramadım.

Clover, "Selam Gab, kızı içeride inceleyebilirsin. Çekil de içeri girelim." dedi arkamdan. Onu yeni fark eden Nick, bir an tereddüt edip kaşlarını çattı ve beni çekip içeri girdi. Clover da arkamızdan gelip kapıyı kapattı. Rahat hareketlerle oturma odasına geçti. Biz holde durup onun gitmesini bekledik. O gidince, Nick, bana döndü. Elleriyle yüzümü kavrayıp başımı yukarı kaldırdı.

"İyisin değil mi? Bir şey olmadı." Tereddütle dudaklarımı ısırıp başımla onayladım. Gözlerine bakamıyordum. Tanrım utançtan mı öldüreceksin beni?

"Sadece sarhoşum. Ni-Nick, ben özür dilerim be-ben şey..." diye kekeledim.

Nick'in yüzüne rahatlamayla birlikte gülümseme yayıldı ve beni kendine çekip alnımdan öptü. Geri çekildiğinde, "Se-sen bana kızgın değil misin?" diye sordum fısıltıyla.

"Hayır, tabii ki sana asla kızamam ama beni çok korkuttun, bunu bir daha asla ama asla yapma!"

Söylediklerinden sonra rahatlamam gerekiyordu ama hiç de öyle olmadı. Hâlâ yüzüne bakamıyordum. Yeniden bakışlarımı kaçırıp gömlek düğmelerine diktim gözlerimi.

"Nick, şey söylediklerim, yani sadece sarhoş saçmasıydı özür dilerim kafanı karıştırdım biliyorum, gerçekten öyle bir niyetim yoktu." lafımı kesti.

"Hayır, hayır kesinlikle saçmalık falan değildi. Bizimle, ilişkimizle ilgili hiçbir şey saçmalık değil, asla! Konuşacağız, yalnız!" o ukala gülüşünden yaptı. Kalbim hızlandı.

"Ama önce içeridekini halletmemiz gerek."

"Ah, eski bebek bakıcım ha!" dedim gülümsedim. Tek kaşını kaldırıp dikkatle bana baktı.

"Aman her neyse o sana açıklar, ben sarhoşum bir kere," dedim sırıtarak.

"Hım, sanırım sarhoş prensesi sevdim." dedi. Bunun üzerine kıkırdadım, o da kaşla göz arası beni öptü ve içeri girdik.

İçeri girdiğimiz andan beri Nick çok tedirgindi. Clover ile hep mesafeli konuşuyordu. Clover ise son derece rahattı hatta Nick'e kendi taktığı isimle sesleniyordu. Gab. Gab ne yahu ben olsam daha yaratıcı olurdum. Şahsen koskoca Azrail beni hayal kırıklığına uğratmıştı bu konuda. Mesela ben olsam, ölesiye yakışıklı, karizma abidesi, mimiklerin ve ölünesi gülümseyişin Tanrısı... Tamam, bu liste bitmez kabul ediyorum (her neyse kaptırmayalım kendimizi, sanırım hâlâ sarhoşum. Yok, canım arada bir dalıyorum sadece, başımın düşmesi ve gevşek eklemler sayılmaz değil mi?). Clover anlattıkça arada bir ikisi de onaylamayan bakışlarını bana dikiyordu ve kedim Serseri'yi seviyordu. Serseri bende durduğundan rahat gözüküyordu doğrusu. Ama arada bir Nick'e tüylerini dikmekten çekinmiyordu. Ben de bana baktıklarında onlara sırıtıyordum. Eminim Nick de gülmemek için kendini zor tutuyordu. Çünkü onun sarsılmaz bir iradesi vardı. İkisi bana bakarken Nick'in yüzünde hafif bir tebessüm hissettim. Dudaklarını hafiften büzdü. Tanrım! Yemin ederim büzdü. Ne kadar bir salise sürmüş olsa da görmüştüm işte. Yüzümü koluma gömüp kendimi tutamadım, kıkırdamaya başladım. Başımı kaldırınca Clover, ters ters bana bakıyordu. Nick, bakmıyordu çünkü bakarsa o da dayanamayacak gülecekti, emindim.

Gülmekten gözlerimden yaş akarken, "Özür dillerim cidden." dedim dilim sürçerek. Clover'ın dudağının bir kenarı yukarı kıvrıldı, "Ah, öyle mi, hiç samimi gelmedi doğrusu." dedi. Dudaklarımı birbirine bastırdım gözlerimi kapayıp başımı iki yana salladım. Onlar benim güvenliğim ve benzeri şeylerden konuşurken kollarımı koltuğun kollarına dayayıp başımı üstüne koydum. Hım, koltuk cidden rahatmış daha önce fark etmediğime inanamıyordum. Onlar, konuşadursun ben çoktan sızmıştım.

Uzaktan sesler geliyordu. Tam olarak duyamıyordum, fısıltı gibiydi, bölük pörçük duyuyordum.

"... hadi, Gab, yapma bunu, eninde sonunda öğrenecek biliyorsun! Ondan uzak durmamı isteyemezsin, öyle bir yetkin yok üzgünüm. Bak ben de onu önemsiyorum tabii senin gibi değil ama önlem almalıyız başka çaremiz yok bunu biliyorsun."

"Hayır, hayır! Bir kez daha mahvetmenizi izlemeyeceğim... Ona önemsemekten daha fazla şeyler hissediyorum anlamıyorsunuz, anlamıyorsun, işin gücün zevk ve eğlence,"

"Seni seviyorum ama biliyorsun onca yaşadığımız şeyden sonra sen de hâlâ bir şeyler hissediyorsundur..."

"Kapat çeneni! Tamam mı? Nasıl böyle konuşabilirsin, nasıl beni sevdiğini söylersin? Sevseydin önemseseydin eğer beni, zamanı gelmeden kıskançlık uğruna onun ruhunu almazdın! Beni en fazla diğer kardeşlerimiz kadar sevebilirsin, daha fazla değil çünkü ben senden tiksiniyorum. Ağabeyimizin beni kovduğuna şükürler ediyorum, olanları öğrendikten sonra sana bakmaya katlanamazdım."

Ses ve kelimeler aynı bir jilet gibi keskindi. Konuşmayı bitirince diğer sesin sahibi içine hızlı titrek bir nefes çekti.

Kıpırdandım, uyanmak istiyordum ama çok bitkindim. Anlamsızca, "Nick." diye mırıldandım. Ses daha da kısıldı.

"Bak ister, inan ister inanma, sana değer veriyorum, gerçekten bulunduğu konum yüzünden değil, o olduğu için ona da değer veriyorum yemin ederim, aranıza girmek gibi bir niyetim yok. Şey, yani sonuçta o benim yeğenim sayılır bilirsin. Sana sadece şunu söylemeye çalışıyorum, biliyorsun güçleri var ve yaşı yaklaştıkça güçleri artıyor. Sen istemesen de eskiden neler olduğunu öğrenebilir ve bu onun kalbini gereğinden fazla kırar, sadece uyarıyorum seni. Bir şey yapıp yapmamak..."

Ben içimi çekince fısıltılar tamamen kesildi. "Alysa... Nick... Nick!" diye mırıldandım. Sanki ihtiyacım olan bir şeyi arıyordum. Kaşlarımı çatıp inledim.

"Hayır, Alysa hayır!"

Yumuşak, sıcacık bir eli yanağımda hissettim. O tanıdık elektriklenmeyi hissettim. Gevşedim. El saçlarımı geri attı. Önce kulağımda o sıcacık nefesini hissettim sonra hep ben yatmadan önce konuşan ritmik yumuşak sesi duydum.

"Sevgilim, yatağına yatmalısın çok yoruldun bugün."

Gözlerimi hafifçe araladım. Aralamasam bile karşımdakinin benim Nick'im olduğunu biliyordum. Hafifçe gülümsedim, "Tamam." diye fısıldadım. Ayağa kalkmama yardım etti, sonra beni bıraktı. Merdivenlere yürürken sallanarak yürüyordum. Sağ ayak, sol ayak. Hey, bunlar neden birbirinin önüne geçiyor? Çok ayıp!

"Merdivenlerden düşüp boynunu kıracaksın prenses!" deyip beni kucağına aldı Nick. Ona yakın olmak o kadar doğru ve olması gereken şey gibi geliyordu ki bana. Kollarımı boynuna dolayıp başımı omzuna koydum. Yüzümü boynuna gömdüm. O tanıdık, koklamaktan asla bıkmayacağım çimen ve deniz kokusunu içime çektim.

"Kokuna bayılıyorum." diye mırıldandım. Nick, sessizce kıkırdadı.

"Ben de seninkine bayılıyorum tıpkı, gün doğumu gibi kokuyorsun." dedi fısıltıyla kulağıma. Gün doğumu kokuyor muydu? Anlaşılan melekler farklı şeylerin kokusunu alıyordu. Kulağımın altını gıdıklandığım hassas noktamı öptü. Kıkırdadım. Ah, huylandığımı çok iyi biliyordu. Pislik! Benim pisliğim. Nick, beni yatağıma bıraktıktan sonra içimde bir huzursuzluk hissettim. İçim titredi. Nick, odadan çıkamadan önce başımı kaldırıp ona seslendim.

"Nick!" durdu, bana döndü, "Prenses!" dedi.

"Şey, biraz yanımda kalsan?" dedim huzursuzca yerimde kıpırdanarak. Nick de huzursuzluğumu hissetmişti. Kaşlarını çattı yanıma geldi.

"Bir şey mi hissettin?"

"Şey ben bilmiyorum, bir an huzursuz oldum."

Nick, hemen savaş pozisyonuna geçti adeta. Birden gerildi, kasları kasıldı, gözleri çakmak çakmak bakmaya başladı.

"Yerinden kıpırdama!" dedi otoriter bir sesle. Doğrulup dizlerimi göğsüme çektim. Bacaklarıma sarılıp beklemeye koyuldum. Nick pencereye gidip camı açtı. İçeri soğuk rüzgâr girdi. Bu sefer tedirginlikten değil, soğuktan titredim. Nick incelemesini yaparken odada hafif bir enerji titreşimi hissettim. İşi bittiğinde ise başını aşağı eğip sessizce küfür etti. İlk kez Nick'in küfür ettiğini duyuyordum durum kötü olmalıydı. Bana döndü.

"Sally aşağı, Clover'ın yanına in hemen!" Sesindeki ciddiyeti duyar duymaz ne sarhoşluk kaldı ne de uyku. Hemen harekete geçip yataktan fırladım. Ben hızla aşağı inerken Clover, koltukta yayılmış ayaklarını sehpaya uzatmıştı. Beni görünce hemen tüm zarifliğiyle ayağa kalkıp ciddileşti.

"Neler oluyor?" diye sordu.

"Şey, ben bir şey hissettim sonra Nick, baktı yanına inmemi söyledi, sanırım ciddi bir şeyler var." dedim hızlı hızlı konuşarak.

"Eğitime başlamış mıydınız?" dedi ciddiyetle. Başımı iki yana salladım. Dudaklarını büzdü. Bu durumdan memnun kalmamıştı.

"Neyse sen yine de al bunu, ne olur ne olmaz!" Ceketinin cebinden aynı rüyamda gördüğüm, anneminkine benzeyen bir hançer çıkarıp bana uzattı.

"Be-ben pek emin değilim." dedim tereddütle. Elinde ikinci bir kafa çıkmış gibi bakıyordum. Hızla elime tutuşturdu.

"Yine de elinde dursun. Görüntüsü bile bir tehdittir." dedi göz kırparak.

"Şey, belki beysbol sopamı alsam daha iyi olurdu." diye mırıldandım yüzümü buruşturarak. O sırada Clover da, pencerelere doğru gidip dışarıyı kontrol etmeye başlamıştı. Bense salonun ortasında öylece dikiliyordum. Elimi kolumu nereye koyacağımı bilemiyordum. Tanrıya şükür ki Nick, aşağı indi.

"Clover, Sally'nin başından ayrılma, ben ortalığı kolaçan etmeliyim!"

"Ne oldu, bir şey mi gördün?" dedi Clover.

Nick, bana baktı, hafifçe gülümsedi. "Hislerin gerçekten çok kuvvetli, yaşın yaklaştıkça daha da güçleniyorsun. Tahminim biri hızla yoldan geçmiş, sadece bir an evin önünde yavaşlamış, o da arkasında iz bırakmaya yetmiş zaten. Sally de, onu hissetti. Ve tahminimce bugün gördüğüm iblis olmalı. Arkasında bıraktığı silik enerji ona benziyordu."

"Sanırım o konuda annesine çekmiş." dedi Clover. Yanaklarım kızardı utangaççа gülümsedim.

"Ah, pembe yanaklı prenses, çok şeker!" dedi Clover. Bunun üzerine daha da çok kızardım. Tanrım tam da yaşlı teyzelerin yapacağı gibi sevgilimin yanında utandırıyordu beni. Nick, yanıma gelip başımdan öptü.

"Nick, gitmeden önce bir şeyler konuşmalıyız. Şey, sanırım sarhoşken unuttum." dedim.

"Tamam, o zaman gel yukarı çıkalım!" dedi Nick.

Odama girdiğimizde önce yatağıma büyük bir özlemle baktım. Uyumak istiyordum. Şuanda o kadar çok yumuşak, sıcak ve rahat görünüyordu ki, kuş tüyü olsa bu kadar gözüme çekici gelirdi doğrusu. Bacaklarımı altıma toplayıp pencerenin önündeki divana oturdum. Nick de gelip karşıma oturunca derin bir nefes aldım. Sonra yutkundum. Bir sefer de her şeyi söyleyecektim. En kolay yolu buydu çünkü.

"Haydi, dök içindekileri!" dedi.

"Hiç yardımcı olmuyorsun." dedim somurtarak. Tekrar derin bir nefes aldım ve anlatmaya başladım.

"Nick, ben bu sabah Adrian ile konuştum. Biliyorsun Alysa ile olanlar olduğunda da o yanımdaydı. Her neyse biz konuştuk ve bana dedi ki, bir tür savunma dersi almalıymışım ve buna mecburmuşum. Ben de ona dedim ki, dersi tek bir şartla kabul ederim. Şey, sen bana demiştin ki, ben de bir zamanlar cennetin savaşçısıydım. Ben de düşündüm ki, Adrian'ın bildiği her şeyi biliyorsundur. Bu yüzden eğitimi senin vermeni istedim. Hem şuan düşününce daha mantıklı geliyor çünkü Alysa da buraya geliyor ve o da ders alacak Adrian eğer ona ders verirse sen de bana verirsin diye düşündüm. Yani Nick, Adrian ile beraber Alysa ile bana savunma dersi verir misin? Ben, istemezsen anlarım ama bütün bu olanlar çok garip ve ben sensiz yapmak istemiyorum yani kaldırabileceğimi sanmıyorum."

Konuşmayı bitirdikten sonra bakışlarımı ellerimden ayırıp Nick'e baktım. Yüzü çok ciddiydi. Kabul etmeyecekti. Lanet olsun! Sessizliğini koruyordu. Sade gözlerimin içine bakıyordu. Ah işte, ilk kavgamızı yapacaktık. Adım gibi emindim. Tam ümitlerim kesilmişti, hiçbir şey söylemeden çekip gidecek, beni burada sap gibi bırakacak diyordum ki, yüz hatları yumuşadı.

"Tamam, olur yapacak başka bir işim de yok zaten." dedi gözlerim büyüdü inanamayarak, "Gerçekten mi, kabul ettin mi yani?" dedim.

Gülümsedi, bana yaklaştı. Ellerini yanaklarıma koydu, dudaklarıma küçük bir öpücük kondurdu. "Senin için her şeyi yaparım özellikle de güvenliğin için."

"Teşekkür ederim Nick, benim için anlamı o kadar büyük ki." dedim. Burnunu burnuma sürttü, "Biliyorum." dedi. Geri çekildi ellerini omuzlarıma indirdi.

Güldüm, "Biliyor musun bugün koskoca Michael'a beynimden siktir git! " dedim. Başını iki yana salladı güldü, "Delisin sen nedenini sormaya korkuyorum."

"Pislik herif, beynime tecavüz etti yahu! Meğer düşüncelerimi okuyormuş. Hak etti hem de sonuna kadar."

Yüzünü buruşturdu, "Eh benim ağabeyime söyleyemediğim şeyi söylemişsin. Hak ettiğinden eminim." dedi.

"Sally, benim sana söylemem gereken bir şey var. Ben." kalbim hızlanmaya başlamıştı. Tanrım yoksa tahmin ettiğim şeyi mi söyleyecekti?

"Ben..."

"GAB! MİSAFİRİMİZ VAR!" diye bağırdı Clover. Ne güzel de muhteşem anları mahvediyordu bunlar canım, böyle! Vallahi, planlasan böyle denk gelmez.

Nick içini çekti, alını alnıma yasladı. "Sanırım daha sonra konuşsak iyi olacak." dedi.

Hayal kırıklığıyla gülümsedim. "Sanırım." dedim.

Aşağıya indiğimizde holde John ve Nina yerde birbirlerine yaslanmışlardı. Sanırım ben gittikten sonra içmeye devam etmişlerdi çünkü ayık kalmaya çabalıyor gibi görünüyorlardı. Pit ise kollarını birleştirerek kapıya yaslanmıştı. Pit, Clover'a bakmamak için kendini zor tutuyor gibi görünüyordu. John ve Nina ise öyle bir zahmete gerek bile duymuyorlardı. John ağzından salyalar akarak Clover'a bakarken Nina ise benim ne eksiğim var der gibi bakıyordu. Benim geldiğimi fark eden Pit, hemen doğrulup bir hışımla yanıma geldi. Clover, onu durdurmak için hareket ettiği sırada Nick, sorun yok der gibi elini kaldırdı. Pit önce Nick'e pis bir bakış attı, sonra da beni kendine çekti. Vay canına! Acayip şaşırmıştım doğrusu. Beni özlemiş olamazdı. Ayrıca Pit, çok sinirli görünüyordu bu doğaya aykırıydı.

"Hey Pit, neler oluyor? Daha birkaç saat önce beraberdik."

"İyisin değil mi? Neden anlatmadın bize bir şey Tanrı aşkına, nasıl saklarsın böyle bir şeyi?"

Nick kaşlarını çatmış neler oluyor diyen gözlerle bana bakıyordu. Omuz silktim.

"Pit, ben iyiyim, neler oluyor yahu, anlatsana ne saklamışım?"

"Ahmak John sarhoş olup da ağzından kaçırmasa hiçbir şey anlatmayacaktın değil mi?"

Adını duyan John başını kaldırıp, "Hey!" diye homurdandı.

"Doğru mu ha, melek melezi gibi bir şey olduğun ve şeytanların peşinde olduğu doğru mu Sel? Söyle bana, aklımı kaçırmak üzereyim!" Elleri omuzlarımdaydı ve daha da sıklaşıyordu.

"Şey ben, Pit, söyleyecektim. Yani o kadar basit değil oturalım öyle konuşalım lütfen!"

Omuzlarımı bıraktı, başıyla onayladı ve salona yöneldi. Nick, yaklaşıp fısıltıyla "Yardıma ihtiyacın var mı?" diye sordu.

"Hayır, benim dostlarım onlar, kardeşim gibiler tek başıma yapmalıyım." Nick, başıyla onayladı. Ben Nina'yı kaldırmaya, Pit de John'u kaldırmaya yeltenmiştik ki, Clover, "Zahmet etmeyin, ben hallederim!" derken Pit'e göz kırptı. Pit, omuz silkip John'u geri bıraktı. Sertçe.

"Of!"

Oturma odasına girdikten sonra, önce ben oturdum. Pit, Nick'e ters ters bakarak ve hemen yanıma oturarak onun yanıma oturmasını engelledi. Nick'in tepkisinden korkarak yüzümü buruşturdum ama hiçbir şey söylemedi. Tekli koltuklardan birine oturdu. Derin bir nefes aldım. Ve nefesim boğazımda çakılı kaldı. Çünkü aynı anda Clover birden, oturduğumuz koltuğun boş kalan kısmında John ve Nina, kendisi de koltuğun arka tarafında beliriverdi. Küçük bir çığlıkla olduğum yerde zıpladım.

"Aman Tanrım!" diye bağırdı Pit. Gözleri kocaman açılmıştı.

"Ah lanet..!"

Nina da aynı sırada çığlık attı ve tamamen kendine gelmiş gibi görünüyordu. Göz bebekleri dört dönüyordu. Aynı zamanda küçük dilini yutmuş gibi görünüyordu.

"Prenses!" diye Clover'ın uyaran sesi böldü beni. Kalbimin üstüne bastırdım. Derin nefesler alıp verdim.

"Lütfen bir daha yapma bunu, kalpten gideceğim!"

Sırıtarak, "Geri getiririm canım, o sorun değil." dedi.

"Aman Tanrım, cidden kafayı yiyorum." diye mırıldandı Pit.

"Özür dilerim Pit, özür dilerim."

"Sen neden özür diliyorsun ki, o yaptı. Şu ışınlanma şeyini." dedi Pit.

"Tamam, başlıyorum o zaman. Nina da ayık gibi göründüğüne göre. Yalnız beni topa tutmadan önce şunu söylemeliyim bu anlatacaklarımın hepsini bu hafta sonu öğrendim ve bu akşama kadar da şoktaydım."

Arada bir Nick'e bakarak ondan da destek alarak anlattım her şeyi. Ne öğrendiysem, daha doğrusu ne biliyorsam anlattım her şeyi. Aile ile olan kısmı sona bıraktım çünkü duygu sömürüsü yapmak her zaman faydalıdır. Bu sabah okulda olanları, kardeşimin işkence gördüğünü ve buraya gelmek üzere yolda olduğunu atlamadım. Tabii son olan sarhoş araba kullanma kısmını atladım. Bütün ajitasyonumu bozardı o.

Anlatmayı bitirdiğimde Nina, boğazını temizledi. Tüm ciddiyetiyle (gerçekten çok ciddiydi ben bile şaşırdım doğrusu) konuştu.

“Bu anlattıklarından tek bir sonuç çıkarabiliriz... Pijama partileri!” diye bağırdı sonunda kollarını havaya kaldırarak. Pit’in de yüzünde ciddiyetten eser kalmamıştı, o da kahkaha atarak gülmeye başladı. Pit’in boynuna atladım. Ben de kahkaha atmaya başladım.

“Tanrım, sizi çok seviyorum.”

“Biz de seni Sel,” dedi Pit, saçlarımı karıştırarak.

“Özür dilerim sakladığım için ama gerçekten Adrian gelince konuşacaktım onunla.”

“Sorun yok Sel. John, birden öyle şeyler söyleyince tepem attı işte.”

John, adını duyunca başını kaldırıp sırıttı.

“Onlar beni sarhoş etti.” dedi John.

“Ve ah, son olarak Clover şey, o Azrail’in ta kendisi.” hepsinin davranışlarında bir çekingenlik oluştu kaçamak bakışlar atmaya başladılar Clover’a.

“Nick ise Gabriel, ama şey artık melek değil yani melek de, tam olarak değil onu Adrian kovmuş. Adrian da Michael en büyükleri yani ikisinin ağabeyi.”

“Yani sen şeytan gibi misin? O da kovuldu değil mi?” diye sordu.

Nick, "Tam olarak değil, sebeplerimiz farklı ben bir insana âşık olduğum için kovuldum, o ise insanları hor gördüğü için." dedi.

"Evet anladım. Zararsızsın yani?" diye sordu Pit.

"Zararlı olup olmadığım kişiden kişiye değişir." dedi Nick. Eh, bunun üstüne söyleyecek lafı kalmamıştı kimsenin.

Bir saat boyunca olanlardan ve olacaklardan sohbet ettik. Bir saatin sonunda ise Clover ve Nick dışında herkes oturduğu yerde uyuyakalmıştı. Aslına bakarsanız sarhoş takımı sızdı desek daha doğru olur. Oturduğumuz koltukta birbirimize yaslanarak uyuduk. Ben uyumadan önce ise Nick'in dışarıyı kolaçan etmek için çıktığını gördüm.

9.

Bölüm İsmi Yok

Sabahın ilk ışıklarıyla açtım gözlerimi. Başım Pit'in omzuna yaslıydı. Kafamı kaldırıp etrafa bakındım. Ne Nick, ne de Clover ortalıkta görünüyordu. Kafamda tanıdık bir ses yankılandı. 'Aramızda olanları er ya da geç anlayacak biliyorsun...' Başımı iki yana salladım. Düşünceleri kovdum. Saçma sapan şeyler kurgulamaya ihtiyacım yoktu hayatımda. Zaten bu haliyle de yeterince karmaşıktı. Üstümdeki –aslında hepimizin üstündeki- battaniyeyi üstümden attığım sırada biri kapıyı tıkladı. Ve biri kapıyı açtı. Yerimden fırlayıp hole doğru yürüdüm.

Kapının girişinde Adrian, o sarışın adam Eric yani babam ve ikizim; Alysa duruyordu. Arkalarından Nick kapıyı kapattı. Şuanda hepsi dönmüş bana bakıyordu. Tüh daha iyi göründüğüm olmuştu doğrusu. Dünden kalma buruş buruş kıyafetler vardı üzerimde. Diğerleri yok olmuş sanki orada sadece Alysa ve ben vardık. O da biraz dağılmış görünüyordu. Tamam, oldukça dağılmış görünüyordu.

Birbirimize bakarken ikimiz de o anda elimizi kolumuzu ne yana koyacağımızı bilemedik. Sanırım daha önce böyle bir karşılaşma üzerinde düşünmemiştik. Ya da karşılaşınca ne yapacağımızı düşünmemiştik. Sonunda ikimiz de birbirimize sırıtıp koşup sarıldık. Birbirimizin hareketlerini tamamlıyor gibiydik. Birbirimize daha sıkı sarılıyor sanki bir bütün olmaya çalışıyor gibiydik. Birbirimizden hiç ayrılmamış gibi hissediyordum. Emindim ki o da öyle hissediyordu. Ona dokunmak, yanında olmak içime huzur veriyordu. Benim eksik bir parçam gibiydi. O hayatımdaki nefes gibiydi.

Sonunda o başını benim omzuma ben de onun omzuna yaslamış, gözlerimiz kapalı birbirimizin tadını çıkarıyorduk. Derin bir nefes alıp içimi çektim. Ah, işte huzur buydu. Farklı odalarda durmayı bırakın, elini bile bırakmak istemiyordum. Etrafımızdaki hava yaydığımız enerjiden adeta uğulduyordu. Saçlarımız birbirine karışmış havalanıyordu. Kıkırdayarak aynı anda birbirimizden ayrıldık. Ama teması kesmeye çekiniyorduk.

Aynı anda, "Hissettin mi?" dedik. Öylece durmuş birbirimizin gözlerine bakıyorduk. İnanın aynada kendi gözünüze bakmaktan farkı yoktu. Adrian boğazını temizleyip dikkati üstüne çekti. İkimiz de ona döndük.

"Sally, bu adamı daha önce rüyanda da görmüştün. Kim olduğunu söylememe gerek yok herhalde.

Aynı rüyamdaki gibiydi ne bir gün yaşlı, ne bir gün genç. Son gördüğüm rüyayı hatırlayınca gerildim. Bakışlarımı kaçırdım. Herkes vereceğim tepkiyi bekliyor gibi ses çıkarmadan beni izliyordu. Gerildiğimi hisseden kardeşim elimi tuttu. Gerginlik yerini huzura bıraktı. Başımı çevirip ona baktım. Bana gülümseyip başıyla onayladı. Ben de gülümsedim. Arkamda olduğunu belli eder gibi elimi sıktı. Gerçek babama dönüp, "Şey, merhaba," dedim çekinerek. Hafif bronz rengi yüzünde hüzünlü bir gülümseme belirdi.

"Merhaba kızım." dedi. Saçları aynı benimki gibi beyaza yakındı ama kesinlikle soluk benizli değildi. Hafif bronz, altınımsı teni ile saçlarının rengi mükemmel bir uyum içindeydi. Yüz hatları yumuşak ve şefkat doluydu. Aklıma gelen tek soru beni, bizi önemsiyor muydu?

Arkamdan babamın sesi, "Haydi içeri geçelim, ayaküstü sohbet olmaz! Eminim herkes yorgundur." dedi. Geldiğini duymamıştım. Ama bir şeyler söylememe gerek kalmadığı için minnettardım. Ne diyeceğimi hiç bilmiyordum.

Oturma odasına girdiğimizde Pit, kollarını kavuşturmuş, duvara yaslanmış bir vaziyetteydi, John ve Nina ise koltukta yan yana oturuyordu. İçeri girdiğimizde Nina, sesli bir şekilde nefesini içine çekti. Sanırım bu benden bir tane daha olmasına karşı verdiği tepkiydi. Herkes yemek masasının etrafına toplanırken Adrian, çatık kaşlarla bana baktı.

"Bunların ne işi var burada, onlara söyleyemezsin demedim mi ben?"

Sesi otoriter ve sertti. Adrian'ı tanıyan herkes bakışlarını kaçırdı. Nick bile yumruklarını sıkıp başını çevirdi. Onu daha önce bu kadar sert ve ciddi görmemiştim.

"Be-ben özür dile..." diye kekelerken Pit araya girip, "Onun kimseye bir şey söylediği yok. Salak değiliz, bazı şeyleri biz de anlıyoruz." dedi. Adrian dönüp ona baktı. Pit, bakışlarını kaçırmadan direkt ona bakıyordu. Ah Tanrım, bu çocukta deli cesareti vardı. Adrian bir şey söylemeyince devam etti.

"Sally'nin nasıl bir konumda olduğu veya senin ve diğerlerinin kim ya da ne olduğu umurumda bile değil. Hayatı boyunca biz onun yanındaydık ve emin olabilirsin ki senden daha fazla onu önemsediğimizi söyleyebilirim. Bizim ona en ufak bir zarar verebileceğimize ihtimal dahi vermiyorum. Ama asıl konu şu ki, siz onu nasıl koruyacaksınız? Siz geldiğinizden beri başına gelmeyen kalmadı. Yalansam söyleyin. Onu bizden koruyacak kadar güçlüsünüz peki, kendinizden koruyacak kadar da güçlü müsünüz?"

"Pit!"

Adrian elini kaldırıp beni susturdu.

"Cesursun çocuk. Bu cesaretini takdir ediyorum. Ona bizden zarar gelmeyeceğine dair seni temin ederim. Lakin onun kaderini değiştiremem. Olacak olan şeyler, olmak zorundadır. Engelleyemeyiz. Ben bile. Bunu sadece yüce babamız bilir. Onun kararlarını sorgulamak ne bir insana, ne de meleklere düşer. Onun kaderinin ne olduğunu bilemem ama onu korumak için elimden gelen her şeyi yapabilirim. Zaten bunun için buradayız. Onları güvende tutmak için."

Pit, başını yukarı kaldırıp, "İyi o zaman." dedi.

Adrian başıyla onaylayıp masaya yöneldi. Herkes masaya oturdu. Ben piyanomun sandalyesine oturdum. Alysa da yanıma oturup başını omzuma yasladı. Adrian konuşmaya başlamadan önce Nick boğazını temizleyip onu böldü.

"Öncelikle acil konuları konuşsak daha iyi olur. Bugün sen gittikten sonra kasabayı kontrol ettim ve kasabaya girmek üzere olan bir iblis teşhis ettim. Önce onu hemen ortadan kaldırmayı düşündüm ama daha sonra onun sadece bir gözcü olabileceğini ve ondan haber alamazlarsa buraya diğerlerinin geleceğini tahmin ettim. O yüzden öncelikli konumuz bu olmalı." dedi.

İblisler burada mı? Bulmuşlar mıydı bizi? Bütün kanın yüzümden çekildiğini hissettim. Alysa da başını omzumdan kaldırıp titrek bir nefes verdi. Ah Tanrım, iblisin lafı onda bendekinden daha şiddetli bir etki yapmıştı. Saldırıya uğrayalı daha yirmi dört saat bile geçmemişti. Yaşadıkları aklıma geldikçe midem kasılıyor, kendimi kusacak gibi hissediyordum. Bir elimi koluna koyup diğer kolumla da ona sarıldım.

Adrian arada bir gerçek babama bakış atıyordu. Sanırım ikisi aynı şeyi düşünüyordu. Nick'in söylediklerini hazmederlerken ayağa kalktım.

"Adrian şey, biz yukarı çıksak daha iyi olur sanırım. Alysa bugün çok şey atlattı ve bu muhabbeti ne onun ne de benim kaldırabileceğimizi sanmıyorum. Ne karar verirseniz verin uyum sağlayacağımızdan emin olabilirsiniz. Şimdi Alysa'nın duşa ve dinlenmeye ihtiyacı-ihtiyacımız var."

Adrian yumuşak bir sesle konuştu.

"Haklısın çıkıp dinlenin, daha sonra sizinle ayriyeten konuşurum."

Başımla onaylayıp Alysa'nın koluna girdim. Nina'ya bakış atıp bizimle gelmesini işaret ettim. Yukarı çıkarken bir saniye bile birbirimizden ayrılmadık. Sanki yapışık ikiz gibiydik. Birbirimizi ilk kez görmemize rağmen ona karşı içimde büyük bir özlem vardı. Aslında bu durum biraz garipti. Büyü gibiydi. Ama bana hiç de garip gelmiyordu. Sanki yan yana olmamız dünyanın en doğal şeyi gibiydi.

Odama girdiğimizde Alysa'ya, "Sen şöyle sıcak bir duş al, ben sana giyecek şeyler hazırlarım. Nina'dan da bize kahve yapmasını isterim. Onu çok seveceksin." dedim.

"Sen sevdiysen eminim ben de severim onu." dedi Alysa, fısıltıyı andıran kısık bir sesle. Elimle omzuna dokundum, "İyi misin?" diye sordum. Gerçi sorumun cevabını çok iyi biliyordum. Kendini patlayacakmış gibi hissediyordu. O duygu yoğunluğunu, yaşadıklarını dışarı vurmadığı, içinde tuttuğu için… O duyguyu çok iyi biliyordum. Çünkü sonunda çok güzel patlamıştım.

Başıyla onayladı. Bakışlarını kaçırdı. Onu kendime çekip sıkıca sarıldım.

"Biliyorum." diye fısıldadım.

Hıçkırıkların arasından, "Çok korkunçtu. O anı anlatabilecek kelime yok." dedi.

"Anlıyorum gerçekten." şakaya vurarak, "Orada sayılırdım." dedim.

Güldü, "Ah evet, o duyguyu çok iyi biliyorum. Cidden berbattı." dedi.

"Evet, haydi şimdi güzel bir banyo sefası yap. Karpuzlu duş jelim var." göz kırptım. "İnsanı çok rahatlatıyor."

"Ah hadi ama sen ve karpuz takıntın, vanilyalı daha güzel kokuyor bir kere!" diye seslendi Nina arkamızdan.

"Hiç de bile, ben takıntılı falan değilim. Sadece kokusu hoşuma gidiyor."

"Ben de severim karpuz kokusunu." dedi Alysa. Ona göz kırptım sırıtarak, Nina'ya döndüm. 'İşte ben haklıyım' bakışından attım.

"Hey, al birini vur ötekine bu haksızlık. Siz ikizsiniz," diye somurttu Nina. Sonra dudaklarını bükerek devam etti.

"Eh tabii sen, karpuz gibi kokunca birileri seni yemek istiyor olabilir. Bu da neden hoşlandığını açıklar" dedi sırıtarak. Ağzım açık kalmıştı. Yanaklarım kızardı.

"Ne, hiç de değil!"

"Seni kim yemek istiyor?" diye sordu Alysa gülerek.

"Beni kimse yemek istemiyor Nina!"

"Tabii canım, sen bir de birbirlerine bakışlarını görsen. Ayaküstü işi götürüyorlar yahu. Aşağıda hani Adrian'a benzeyen vardı ya işte, o Nick. Sal ile çıkıyorlar ya da onun gibi bir şey işte. Sanırım melekler de çıkabiliyor." kaşlarını çattı, "Garip!" dedi.

"Gerçekten o senin sevgilin mi?" diye sordu Alysa.

"Evet." diye mırıldandım.

"Eh, öyle sevgilim olsa ne yalan söyleyeyim ben de yenmek isterim." dedi gülerek.

Nina kahkaha attı: "Bayıldım sana güzelim, çok iyi anlaşacağız."

"İkinize de inanamıyorum." diye homurdandım.

"Doğru söze ne denir bebeğim." dedi kaşlarını imalı imalı oynatarak. Ben de kıkırdadım. Eh, en azından ortam yumuşamıştı.

"Haydi, sen Alysa banyo yapana kadar bize kahve getir, ben de ona giyecek şeyler hazırlayayım." dedim ve Nina'yı aşağıya, Alysa'yı da banyoya kışkışladım.

Nick'in gözlerinden;

Sally ve Alysa arasındaki benzerliğe pek şaşırmadım sonuçta onlar ikizdi. Ama yan yana geldiklerinde auralarının aldığı inanılmaz şekil ve yaydığı enerji inanılmazdı. Auraları adeta birbirinin içine geçmiş, bir bütün olmuştu. Büyüleyiciydi. Sıra babasıyla tanışmaya geldiğinde ise gerildiğini ben bile hissetmiştim. Neyse ki Carl, onun daha fazla gerilmesine engel olmuştu. Oturma odasına girdiğimizde ise ağabeyimin diğer çocukları gördüğündeki Sally'e olan tepkisi, sinirlerimi hoplatmaya yetmişti bile. Ama soğukkanlı olmalıydım. Ağabeyime kötü bir laf yapıştırmamak için bakışlarımı kaçırıp yumruğumu sıktım. Eğer zıddına gidersem beni rahatlıkla dışlayabileceğini biliyordum. Sally üzerinde en ufak bir söz hakkım bile olmazdı. Onun yanında olabilmek için kendimi tutmalıydım. Tanrıya şükür ki, ağabeyimin cevabını Peter denen çocuk yapıştırdı. O an gözüme girmişti. Cesur çocuktu. Daha önemlisi Sally'i önemsiyordu. Onu emanet edebileceğim biri olduğunu bilmek, içimi rahatlatmıştı.

Hepimiz masaya oturduk. Ağabeyim herkese emrivaki yapmadan önce, o ağzını açmadan ben girdim lafa.

Sabah gördüklerimi anlatmayı bitirdiğimde sustum. Bir iblisin gece bu evin önünden geçtiğini anlatamadım. Çünkü Alysa'nın aurası kararmaya, sinmeye başlamıştı. Sally'ninki de onunki kadar olmasa da kararmaya başladı. Kızcağız yaşadıklarından sonra bir de buradan geçtiklerini duyarsa, kalp krizi geçirirdi herhalde. O yüzden onlar gittikten sonra ancak devam edebildim.

"Bu gece iblisin teki bu evin önünden geçti. Sally, uyumadan önce bir şeyler hissetti. Ben de kontrol edince yanılmadığını gördüm ne yazık ki. Tahminim üzerine dün sabah gördüğüm iblis olduğundan eminim."

"Bu kadar yeter Eric, onlar senin kızın ama dibimize kadar girdiler, daha fazla buna izin veremem. Onları cennete götürüyorum." dedi ağabeyim.

"Adrian biliyorum, ama başka bir yolu olmalı. Onları oraya hapsedemeyiz anlamıyorsun. O, o böyle olmasını istemezdi." dedi Eric çaresizce.

"Asıl sen anlamıyorsun, her şeyi tehlikeye atamam." dedi Adrian.

"Michael lütfen son kararı verme, başka bir yol olmalı ben bulurum..." dedi Eric.

"Yeter! Anafiel."

Ağabeyim son derece ciddiydi. Eric ağzını açtı ama ağabeyim elini kaldırıp onu susturdu. Araya ben girdim.

"Ağabey, kararın onları korumak için garanti bir yol ama burada ikisini de düşünmek zorundasın. Sırf can sıkıntısından oradan kaçmalarını istemezsin. Kaldı ki eğer onları böyle hemen ortadan kaybedersen dikkat çeker. Eh iblisler de aptal değil bunu anlarlar ve kim olduğu ortaya çıkar. En ufak açığımızı gözlerler ve onlar da kaçarlarsa hemen ellerine geçerler." dedim.

"Öyle mi kardeşim? Yani burada kendini hiç düşünmüyorsun. Söyle aptal âşık Gabriel, ne öneriyorsun hım?"

Biliyordum. Eski konuları yüzüme vuracağını bal gibi biliyordum ama hemen beklemiyordum. Nefesim boğazımda tıkalı kaldı. Bir şey söyleyemeden önce bocaladım. Derin bir nefes alıp sonunda cevap verebildim.

"Bak yaptıklarım için pişman değilim tamam mı, eski konularımı açmak istiyorsun, aç o zaman. Aynı şeyleri ve daha fazlasını Sally için de yaparım. Bu duyguyu tatmadığın için ancak senin için üzülebilirim ağabey. Kendim için onun yeryüzünde kalmasını istemiyorum. Onun güvenliği benim onu görmemden daha önemli. Ama bu onu tehlikeye atacaktır. Bence bu dönem için burada kalsın. Dikkat çekmeyiz. Önümüzdeki dönem için ise şu melezler için adada bir okul yok muydu? Hatta orayı melekler kurmuştu yeğenciklerini korumak için. Oraya giderler, nasılsa iblisler meleklerle dolu bir okulun yanından bile geçmezler."

Ağabeyim kaşlarını çatarak, "Yeğenciklerini mi?" diye sordu. Sırıttım.

"Boş ver o kısmı, o okulun tam olarak ne için kurulduğunu çok iyi biliyorum." dedim ciddiyetle.

"Hem Eric hem de kızlar için mükemmel bir seçenek olur." diye devam ettim.

"Evet, orası harika bir seçenek; oranın savunmasını geçmeleri imkânsız." dedi Eric. Umut dolu gözlerle ağabeyime bakıyordu. Adam gerçekten kızlarını önemsiyordu. Onlardan uzak kalmaya ve sadece onları onların güvenliğine adamıştı.

"Düşünmem lazım." dedi ağabeyim.

Masadaki diğerleri de beni onayladı. Peter boğazını temizleyip söz istedi.

"Bence tam karar verilmeden önce ikisine de sormanız gerek. Onların istemediği bir şeyi zorla yaptıramazsınız."

"Haklı, asıl kararı kızların vermesi gerek." dedi Carl.

"İyi o zaman, kızlara iki seçenekten birini sunacağım. Ya birini ya diğerini seçmek zorundalar." dedi ağabeyim.

Michigan'daki bu Kunduz Adası adındaki ada gerçekten de çok güvenliydi. İstenmeyen kimse giremez ve çıkamazdı. Adanın girişlerini geçtim, çevresinde enerji kalkanları vardı. Üstelik aşama aşamaydı. Birkaç milde bir yerleştirilmiş, bu kalkanlardan ilkini bile geçtiğinizde adaya sisler çöker, adeta görünmez olurdu. Anında muhafızlar devreye giriyordu. Tabii bir kovulmuş meleği içeri sokarlar mıydı? Hiç sanmıyordum. En azından bu dönemin sonuna kadar vaktim vardı.

Nina mutfağa girdi. On dakika sonra elinde tepsiyle geri geldi. Bize ufak bir bakış atıp yukarı geri çıktı. Bardaklardan yükselen kahve kokusunu almıştım. Olanlardan sonra gerçekten de sert birer kahveye ihtiyaçları vardı. Gerçi Sally'nin en sert kahvesi kremasız olanı olurdu. Bu düşünce beni gülümsetti.

"Komik bir şey mi var kardeşim?" dedi ağabeyim. Gülümsemem anında soldu.

"Hayır, yok ağabey."

Ben bu adamla nasıl savunma dersi verecektim ki? Keşke söz vermeden önce düşünseydim. Ama onun yanındayken kendimi aptal âşık gibi hissediyordum. Yan yanayken sadece o ve ben oluyorduk. Kalan hiçbir şeyin önemi kalmıyordu. Aslına bakarsanız sanırım ağabeyim haklıydı. Lanet olsun, zaten hep haklı oldu! Aptal âşık olmam en azından sağlıklı karar vermemi engellemiyor. Onun gibi duygusuz olmaktansa aptal âşık olmayı yeğlerdim. Gerçi bu durumu yüksek sesle itiraf etmekten ne kadar korksam da, gerçek gün gibi ortadaydı.

"Bu arada Sally'nin hisleri oldukça kuvvetli, yaşı dolduğunda diğer güçleri de böyle olacaktır eminim; o yüzden bunları nasıl kullanması gerektiğini de öğrenmeli. Alysa için de geçerli tabii. En azından tehlikeli bir durumda olup olmadıklarını kolayca anlayabilirler. Ona göre de yardım çağırabilirler."

"Evet, o eğitimi Eric verebilir. Değil mi Eric?"

"Elbette memnuniyetle. Çok sevinirim." dedi Eric.

Toplantının sonunda, kızlara savunma dersine yarın okuldan sonra başlamaya karar verdik. Dönemin bitmesine iki ay vardı, ondan sonra yeni gideceği okulda zaten daha profesyonel bir eğitim alacaktı. Sadece iki ayımız vardı.

Evden çıkmadan önce ağabeyim bana seslendi.

"Gab, konuşabilir miyiz? Özel!"

Başımla onayladım. Hole geçtik, duvara yaslanıp kollarımı birleştirdim ve konuşmasını bekledim.

"Lafı dolandırmadan asıl konuya gireceğim. Biliyorum bana kızgınsın, aradan yıllar hatta asırlar geçmesine rağmen. Az önce sana biraz sert davrandım sanırım, üzgünüm, gerçekten! Bugün biraz sinir bozucu geçti de."

"Biliyorum önemli değil." dedim.

"Bak, ne kadar kötü şeyler yaşamış olsak da, sen benim kardeşimsin. Bilerek seni incitecek bir şeyi asla yapmam. Daha önce sakladım. Saklamakla da hata ettim ama artık söylemem gerek. Bu konuyu bir açıklığa kavuşturmalıyız. Chione konusunda ne Clover'ın ne de benim suçum var onu..."

Cümlesini tamamlamadan önce hızla Sally merdivenlerden aşağıya indi.

"Bir şey mi oldu?" diye sordum hemen.

"Hayır, hayır bir şey yok, sen gidiyor musun?" diye sordu.

"Evet, yapacak işlerim vardı. Hem sen kardeşinle ilgilenirsin diye düşündüm." dedim.

Yüzüne gölgeler düştü.

"Evet, şey, o çok üzgün yaşadıklarından sonra onu yalnız bırakamam. Üzgünüm Nick. Ama şey, daha sonra geleceksin değil mi, ikinizi tanıştırmayı çok isterim?"

"Ah, kesinlikle geleceğim. İstesen de seni yalnız bırakmam prenses."

"Tamam, o zaman." dedi gülümseyerek. Ağabeyim olduğu için yanağından öpüp çıktım.

Ağabeyimin Sally bölmeden önce ne diyeceğini çok merak ediyordum. O kolay kolay özür dilemezdi. Çünkü kolay kolay hata yapmazdı. Kusursuz ilk evlattı o.

Sally'nin gözlerinden;

Nick gittikten sonra yukarı geri çıktım. Adrian ile konuşmak istemiyordum. Sinirliydi, sinirli olmasını anlıyordum ama bana çatmasını anlamıyordum. Odama geri döndüğümde Nina ve Alysa, yatağımın üstüne bağdaş kurmuş kıkırdıyorlardı. Onları böyle görünce ben de gülümsedim. Sanki bir aynadan geçmiş anlardan birini yaşıyormuşum da, onu izliyormuşum gibiydi. Yıllardır eksik parçamı bulmuş gibiydim.

"Açılın ben geliyorum!" diye bağırıp, koşup ortalarına zıpladım. İkisi de çığlık atıp yanlara kaçıştılar. Kahkaha atıp ikisini de yatağa devirdim. Onlara sarılıp "İyi ki varsınız." diye fısıldadım. Onlar da bana sarıldı.

"Sen de." dedi ikisi de aynı anda.

Sırıtarak geri çekildim.

"Tabii ki bensiz olmaz." dedim.

"Ama duş alsam daha güzel olur. Dünkü ayyaşlığı üzerimden atmam gerek. Karpuzlarla."

"Ah, karpuz!" diyip gözlerini devirdi Nina.

Duşa girdim. Duşu cidden seviyordum. Bunu yaratan insan gerçekten bir dahiymiş doğrusu. Duştan çıktıktan sonra pamuklu pembe pijamalarımı giydim. Aynısının morlusunu da Alysa'ya vermiştim. Ah, o kadar stresli bir gündü ki, akşama kadar uyuyabilirdim. Düşünsenize bir, bütün olanları geçtim, bugün ölüm meleğiyle tanıştım. Taş gibi hatundu yahu! Kendi kendime kıkırdadım. Banyodan çıktım. Odada sadece Alysa vardı, o da yatağın üzerine kıvrılmış uyuyordu. Nina, yoktu. Tam telefonumu bulup onu arayacaktım ki, aynaya yapıştırdığı notu gördüm. Notta;

Bebeğim annem aradı gitmem gerekti. Akşama uğrarım söz. XOX... Yazıyordu. Eh, Bayan Kaeline'nin tersine gelmek istemezdiniz. Önemli konuların nasılsa acelesi yoktu. Ben güzel bir uyku çektikten sonra da halledilebilirdi. Üstümüze battaniye alıp Alysa'nın yanına kıvrıldım. Daha birkaç saat önce uyanmama rağmen hemen uykuya daldım.

Rüyamda bulutların üzerinde süzülüyor gibiydim. Aynı Süpermen (tamam Süpergirl diyelim) gibiydim, kanatlarım yoktu ama uçabiliyordum. Bulutlar pamuk şekerler gibiydi. Sonra bana doğru uçan ikinci beni gördüm. Ah, bu Alysa idi. Onu görünce kahkaha atıp ona doğru uçtum. Birbirimizin etrafında döndük. Bulutların arasında özgürce uçmak harika bir duyguydu. Harikadan da öteydi hatta. 'Rüyada olduğumdan eminim' diye düşündüm. Aynı anda Alysa'nın sesi beynimde yankılandı.

'Ben de...'

'Yani birbirimizin rüyalarına girebiliyoruz. Vay canına!'

'Evet, vay canına, harika bir şey bu! Konuşmamıza bile gerek yok, düşünmemiz yeterli.'

Birbirimize bakıp sırıttık. Kim demiş, ikiz olmak berbat bir şey diye? Bir şeyler hissettiğimde oluşan o hafif çınlamayı hissettim. Tehlike miydi? Yoksa başka bir şey mi?

'Alysa odaya biri girdi, hissedebiliyorum.'

'Evet, ben de hissediyorum. Uyanmamız gerek.'

'İyi ama nasıl?'

'Bırak kendini.'

'Ne?'

'Uçmayı bırak. Uyanmanı sağlar, hani bir yerden düşünce falan rüyanda uyanırsın ya aynen öyle. Bırak uçmayı düş!'

Lafını bitirir bitirmez, aşağı doğru düşmeye başladı. Tanrım korkunçtu bu! Sessiz bir çığlıkla ağzımı açtım, ellerimle ağzımı kapatıp derin bir nefes aldım. Gözlerimi kapatıp kendimi bıraktım. Saçlarımın yukarı doğru savrulduğunu hissediyordum. Gözlerimi açmaya korkuyordum. Ama gözlerimi açtım. Hızla düşüyordum. Yere çakılacaktım. İçimi bir panik dalgası doldurdu. Yeryüzü hızla büyüyordu. Tam gözlerimi kapatacaktım ki irkilerek uyandım.

Battaniye ikimizin bacaklarına dolanmıştı. Aynı köpek yavruları gibiydik. Birimizin bacağı diğerinin üstünde, kollarımız birbirine dolanmıştı. Bu halimize gülemeden oda da olan yabancı geldi aklıma ve hemen odayı gözlerimle taradım. Adrian çalışma masama yaslanmış, kollarını kavuşturmuş meraklı gözlerle bize bakıyordu. Alysa bana baktı. Ne oluyor der gibi. Omuz silktim.

Adrian'a dönüp, "Bir şey mi oldu Adrian?" diye sordum.

"Hayır, sadece yukarıdan bir enerji dalgası hissettim kontrol edeyim dedim. Anlaşılan sizden geliyormuş."

"Bizden mi?" diye sordu Alysa alnını kırıştırarak.

"Şey, sanırım rüyadan dolayı." dedim.

"Rüya mı? Ne rüyası?" diye sordu Adrian.

"Biz, biz birbirimizin rüyasındaydık, sonra odaya birinin girdiğini hissettik ve uyandık." dedim.

"Bu ikinizin neden aynı anda uyandığını açıklar. Birlikteyken daha güçlüsünüz."

"Evet, garipti. Konuşmamıza bile gerek yoktu. Düşüncelerle iletişim kuruyorduk." dedi Alysa.

"Doğal bu, siz bir elmanın iki yarısı gibisiniz. Eminim daha garip şeyler de yapabilirsiniz. Güçlerinizi henüz keşfetmedik. Bu arada kızlar, bazı kararlar aldık, yemek yerken konuşuruz. Pizza ve Çin yemeği sipariş ettik."

"Harika, teşekkürler!" dedim.

Adrian odadan çıktıktan sonra yatağın üzerinde biraz daha oturup sohbet ettik. Ayrıldığımızdan beri yani dediğine göre, 'Kendini bildi bileli' bir yetimhanedeymiş. Ya da onun gibi bir şey. Sanırım yatılı okul gibi bir şeydi. Daha önce Alysa'nın nerede olduğunu sorduğumda Adrian, güvenlik açısından bilgi vermemişti. Yani ben en azından Amerika'da bir yerlerde sanıyordum. Ama Alysa'nın anlattığına göre Amerika'yı şuraya bırakın, aynı kıtada bile değilmişiz. Türkiye adında Asya ve Avrupa kıtalarını birbirine bağlayan bir ülkeden geliyordu. Eh, buraya oldukça uzaktı. Tamam, çok uzaktı. Aslında bu, aksanını da açıklıyordu. Değişik bir aksanı vardı. Kelimeleri vurgulayarak söylüyordu. Geleneklerini ve inançlarını anlattığında çok şaşırdım. Ünlü yerlerini, turistik yerlerini anlattıkça daha çok merak ediyordum o ülkeyi. Sonra aklıma geldi (eh, tarih arada işe yarıyordu canım!).

"Ah, şey, şu hani dünyaca ünlü, örnek alınan lider, sizin ülkenizindi hatırladım. Tarih dersinden. Adı Atatürk'tü değil mi? Kısa sürede büyük devrimler yapan."

Bunu bildiğime çok sevinmiş gibi görünüyordu. Kocaman gülümseyip başıyla onayladı.

"Evet, evet büyük önder Mustafa Kemal Atatürk, o zamanlar ve hâlâ Türkiye'nin başına gelmiş en iyi liderdir.

Beş yaşındaki çocuk bile onu tanır ve saygı duyar. Kimse onu görmese bile herkes, ona karşı sonsuz sevgi besler."

Yüzünde hüzünlü bir gülümseme belirdi. Anlamıştım ülkesini, arkadaşlarını özlüyordu. Ben de olsam özlerdim. Onu neşelendirmek için sohbeti şakaya vurdum.

"Ah, bu adam bana tarihi sevdirebilirdi. Tanrım, bizim liderler cidden sıkıcı yahu. Tabii, bunun tarihten nefret etmemle bir ilgisi yok."

Lafımı bitirdiğimde ellerimi havaya kaldırdım. Alysa, kıkırdamaya başladı. Ben de güldüm. Kapıya bakış atıp yüzümü buruşturdum.

"Sanırım aşağıya inmemiz gerek." dedim.

"Evet, dünyanın kaderi bizi beklemez." dedi sırıtarak. Kol kola girip aşağı indik. Aşağıya indiğimizde yemekler gelmiş ve yemekleri oturma odasındaki orta sehpanın üstüne sermiş bizi bekliyorlardı. Herkes masanın etrafına oturmuştu. Samimi bir ortam vardı. Pit, gitmemişti. Anlaşılan, Nina'yı eve bırakma işi John'a düşmüştü. Zaten Pit, öldürseler beni bırakıp gitmezdi. Bizi görünce kocaman sırıttı.

"Pijamalarınız harikaymış kızlar." dedi.

Babam (melek olmayan) yemekleri yerleştirme işine ara verip, Pit' e baktı.

"Pijamalarda bir sorun mu var Peter, onları ben aldım da?" dedi kaşlarını çatarak.

"Ah hayır, hayır efendim, çok beğendim emin olabilirsiniz." dedi gülmesini öksürükle saklayarak.

"Hey baba, baksana iyi ki iki tane almışsın. Bak, şimdi tam ikiz gibi olduk. Tabii zaten tam ikiziz ama aman saçmalıyorum." dedim sırıtarak. Masadakilerin hepsi gülümsedi. Ama ben 'baba' derken gerçek babamın yüzünde hüzünlü bir gülümseme belirdi. Onu görmezden gelmeyi başardım. Alysa'yı da kolundan çekip Pit'in yanına kuruldum. Sonra boğazımı temizleyip konuşmak için izin istedim.

"Bakın biz, yukarıda konuştuk ve düşündük ki, yemeğe başlamadan önce konuştuğunuz önemli şeyleri duyabiliriz. Yemekten önce olması, ne yalan söyleyeyim, ikimizin de mide sağlığı açısından iyi olur diye düşündük."

"Hadi ama Sel, açım ben!" dedi Pit.

Gözlerimi devirdim. "Sen her zaman açsın zaten Pit."

Gülümseyip başını iki yana salladı. "Evet, sanırım öyleyim."

Adrian, "Peki öyleyse, lafı dolandırmayacağım kızlar. Öncelikle yarın okuldan sonra savunma derslerinizin başlayacağını söylemeliyim. Savaş eğitimi dışında güçlerinizi nasıl kullanacağınıza dair de eğitim almanızı istiyorum. Bu eğitimi de Eric, seve seve verebileceğini söyledi." babamıza baktı. O da başıyla onayladıktan sonra devam etti.

"Son olarak da bildiğiniz üzere iblisler gereğinden fazla size yaklaştı. Bana kalsa sizi hemen cennete götürürdüm. Ama kardeşim, Nick, bunun yani birden ortadan kaybolmanızın fazla dikkat çekeceğini söyledi. O yüzden başka seçenekleri düşündük. Bu dönemin sonuna kadar buradasınız, bizim tarafımızdan eğitiminiz devam edecek. Ama bir sonraki sömestr için; Michigan'da, Kunduz Adası adında bir ada var ve bu adada özel bir okul var. Nefilimlerin korunması ve eğitim görmeleri için bir melez okulu. Ada özel büyüler ve güçler tarafından korunuyor. Muhafızlar ve avcıları var. Adaya izinsiz tek bir kişinin ne girmesi ne de çıkması imkânsız. Biliyorum buraya uzak bir yer. Özelliklede Sally, senin buradan ayrılmaya pek yanaşmayacağını biliyorum ama şunu söylemeliyim ki, ya dünyada kalıp Kunduz Adasına gideceksiniz ya da cennete götüreceğim sizi. Başka seçeneğiniz yok, üzgünüm. Durumu daha fazla tehlikeye atamam. Okuldayken haftada iki kez buradaki arkadaşlarınla telefonla, ayda bir kez de onları okulda görmenizi sağlayacağım. Ama cennette bu mümkün değil. Onları hayatınız boyunca bir daha göremezsiniz. Seçim sizin."

Vay canına, bu iyiydi işte! Eh, zaten neyi seçeceğimiz ortadaydı. Cennete gidemezdik. Nick'siz bir hayat düşünemiyordum. Kaldı ki arkadaşlarım olmadan orada çıldırırdım. En iyi seçeneğimiz adaydı. Eminim Alysada benim gibi düşünüyordu. Ona bakıp onayını almak istedim. Başıyla onaylayıp aynı şeyi düşündüğümüzü teyit etti.

Derin bir nefes alıp, "Pekâlâ, bizim kararımız adadan yana. Cennette cidden kafayı yeriz." dedim.

Verdiğim cevabı duyunca babamız (melek olan) tuttuğu nefesini verdi. Rahatlamış gibi görünüyordu. Sanırım o da dünyada kalmamızı istiyordu. Herkes kararımızı hazmederken Pit, kolumu dürttü.

"Artık başlayabilir miyiz?" diye fısıldadı.

"Neye?" diye fısıldadım.

"Tabii ki yemeğe yahu!" dedi.

"Ah Pit! Beni çileden çıkarıyorsun." dedim ellerimi havaya kaldırıp bezgin bir sesle.

Kocaman sırıttı, "Biliyorum." dedi. Evet, biliyordu zaten beni delirtmeye, sinir etmeye bayılıyordu. Alysa, diğer tarafımda Pit'in söylediklerine kıkırdıyordu. "Hey, sen bari yapma!" dedim.

Dudaklarını ısırıp gülmesini bastırdı. "Özür dilerim ama komikti." dedi. Bunu söylerken Pit, ona göz kırpınca tekrar gülmeye başladı. Ben de gülüp başımı iki yana salladım.

"Ben sizinle ne yapacağım?" diye mırıldandım.

Bugün okula gitmedim. Son günlerde oldukça fazla okulu ekiyordum. İyi bir duyguymuş doğrusu. Gün boyu herkes bizim evdeydi. Plan yaptılar, ayrıntılarını konuştular ve ikimizi de gözlerinin önünden ayırmadılar. Başka odaya geçerken bile gözleri üzerimizdeydi. O odada uzun süre kalınca kontrole geliyorlardı. Çok tuhaftı. Bütün gözlerin üzerinizde olması rahatsız ediciydi. Akşama doğru Alysa ile mutfağa geçtik. Beraber yemek yapmaya başladık. Ben klasik şeyleri biliyordum ama Alysa'nın yemek bilgisi benimkinden yüksekti. Ona bu konuda bayağı bilgilisin dediğimde gülüp, "Türk kadınları maharetlidir." demişti. Yemek yapmaya başladıktan beş dakika sonra o talimat veriyor, ben yapıyordum. Türkiye'nin yemeklerinden yaptık. Bütün yemeklerde bitkisel yağ kullandı.

Genelde ben domuz yağı kullanırdım. Tamam, pek sağlıklı değil ama lezzet veriyordu. Alysa'nın dediğine göre Müslüman dininde domuz yağı günahmış, aslında domuzun tamamı günahmış. Bunu ilk duyduğumda şaşkınlıkla, "Gerçekten mi?" diye sormaktan kendimi alamamıştım. Çok garibime gitmişti. Burada tavuktan çok domuz ürünleri bulurdunuz doğrusu. Her konuşmamızda geleneklerine karşı olan ilgim de artıyordu.

Tanrıya şükür ki, kilerimiz doluydu. Onun dediğine göre onlar da bizimki gibi konserveye olan ilgi pek yokmuş. Her şeyi pazarlardan taze alırlarmış. Ben de çok hazır tüketiyormuşum ve o yanımda olduğu sürece sağlıklı besleneceğimden emin olacakmış. Ne yalan söyleyeyim, bu hali çok hoşuma gidiyordu. Yaşadığı şeylerden sonra kendini koruma içgüdüsüyle toparlıyordu herhalde. Eksik olan parçamı bulmuştum. Kayıp anne ve kardeşim, bir aradaydı sanki. Evin içi dolmuştu. Hani sıcak bir yuva derler ya, aynen öyle; gelişiyle benim içimi ve evimizi sıcaklığıyla doldurmuştu. Son tencerenin de kapağını kapattığımızda bana tek tek isimlerini söyledi. Çoban salatamız vardı, içine neredeyse bütün salata malzemelerini koymuştuk. Anlayacağınız içi bayağı zengindi. Sonra mantı vardı. Kıymalı, hamurlu bir şeydi. Elimizde olanlardan ancak bunun çıktığını, asıl mantıyı Türkiye'de yemem gerektiğini söyledi. Sarımsaklı yoğurtla beraber karıştırıp en sonunda üzerine biraz acı bir baharat döktü. Kokusu ağzımı sulandırmaya yetmişti de artmıştı bile. Sonra adı kısır olan bir yemek vardı. Dediğine göre kısır, altın günlerinin vazgeçilmeziymiş. Altın gününün ne olduğunu sorduğumda ise, "Türk ev kadınlarının belli günler, bir sürü yemek yapıp birinin evinde toplandıkları, yiyip içtikleri, bol sohbet ve dedikodu yaptıkları günlerdir. Bazen kimin evinde toplanırlarsa o kişiye herkes birer adet altın götürür. İşte böyle," demişti. Ben de gülüp bayağı kârlı bir iş olduğunu söylemiştim.

Son olarak ise tabağa dizdiği zeytinyağlı dolma vardı. Asma yapraklarından yapılan bir yemekti. Yapması zahmetliydi, uzun sürüyordu ama ölünesi bir tadı vardı gerçekten. Asıl buna bayılacaksın, deyip elime bir tane vermişti. İnce ince sarılmış kalem gibiydi. Ağzıma götürüp tadına baktım. Önce gözlerim büyüdü sonra dudaklarımdan bir inleme çıktı. Elimde kalanı ağzıma atıp tekrar tabağa yöneldim. Tam almak üzereyken elime vurup uzaklaştırdı.

Kedi bakışlarımı takınıp, "Hadi ama yapma, çok güzel bu bayıldım! Bir tane daha alayım." dedim.

Gözlerini kısıp başını imalı imalı salladı.

"Hiç bana o bakışı yapma! Bende işe yaramaz çünkü onu ben de çok yapıyorum."

"İyi ama Pit, bunun tadına bakarsa ışık hızıyla silip süpürür yahu! Bana kalmaz. Hem içeridekilerin yarısı melek, onların yemek yemesine gerek yok." dedim.

Bir elini havaya kaldırıp kararlı bir şekilde, "Hayır, olmaz!" dedi. Hayal kırıklığıyla omuzlarım çöktü.

"Neyse o zaman, bunları masaya götüreyim." dedim. Dolma tabağına yöneldiğimde benden önce davranıp tabağı o kaptı. Sırıtarak, "Ah, bunu ben götüreyim!" dedi.

"Çok kötüsün!" dedim dudaklarımı bükerek. Gülümsemesi daha da büyüdü. Cevap vermeden mutfak kapısının önünde kayboldu. Yemekleri tek tek götürüp masayı kurduk. Yemek kokuları Pit'in burnuna geldiğinde yüzü ifadesi inanılmazdı. Bu çocuk, hiç tok olmaz mıydı? Asıl anlayamadığım, o fit vücudu bu kadar çok yemekle nasıl koruyordu?

Pit, babam ve ben yemeklere bayılmıştık. Adrian ile öbür babam ise sadece tadımlık yediler. Eh, iyi ki de öyle yaptılar çünkü bize daha fazla kaldı. Eminim Alysa, şuan Pit'in gözünde kraliçe konumundaydı. Gerçekten yemeklerin eşsiz bir lezzeti vardı.

Pit, "Sel, Alysa burada olduğu sürece akşam yemeklerine hep sendeyim." dedi ağzına daha fazla mantı tıkmaya çalışırken.

"Avucunu yalarsın Pit, kızı senin özel aşçın yapmaya hiç niyetim yok. Hem yavaş ye biraz, boğulacaksın şimdi!"

Birden bir ışık huzmesiyle odanın ortasında Clover belirdi.

"Merak etme bebeğim, onun zamanına daha var!" dedi gülümseyerek. Alysa, ben ve Pit, olduğumuz yerde sıçradık ve yemek Pit'in boğazına kaçtı. Şiddetle öksürmeye başladı.

Sırıtarak, "Ben demiştim." dedim. Alysa, aceleyle Pit'e su uzattı. Pit, suyu içtikten sonra derin bir nefes alıp, "Bir daha bunu sakın yapma!" dedi. Adrian ve gerçek babam, (babam ve gerçek babam ne yahu, en iyisi bir numaralı baba ve iki numaralı baba diyelim. Bir numara Carl, olsun iki numarada Eric) gülüyorlardı.

"Üzgünüm tatlım, senin bu işlerde yeni olduğunu unutmuşum." dedi ve masaya yaklaşarak Pit'in tabağından bir tane dolma alıp ağzına attı. Pit, onu gözleriyle takip ederken yutkunduğunu fark ettim.

"Iım, eminim bunu Alysa yapmıştır! Onun geldiği yere özgü bir yemek harika olmuş doğrusu!" dedi.

"Alysa, utanarak bakışlarını kaçırdı ve "Teşekkürler," diye mırıldandı.

Adrian, "Clover, Alysa seni tanımıyor, kendini tanıt ona!" dedi.

"Ah evet üzgünüm, üzgünüm unuttum. Biliyorsun ikisi aynı ve Sally ile tanıştık bir an onunla da tanıştım sandım. Tuhaf!" dedi gülümseyerek ve devam etti.

"Evet, minik prenses ben namı diğer Azrael, yani ölüm meleği aynı zamanda sizin halanız sayılırım canım, çekinme yani. Bebekken cennete geldiğinizde ben baktım size bir süre. Hey ağabey, söylesene ikisi de prenses, ikisi de aynı ben, nasıl ayıracağım onları?"

"Ne prensesi?" diye sordu Alysa.

"Ah Sally ve Alysa, ikisinin de anlamı bu prenses demek. Çok şirin değil mi?" dedi Clover.

"Ah," dedi Alysa ve bana baktı hafif bir tebessümle. Omuz silktim. Clover da masaya oturup kendine bir tabak doldurdu. Gözleri ışıldayarak, "Türk yemeklerine bayılıyorum!" dedi. Alysa ve ben inanamayarak aynı anda "Gerçekten mi?" diye sorduk.

"Evet, niye şaşırdınız canım?" dedi. İkimiz de omuz silktik ve yemeğe geri döndük. Clover'ın gelmesiyle Pit, daha terbiyeli yemeye başlamıştı. Arada bir Clover'a kaçamak bakışlar atıyordu. Çaktırmadan Clover da ona bakıyordu. Ortalıkta flört kokusu alıyordum. Zaten Clover bütün şahane şeylerin vücut bulmuş hali gibiydi. Pit'in de aşağı kalır yanı yoktu. Pit, Clover gibi şahane birini hak ediyordu. Eğer hayal görmüyorsam ve aralarında bir şeyler filizlenmeye başlıyorsa çok mutlu olurdum. İkisi birbirine çok uyumluydu, ruh ikizleri gibilerdi. İkisi de komik, esprili, yeri geldiğinde ciddi ve çok tatlılardı.

Herkes kendi tabağını mutfağa taşıdı. Masayı toparlayıp oturma odasına kurulduk. Pit, ben ve Alysa, koltukta yan yana oturup televizyona bir DVD koyduk. Pit'in ısrarlarına karşı Sherlock Holmes filmlerinden birini seçtik. Hem Alysa da biliyordu bunu. Onun da bilmesi sevindirmişti beni. Kola ve cipslerimizi alıp arkamıza yaslandık. Ben ortalarındaydım. Ve cips tabakları benim üstümdeydi. Diğerleri ise masada kalıp kendilerine bir tartışma konusu açtılar. Üç kardeş fısıltıyla tartışırken bir numaralı babam kontrole, dışarı çıktı. Babama bir şey söylemem gerekiyordu ama ne olduğunu unutmuştum. Dilimin ucundaydı. Ah, Ian amcamın geldiğini söyleyecektim. Ama o dışarı çıktıktan sonra hatırladığım için beklemem gerekiyordu. Bir süre sonra kedim geldi. Alysa'yı görünce, önce bize yaklaşmakta tereddüt etti. Yaklaştıkça küçük burnunu bir tavşan gibi oynatarak bizi kokluyordu. Asıl sahibinin ben olduğunu anlayınca gelip yanıma kıvrıldı. Alysa onu sevince hemencecik ona da alıştı ve şımarık şey, onun kucağına yatıp karnını açtı. Köpek gibi kediydi. Karnının kaşınmasına bayılıyordu.

Film başladıktan kısa süre sonra esnemeye başladım. Pit yüzünden herhalde en az elli kere izlemişimdir bu filmi. Sonunda başımı Pit'in omzuna koyup öyle izlemeye devam ettim. Çok sürmedi gözlerim ağır ağır kapanmaya başladı.

Önce rüyamda uzun çimenli bir tepedeydim. Güneş batmak üzereydi. Üzerimde uçuş uçuş çiçekli, yazlık bir elbise vardı. Etrafımda döndüm. Manzaranın keyfini çıkardım. Sonra biraz ileride inci gibi parlayan, görkemli ve çok güzel siyah bir at gördüm. Kuyruğu çok uzundu sağa sola sallıyordu. Ben ona yaklaşmadan o bana yaklaştı. Aramızda birkaç metre kalınca duraksadı. Hareketleri daha çekingenleşti. Elimi kaldırıp ona doğru yaklaştım. Boncuk gibi meraklı siyah gözlerle bana bakıyordu. Gülümsedim.

"Merhaba, senin adın da ne bakalım?" diye fısıldadım. Kuyruğunu daha neşeli sallayınca gülümsedim. Onu sevmem için bana yaklaşıp başını aşağı eğdi. Yavaşça başına dokundum. Dokunmamla birlikte her yeri koyu gri renkte sislerle doldu. Duman gibiydi. Korkuyla geri çekildim. At da kaybolmuştu zaten. Sisten burnumun ucunu bile göremiyordum. Rüya değişmişti. Hayır, artık bu benim rüyam değildi. Aklıma Nick geldi ama o rüyalarımızda böyle şeyler yapmazdı. Beni korkutmazdı. Paniklemeye başladım, kalp atışım da hızlandı. Gözlerimi kısıp etrafımı görmeye çalıştım. Boşuna çabalıyordum. Gölgelerin arasından bir fısıltı yükseldi.

"Merhaba prensesss!!!"

S harfini bilerek uzatmıştı. Ses tanıdık değildi. Zaten bu fısıltıyla tanıdık olsa ne olurdu anlamazdım ki. Tüylerim diken diken oldu.

Çekinerek, "Kimsiniz?" diye sordum.

Aynı fısıltılı ses, "Kim olduğumu yakın zamanda öğreneceksin küçük prenses." dedi. Sesi tehditkârdı.

"Lütfen yüzünüzü gösterin, hiçbir şey göremiyorum." dedim.

"Ah biliyorum, biliyorum göremediğini. Ben seni gayet net görüyorum."

Bu sefer fısıltısı daha yakından gelmişti. Çok yakından nefesini yüzümde hissetmiştim. Hızla geri çekildim.

Sakinliğimi korumaya çalışarak, "Benden ne istiyorsunuz?" diye sordum.

"Hım, evet senden ne istiyorum? Söyle bakalım küçük prenses anahtarı nasıl ortaya çıkarıyorsun?"

Sorusundan bir şey anlamamıştım.

"Ne anahtarı?" diye sordum.

Bu sefer fısıltısı daha tehditkâr ve sinirli çıkmıştı.

"Ne olduğunu biliyorsun, beni kandırmaya çalışma, seni küçük yaratık! Cennetin anahtarısın, sen nasıl ortaya çıkarıyorsun anahtarını?"

Kendimi kekelemekten alamadım.

"Be-ben bilmiyorum gerçekten zaten her şeyi daha yeni öğren..."

"Yalan!" diye sertçe fısıldayıp sözümü kesti. İki büyük güçlü el, kollarımı kavradı. Olduğum yerde sıçradım. Kurtulmaya çalıştım ama başaramadım. Benden oldukça iri ve güçlüydü. Zaten kim benden zayıftı ki? Beni kendine yaklaştırıp vücuduna bastırdı. Başını eğip yüzüme yaklaştığını hissettim.

"Şimdi söyle yoksa başka yollardan öğrenmek zorunda kalacağım ve bu yollar hiç hoşuna gitmez güzelim! Anlıyor musun beni? Şimdi dökül küçük prenses!" dedi. Nefesini yüzümde hissediyordum. Korkum gittikçe artıyordu. Yaşadığım panik karşısında kalp atışlarımı düzene sokmaya ve düzenli nefes alıp vermeye konsantre oldum.

"Bilmiyorum, yemin ederim bilmiyorum!"

"Peki, söyle bakalım neden sana inanmıyorum? Küçük bir kuşun kanatları gibi hızla pır pır atan kalbin yüzünden mi yoksa? Neden bu kadar hızlı atıyor, yalandan mı yoksa korkudan mı? Korkutuyor muyum seni miniğim?"

Yutkundum, "Evet." diye fısıldadım.

Sevinmiş gibiydi bu halime.

"Güzel! Ama yeterince korkmuyorsun. Korksaydın eğer istediğim cevabı bana verirdin. Hım ne yapsak ki acaba?"

"Bırak beni lütfen!"

Bir elini kolumdan çekince kurtulmaya çalıştım. Ama diğer eliyle öbür kolumu daha sıkı kavramıştı. Artık kolumun moraracağından emindim. Canımı acıtıyordu.

Boşta kalan elini kalbimin üstüne koydu, "Bakalım bu küçük kuş daha hızlı uçabilir mi?" dedi pis pis kıkırdayarak.

10.

Kabuslarda ki Yabancı

Ne yapacağını anlamıştım. Çırpınıp, debelenmeye, kaçmaya çalıştım. Kıvrılıp bükülüyor, diğer elimle ona vurmaya çalışıyordum. Ona vurmak aynı duvara yumruk atmak gibiydi. Benim debelenmelerim sayesinde elini sabit tutmakta zorlanıyordu. Birden bırakınca yere kapaklandım. Uzaklaşmama fırsat tanımadan yakalayıp üstüme çıktı. İki kolumu da altıma sıkıştırıp tek eliyle beni olduğum yere sabitledi. Diğer elini yine kalbimin üstüne getirdi.

"Uç bakalım minik prenses uç!" dedi neşeyle. Elinden kalbime doğru sıcaklık yayıldı. Eli orada kaldıkça sıcaklık daha da artıyordu. Sıcaklıkla birlikte kalbime enerji akımları yolluyordu.

Kalbim, göğsümden fırlayacakmış gibi hızla atmaya başladı. Çığlık atmaya, yardım istemeye fırsatım yoktu.

Sadece nefes almaya çalışıyordum. Bir an akımı yavaşlatıp "Şimdi soruma cevap ver!" dedi. Gözlerimden yaşlar boşalıyordu.

Hıçkırarak, "Bilmiyorum, yemin ederim. Bırak beni!" dedim.

"Yanlış cevap." demesiyle birlikte kalbime daha kuvvetli enerji akımı gönderdi, ardından da sanki yumruğu göğsümün içine girmiş de kalbimi sıkıyormuş gibi kuvvetli bir enerji akımı gönderdi. Gücümün yettiği kadar çığlık attım. Haykırdım. Ama beni duyan yoktu. Kalbimi yumruğunun içinde parçalayacakmış gibi hissediyordum. Uyanmaya çalıştım. Gözlerimi sımsıkı kapattım. Acı o kadar yüksekti ki, odaklanamıyordum. Sadece acı vardı. Acıyla birlikte karanlıkta kaldım. Gözlerimi açmaya çalıştım ama göz kapaklarımı biri tutkal ile yapıştırmış gibiydi açamıyordum. Beni zorla rüyada tutmaya çalışıyordu.

"Sally?"

Alysa'nın sesini duyuyordum. Kafamın içindeydi.

"Sally? Ah! Tanrım kalbim!"

Ardından Pit'in sesi geldi: "Alysa ne oluyor?" diye sordu.

"Adrian! Adrian! Sally, bir sorun var kalbinde uyanmıyor. Uyandırmaya çalıştım. Adrian, bir şey yap!"

Adrian'ın sesini duydum.

"Geri çekilin!"

Ardından bir ışık patlaması geldi. Üstümdeki baskı azalmış, rüyamdan kovmuştu onu. Kalbimi sıkan yumruk gitmişti ama kalbim hâlâ çok hızlı atıyordu. Göğsüm yanıyordu. Nefes alamıyordum. Ah tanrım, rüyada mı ölecektim? Küçük bir basınçla olduğum yerde sıçradım. Serbest olduğumu fark edince, hızla gözlerimi açıp kaçmaya çabaladım. Sonra iki kuvvetli kol beni yakalayıp, "Sally, sakin ol benim, Adrian!" dedi. Tanıdık sesi duyduğumda, rahat bir nefes alamadan göğsümde kuvvetli bir elektriklenme hissettim. Kalbimi tutup çığlık attım. Yerde yatıp ellerimi göğsüme bastırıp nefes almaya çalışıyordum ama oksijen bir türlü ciğerlerime girmek bilmiyordu.

"Çok acı çekiyor, lütfen bir şeyler yapın!" dedi Alysa hıçkırarak.

"Tanrım, kriz geçiriyor, 911'i arıyorum!" dedi Pit.

Adrian, "Bırak o telefonu, seni ahmak, burada ben varım!" deyip beni tekrar kollarının arasına aldı. Dudaklarını alnıma götürdü.

Tanıdık o yumuşak sıcaklık, içime dolmaya başladı. Hızla içimi doldururken, içimi çekip gevşedim. Kalp atışlarım yavaşlamış, nefes alışverişim düzene girmişti. Sonra Alysa'nın arkamdan sarılmasıyla hıçkırıklara boğuldum. Gözyaşları hiç tükenmeyecek gibiydi. Adrian, geri çekildi. Alysa, yanıma gelip bana daha sıkı sarıldı. Sonra iki kuvvetli sıcak kolun ikimizi birden sarmaladığını hissettim. Sıkı sıkı sarılıp bizi göğsüne bastırmıştı. İçime iyileştirme gücü dışında daha yoğun bir şeyin aktığını hissettim. Bu, sevgiydi. Sıcaklık aynı bizi kucaklaması gibi kucaklıyordu. Kokusunu içime çektiğimde hafif lavanta ve vanilya kokuları aldım. Ev gibi kokuyordu. Başımı kaldırıp ıslak gözlerle ona baktım. Bir çift yumuşak siyah bakışlar, bana bakıyordu. Yüzünde sık gördüğüm hüzünlü bir gülümseme belirdi. Başını aşağı yukarı salladı. Titrek bir nefes aldım. Gözlerimden tekrar yaşlar boşalırken yüzümü göğsüne gömdüm, sıkıca sarıldım ona.

Burnumu çekerek geri çekildim.

"Su alabilir miyim?" dedim.

Alysa, "Ben getiririm," deyip ayağa fırladı. Onun da koca bir bardak suya ihtiyacı vardı. Yaşadıklarımı o da yaşamıştı. Rüyamda olduğu için görü gelmese de acıyı hissetmişti, biliyordum. Gözyaşlarının durmasıyla hıçkırık başlamıştı. Hah, bir bu eksikti! Yüzümü ellerimin arasına gömdüm. Titrememe bir türlü engel olamıyordum. Soğukta kalmış gibiydim. Tüylerim diken dikendi. İki numaralı babam elini saçlarımın arasında gezdiriyordu. Yaptığı çok rahatlatıcıydı ama bu halde ne kadar rahatlayabiliyorsam ancak o kadar rahatlayabiliyordum. Derin bir nefes alıp başımı ellerimin arasından çıkardım. Alysa'nın uzattığı bardağı gördüm. Bardağı iki elimle kavrayıp sudan büyük bir yudum aldım.

"Sally, sorularıma cevap verebilecek misin?" diye sordu Adrian, yumuşak bir ses tonuyla. Yutkunup başımla onayladım.

"Belki sen tanımıyorsundur büyük ihtimal ama benim tanımadığım melek yok!" kaşlarımı çatıp başımla tekrar onayladım.

"Olanları görmeme izin vermelisin, tamam mı?"

"Nasıl?" diye sordum.

"Bak şimdi," ellerini başımın iki yanına koydu, "Şimdi gözlerini kapatıp zihnini bana açmanı istiyorum, olan her şeyi tek tek göreceğim. Ve sen de cevaplamak zorunda kalmayacaksın."

"Tamam, o zaman deneyelim!" dedim. Olanları anlatmayı gerçekten istemiyordum. Gözlerimi kapatıp zihnimi boşaltmaya çalıştım. Ama rüyamda yaşadıklarım gözümün önünden geçip duruyordu. Sonra beynimin içinde küçük bir ışık topu gördüm. O Adrian'dı biliyordum. Ne yapacağımı anlamıştım. Zihnimin kapılarını ona açacaktım. Zihnimin derinliklerine doğru süzülürken görüntüler kayboldu.

Işık topunun ortaya çıkmasını beklerken, o korkunç kıkırtıyı duydum. Fısıltılıydı. Sonra bana söylediği şeyler yankılandı. Paniklemeye başladım. Zihnimin derinliklerine doğru bağırdım.

'Adrian!'

Adrian'dan cevap gelmeyince sinsi kıkırtı daha da arttı. Hayır, hayır tekrar yaşayamazdım aynı şeyleri. Hızla gözlerimi geri açtım. Titriyordum. Dizlerimi göğsüme çekip kollarımla kendimi sardım. Adrian içini çekip gözlerini kırpıştırdı.

"Beni dışarı attın! Nasıl yaptın bunu?" diye sordu sinirle.

"Be-ben üzgünüm sesi, kafamın içinde yankılanıyordu. Panikledim."

Yüzü düşünceli bir hâl aldı.

"Bunun olmaması gerekiyordu. Neyse, görmem gerektiği kadarını gördüm zaten. Çok fazla sis vardı, sesini bilerek kısmış. Ne yaptığını biliyormuş pislik herif!"

"Tanrım, hayatım boyunca bir daha uyumak istemiyorum." diye mırıldandım.

"Hayır, lütfen bu benim hatam Sel, geri dönünce korumayı tekrar kurmalıydım! Unutma ki senin asıl koruyucun benim. Benim hatam." dedi Adrian. Titreyen perişan halimi görünce kendini kötü hissetmişti. Elini saçlarının arasından geçirdi. Yüzü düşmüştü. Görevini ihmal ettiğini düşünüyordu. Önemli değil demek isterdim ama önemliydi. Göğsümde hâlâ elinin baskısını hissedebiliyordum. En çok da Alysa'nın benimle beraber acı çekmesi üzüyordu beni.

"Hey prenses, senin şapşal kedin az önce bana tısladı inanabiliyor musun? Ölümün ta kendisine tısladı." dedi Clover şaşkın bir ses tonuyla. Normalde kedinin hareketlerinin umurunda olmayacağını biliyordum. Konuyu değiştirmek ve ortamı yumuşatmak için söylemişti. Ne kadar titresem de dudaklarımın kıvrılmasına engel olamadım.

"Siz kanatlılar, onun tipi değilsiniz rahat bırakın bebeğimi!" dedim. Tam o sırada da Serseri, onu koruduğumu anlamış gibi yanıma geldi. Bacaklarıma sürtünüp yanıma oturdu. İyi olduğumdan emin olmak ister gibi bir süre yüzüme baktı. Elimle başını okşayınca kafasını çevirip olduğu yere kıvrıldı.

Saate baktığımda gece yarısını henüz geçmişti. Başımı dizlerimin üstüne koydum. Gözlerimi birkaç saniyeliğine kapatmam bile görüntülerin doluşmasına yetiyordu. Anlaşılan bu gece sabahlayacaktım. Uyumayı bırakın, gözümü kapatmaya korkuyordum. Gerçi Adrian, korumaları etkinleştirmişti, korkum yersizdi. Ben hortlak gibi gözlerimi açık tutmaya çalışırken Pit'in gitmesi gerekti. İstemiyordu ama dün gece eve gitmemişti ve otoriter babasının yeterince müsamaha gösterdiğini düşünüyordu. Beni sıkıca kucaklayıp başımın tepesinden öptü.

"Üzgünüm, sabah erkenden gelirim tamam mı?" diye fısıldadı.

"Biliyorum, üzülme sabah görüşürüz." dedim yumuşak bir sesle ve yanağından öptüm. Pit, hiç olmamış olan ağabeyim gibiydi. Ama şuan ağabeyden çok sevgilime ihtiyacım vardı. Nick. O, olsaydı belki onun kollarında uyuyabilirdim. Belki de yine yumuşacık kanatlarının üstüne yatırırdı beni, rahat edeyim diye. Belki daha bu sabah görmüş olabilirdim ama birkaç gündür ayrı kalmışız gibi özlemiştim. Ah, ne yapmıştı bu çocuk bana böyle?

Alysa, daha fazla dayanamadı ve yanındaki yastıklara kafasını dayayıp uyuyakaldı. Ben de kafamı yastığa koyarsam uyuyacaktım biliyordum. Gözlerim acıyordu. Bir an başım dizlerimin üstünde uyukladım. Sıçrayıp hızla gözlerimi geri açtım. Ellerimle gözlerimi ovaladım.

Adrian, "Sel, haydi artık uyuman gerek! Yarın uzun bir gün olacak. Hem okul var hem eğitimin başlayacak." dedi.

"Yapamam Adrian, kapatamam gözlerimi, görüntüler geri geliyor" dedim fısıltıyı andıran bir sesle.

"Ben onları engelleyebilirim, ister misin? Rahatça uyuyabilirsin kızım." dedi babam. Şüpheliydim ama denemekten zarar çıkmazdı. Sonuçta o bir melekti, güçlerinin sınırını kim bilebilirdi ki. Başımla onayladım.

"Deneyelim o zaman."

Sonra Adrian, Alysa'yı uyandırmaya gerek duymadan onu kucaklayıp yukarı çıktı.

"Haydi, biz de odana çıksak iyi olur, burada uyumak istemezsin, her yerin tutulur!" dedi babam. Tekrar başımı salladım. Bacaklarımı koltuktan salıp ayağa kalktım. Ayağa kalkmamla bacaklarımın titreyerek bükülmesi bir oldu. Ben düşmeden babam beni belimden yakaladı.

"Uzun süre öyle durmak, anlaşılan bacakları uyuşturuyor." dedim yüzümü buruşturarak.

Babam gülümseyip, "Yüzünü buruşturunca annene benziyorsun." dedi.

Şaşkınlıkla, "Gerçekten mi?" dedim. Başıyla onayladı. Ona benziyordum demek. Beni sanki bir bebeği kaldırıyormuş gibi çevik bir hareketle kucağına aldı.

"Gel bakalım, minik prensesim!" dedi. Sözleri bana garip gelmeliydi ama gelmemişti. Sanki bana hep böyle sesleniyordu da her zamanki bir şeymiş gibi gelmişti. Sözü içimi ısıtmıştı. Şuan sadece babasının küçük kızıydım. Ne melekler ne iblisler vardı. Başımı omzuna koyup bir kolumu boynuna sardım. Ev kokusunu içime çektim. İçimdeki rahatlamayı fark edince şaşırdım.

Daha merdivenlerin ortasına gelmeden gözlerim kapanmış, uykunun hain pençeleri beni esir almıştı.

Gözlerimi kırpıştırarak açtığımda, yatağımda Alysa ile sarmaş dolaş yattığımızı fark ettim. Uyumuştum. Üstelik huzurlu ve rüyasız bir uykuydu. Birkaç saniye sonra Alysa da uyanmış bana bakıyordu.

"Merhaba." diye fısıldadı.

Gülümsedim, "Merhaba." diye fısıldadım.

Eğer okula gitmem gerekiyorsa hazırlanmak için yaklaşık bir saatim vardı. Yataktan kalkıp gerindim. Anlaşılan yine zihin alarmım çalışmıştı. Sabahları hep aynı saatte uyanmaya alışıktım. Ayriyeten alarm kurmama gerek kalmıyordu.

"Hazırlanmalıyım. Bugün okula gitmem gerek. Son zamanlarda hayatım boyunca ekmediğim kadar ektim okulu."

"Evet, gitmelisin."

Sesindeki hafif kırgınlığı hissetmiştim.

"Şey, sen iyi olacak mısın? Yani evde?" diye sordum.

"Ah elbette, sakın endişelenme benim için!" dedi.

"Seni burada yalnız bırakmaktan nefret ediyorum. Bu adil değil." diye somurttum.

"Yalnız olmayacağım ki. Hem sen gelene kadar sana kek yaparım. Enerji depolarız. Dün Adrian, okuldan sonra eğitimlerin başlayacağını söylemişti." dedi.

"Ah evet, eğitimler. Kızım sen bana kilo aldıracaksın! Kekler, ölünesi yemekler..." göbeğimi şişirip vurdum.

Alysa kıkırdayıp, "Emin ol o kekler, çörekler az bile gelecek. Üç ders aldım ve üçünde de üç gün ölü gibi yattım."

İşte şimdi içime nedensiz bir korku ve heyecan dolmaya başlamıştı.

Yüzümü buruşturup, "Desene bol bol dayak yiyeceğim." dedim.

"Yüzde yüz." dedi.

"Lanet olsun!"

En azından birileri zevk alacaktı bu işten. Ah, kim mi zevk alacaktı? Tabii ki Adrian, eminim benim yerde pestilim çıkmış bir vaziyette yatmam, onu zevkten dört köşe etmeye yeter de artardı. Tanrım, Nick de orada olacaktı. Harika, sevgilimin gözü önünde dayak yiyecektim. Hatta o da beni bir güzel benzetebilirdi. Kendimi şimdiden yorgun hissediyordum.

Hazırlanıp aşağı indiğimde Adrian beni bekliyordu. Evden çıkarken de, arabada da pek konuşmadık. Yolda sandviç almak için duraksadık. Bir tane sandviç ve iki bardak portakal suyuyla geri döndü. Ben kahve istemiştim. Kaşlarımdaki çatıklığı görünce arsızca gülümseyip, "İki portakal suyu da sana; iyi beslenmelisin, ilk gün çok yorulacaksın, bol bol vitamine ihtiyacın olacak. Tabii bunları gözünü korkutmak için söylemiyorum ama canını çıkarmaktan büyük zevk alacağımı da bilmelisin." dedi.

"Sağ ol ya, içimi rahatlattın."

"Ne demek işim bu." dedi sırıtarak. Homurdandım. Sandviçten büyük bir ısırık aldım. Acıkmıştım. Alysa'nın yemeklerinden sonra bir şey yememiştim. İçimden, 'Keşke yanıma onlardan alsaydım' diye geçirdim.

Okula yaklaştığımızda iki koca bardak portakal suyundan sonra, mesanem tamamen dolmuştu. Yolda günün planlarını yaptık. Okul sınırlarından dışarı adım atmak yasaktı. Bahçede durmak yasaktı. Zaten bu havada hangi deli bahçeye çıkarsa!

"Tamam, tamam evet..."

"Son dersin cebir bittikten sonra ofisime gel. Anladın mı? Otoparka bensiz çıkma sakın, tamam mı?"

"Tamam, anladım, evet! Adrian, beş yaşında değilim, bunların üstünden on kere geçtik yahu!"

"İşimi sağlama alıyorum, beni suçlayamazsın."

"Tamam, haydi görüşürüz!"

Koşturarak arabadan çıkıp okul binasına girdim. İnanın ucu ucuna yetiştim lavaboya. Daha sonra ise günüm koşuşturmaca ile geçti, çok yoğundum desem yalan olur. Okuldaki en büyük aksiyon sınıftan sınıfa geçmekti. Ah az daha unutuyordum, bir de yemekhanede yeni gelen çocukla ponpon kızlar dalga geçmişti. Bugünü asla unutamayacağım, çok eğlenceliydi. Tanrı aşkına kimi kandırıyorum ben! Hayatımda okuldan bu kadar çok sıkıldığım bir gün olmamıştı. Sıkılmamın bir numaralı nedeni de Nina'nın gelmemesiydi. Kısa süre sonra onu suçlayıcı düşüncelerim endişeyle yer değiştirdi. Dün bizden gittikten sonra da aramamıştı. Bu sabah da aramamıştı. Genelde onu almayı unutmamam için arardı ama gelmeyeceği zaman da arardı. Günün yemeği de iğrençti. Tadı aynı saman gibiydi. Tepsiyi ileri itip elmayı yemeye koyuldum. İçimi çektim. Pit ile John gün boyunca peşimden ayrılmamışlardı. İşleri biter bitmez beni sınıftan alıyorlardı. İkisi de önce baktılar, sonra birbirlerine.

"Sel, iyisin değil mi?" diye sordu Pit.

"Hım? Ah evet iyiyim endişelenmene gerek yok Pit. Adrian koruma büyülerini arttırdı. Ben sadece Nina'yı merak ettim. Bugün hiç aramadı. Dünden beri görmedim. Dur bir saniye! Ne dünü? İki gündür onu görmüyorum. Dün de hiç aramadı."

Ah işte, günleri karıştırmıştım. Daha çok endişelenmeye başlamıştım. Nina, hayatta böyle yapmazdı. Günde herhalde on kere telefonda görüşürdük. Hep yan yana olmamızı saymıyorum bile.

"Garip, sen aradın mı peki?" diye sordu John.

"Hayır aramadım. Şey, pek fırsatım oldu denemez." dedim.

"Haydi, ara öyleyse! Daha sonra endişelenirsin." dedi John.

Pit, başıyla onayladı. Çantamı kurcalayıp telefonumu buldum. Rehberden Nina'yı bulup ara tuşuna bastım. Telefon kapanmak üzereyken açıldı.

"Nina! Tanrım Nina, iyi misin?" dedim telefona doğru.

Nina'nın sesi uykulu geliyordu.

"Sel, sakin ol, iyiyim ben!"

"Neden aramadın beni, iki gündür çok endişelendim?"

"Bebeğim iyiyim ben, unutmuşum. Akşam gelirim size, o zaman anlatırım olanları, olur mu? Bugün uyuyakalmışım, üzgünüm."

Diğer taraftan bir hışırtı ve erkek sesi geldi. Nina kıkırdadı. Kendini telefondan uzaklaştırdığı anlaşılıyordu çünkü bir şeyler mırıldandığında sesi uzaktan geliyordu.

"Neyse bebeğim, sonra görüşürüz, biraz meşgulüm de." dedi ve telefonu kapattı.

Alık alık telefona bakıyordum.

"E, ne haber?" diye sordu Pit.

Gülerek, "Hiç, hiç iyiymiş. Uyuyakalmış, akşam görüşürüz dedi." diye lafı geçiştirdim. Anlaşılan iki gün içinde Nina, kendine yeni birini bulmuştu. Hatta onu yatağa bile atmıştı. Bu akşam büyük dedikodu vardı.

Son ders zili de çaldığında toparlanıp Adrian'ın ofisine doğru yol aldım. Kapıyı tıklatmak için elimi kaldırmıştım ki, kapıyı açıp gülümsedi.

11.

Bölüm İsmi Yok

"Ah!" diye inledim yirminci kez. Bu sefer popomun üstüne düşmüştüm. Bu kıçtan bana bir daha fayda gelmezdi. Üstüne oturabilirsem şanslıydım. Çalışmalar için evin arkasında kalan ormanlık alanı seçmiştik. Seçmiştik derken, Adrian seçmişti yani. O, uygun gördü, biz yaptık. Simon, ne derse o! Simon diyor ki; Sally, düş! Sally, düşer. Ne pratik hah, kölesi oldum resmen! Evet sahip, emredersiniz sahip desem daha uygun olur sanırım. İlk olarak düşme tekniklerini öğretiyordu. Bana haince saldırıp yere düşmemi sağlıyordu ve benden onun gösterdiği gibi düşmemi istiyordu. Sanırım asla onun kadar zarif olamayacaktım. Bir erkek için bu kadar zarafet de fazlaydı doğrusu. Ben sertçe kıçımın üstüne düşerken o sanki jimnastik yapıyor gibi görünüyordu. Bir erkek için bu kadar zarafet de fazlaydı doğrusu. Hiç çaba harcamadan doğruluyor ve tekrar saldırı pozisyonu alıyordu. Oflayıp puflayarak ayağa kalktım. Kalçamı ovalayıp acının en azından birazının gitmesini bekledim.

"Olmadı, beni dinlemiyorsun! Sana düşerken geriye doğru yaylanmanı söyledim. Ama sen bir robot gibi küt, diye düştün. Eğer gösterdiğim gibi yapsaydın hemen doğrulup kaçma ya da saldırı pozisyonuna geçebilirdin ama böyle düşünce, anında enselenirsin!"

"Aniden saldırdın ama..."

"Bir de senden izin mi alacaktım. 'Bak Sally, şuanda saldırıyorum' ağır çekimde de hareket etmemi ister misin?" eliyle kollarımı işaret etti, "Zaten ben bu cılız kollardan ne bekliyorsam? Çok zayıfsın nerdeyse hiç kas yok, beslenmen gerek. Kilo alıp kas yapman gerek. Ah Tanrım, seni eğitmek, bir savaşçıya dönüştürmek için kaç yüzyıl harcamak gerekecek, Tanrı bilir."

"Ben savaşçı olmak istemiyorum, zaten hem bu sadece savunma dersi değil mi?"

"Öyle, öyle ama onun için de çok cılızsın. Siz iki kardeş hiçbir şey yemez misiniz? Ben ne yapacağım sizle..."

Arkasını dönüp şikâyet etmeye devam etti. Cılız değildim ben bir kere. Clover gibi mükemmel hatlarım, kaslarım, kıvrımlarım yoksa ne yapayım yahu, o melek sonuçta! Bir de şikâyet ediyor, sanki eğitimi ver diye ben yalvardım ona. Nick, kendini savunma kısmında gelecekti. Anlaşılan henüz o seviyeye gelmemiştim. Alysa ise babam ile zihinsel güçleri üzerinde çalışıyordu. Ben okuldayken onlar benim yaptıklarımı yapmışlardı. En azından

Alysa'nın benimki kadar kötü geçmemiştir. Eminim düştüğüm her nokta moraracaktı. Öfkenin içimde kabardığını hissettim. Daha ilk günümdü ve dır dır da dır dır. Yeter yahu, insanın üstüne bu kadar da gelinmezdi ki!

Saldırı pozisyonumu alıp apara kalktım. Adrian'a arkasından saldırmak için koşarken boğazımdan savaş çığlığı yükseldi. Hızla sırtına zıplayıp kollarımı boynuna doladım. Daha ne olduğunu anlamadan kollarını kaldırıp boynumu yakaladı ve beni sırt üstü yere yapıştırdı. Yere çarpmanın şiddetiyle soluksuz kaldım. Öksürüp nefes almaya ve doğrulmaya çalıştım. Ama canım daha çok yanmıştı. Kendimi yere geri bıraktım. Kaburgalarımı mı kırmıştım acaba?

Adrian'ın endişeyle, "Ah lanet olsun!" deyip yanıma yaklaştığını hissettim.

"Sally, sen deli misin? Bana arkadan saldırmamalısın, Tanrım!"

Öksürüklerin arasından, "Ö-zü-r di-ler-im." demeyi başardım.

"Konuşma tamam, öksürmemeye çalış nefes al!"

Beni doğrultunca acıyla inledim. Kesin bir yerlerimi kırmıştım.

"Tamam, sakin ol Sel, kaburgalarından birkaç tanesi kırılmış. Şimdi iyileştiririm endişelenme."

Homurdandım. Yani homurdanmaya çalıştım. Gözlerimi kapatıp nefes almaya odaklandım. Adrian'ın dudaklarını alnımda hissettim. Vücuduma aynı sıcaklık yayılmaya başladı. Acı kaybolup vücudum gevşedi, nefes alışım düzene girip öksürük kesilince gözlerimi açtım. Ben gözlerimi açtığımda Adrian da dudaklarını alnımdan çekti. Yemin ederim bu meleklerde dudak fetişi vardı. Bu iyileştirme işi tuhaflaşıyordu vallahi. Tamam, Nick ile tuhaflaşmıyordu. Çok da güzel oluyordu.

"Teşekkür ederim Adrian ve şey, özür dilerim. Yapmamalıydım aptallık ettim."

Gülümsedi, "En azından biri sana arkadan saldırdığında ne yapman gerektiğini öğrendin." dedi.

"O hareketi senin gibi yapabileceğimi hiç sanmıyorum." dedim.

"Öğreneceksin her şey sırayla. Haydi, çamur içindesin, bugünlük bu kadar yeter."

Doğrulup ayağa zıpladım. Yenilenmiştim. Odamdaki banyoya girip aynaya baktığımda Alysa'nın neden bana garip garip baktığını anladım. Suratım sanki çamurla yıkanmış gibiydi. Saçlarımın rengi tamamen değişmişti. Aslında sadece rengi değişmemişti. Yapısı tamamen değişmişti. Arasında bir fare ölüsü bile olabilirdi. Tipimi ancak sıcak bir duş düzeltebilirdi. Musluğu açıp, üzerimdekileri çıkarıp kirli sepetine attım. Gün henüz sona ermemişti daha, zihin eğitimi vardı.

"Şimdi yeniden deneyelim. Önce gözlerini kapat! Zihnini tamamen boşaltmaya çalış! İçindeki enerjinin dışarıya aktığını hisset! Senin enerjin bir battaniye gibi çevrendeki her şeyin, her noktanın üstünü örttüğünü hisset! Tıpkı bir sis gibi yayıldığını düşün! Evet, bak harika gidiyorsun senin enerjini üstümde hissedebiliyorum, devam et kendini daha da aç!" dedi babam.

Yavaş ve derin nefesler alıp veriyordum. Tıpkı yoga yapar gibiydi bu iş. Sanki parçalara bölünmüştüm ve birer toz zerresi gibi bütün parçalarım her yere dağılmıştı. Odamın karşısındaki kiraz ağacında uyuyan baykuşu, bahçede otlarla oynayan Serseri'yi, bana gözlerini dikmiş bakan babam ve Adrian'ı, hatta arabasını park eden Nina ve Pit'i hissediyordum. Gözlerimi açmadan onlar olduğunu biliyordum. Hepsinin farklı kokuları, enerji kristalleri vardı. Gerçi o enerji kristallerinin aura olduğunu söylemişti babam. Herkesin aurası farklıydı. Bir bulut kümesi gibiydi. Herkesin özel rengi vardı. Orta kısımdaki renkler hiç değişmiyordu ama ruh haline göre çevresindeki renkler değişiyordu. Gülümsedim. Hoş bir duyguydu. Karşımdaki aura titreşerek çevresi mavimsi bir renge büründü. O renkten çıkarabileceğim şey sanırım mutluluk olurdu.

"Evet, kızım şimdi yavaşça açabilirsin gözlerini." dedi babam.

Gözlerimi yavaşça açtım. "Vay canına!" diye fısıldadım. Gördüklerimi anlatacak kelime haznem yoktu inanın. Her şey o kadar dolu, parlak ve saf görünüyordu ki. Sanki birisi gözlerime bir büyüteç takmış gibi hissediyordum. Her şeyi en ince ayrıntısına kadar görebiliyordum. Adrian'nın, babamın, Alysa'nın, kedimin, Nina ve Pit'in yaşam enerjilerini görebiliyordum. Sanki vücutlarına sim dökmüş gibi parıldıyorlardı. Tabii babam, Adrian ve Alysa'nın parlaklıkları daha farklıydı, daha kuvvetliydi.

Adrian'ın ki gök mavisi ve görkemliydi. İnsan ona baktıkça huzur buluyordu. Babamınkinden daha parlak bir aurası vardı. Babamınki ise eflatun rengiydi. Alysa'nın ki ise eflatun yeşil ve altın sarısı tonlarındaydı. Kendiminkine baktığımda, benimkinin de aynı olduğunu gördüm. Nina'nın ki tozpembeydi. Pit'in ise lacivert tonlarındaydı. Herkesin aurası farklıydı; tonu, biçimi, parlaklığı...

"Alysa ve benim auram aynı." diye fısıldadım.

Babam gülümsedi.

"Elbette siz bir elmanın iki yarısı gibisiniz. Yan yana olduğunuzda auralarınız birbirine karışıyor, iç içe geçiyorlar."

"Eflatun rengi de var, aynı seninki gibi." dedim.

Başıyla onaylayıp gurur duyarcasına gülümsedi.

"Benim rengim. Bir tek bende ve sizde var."

"Her şey çok farklı görünüyor, daha güzel!" dedim.

"Bugün auraların nasıl görüleceğini öğrendik, sonraki gün nasıl ayırt edileceğini öğreneceğiz. Birinin aurasına bakarak o kişinin niyetini anlayabilirsin. Saldırıya uğrayacağını önceden sezebilirsin. İkinizin de bu yöndeki güçleri çok kuvvetli; bu konuda annenize çekmişsiniz onun da hisleri çok kuvvetliydi. Yavaş yavaş nasıl kullanacağınızı öğreneceğiz."

"Eh, en azından bugün boşa gitmemiş oldu." dedim gülümseyerek ve devam ettim, "Bunu da beceremeseydim yemin ederim oturup ağlayacaktım. Yediğim onca dayak boşuna gitmiş olacaktı."

"Hiç de bile benim çok hoşuma gitti." dedi Adrian sırıtarak.

"Ha ha çok komik! Bu arada Nina ve Pit geldi kapıyı açar mısın? Kapıya en yakın sensin." dedim gözlerimi kısıp sırıtarak.

Nina, içeri girince yüzümde sinsi bir gülüş belirdi. Kaşlarımı yukarı aşağı oynatıp elimden kurtulamayacağını işaret ettim. Bana öpücük attı. Arsız ne olacak!

Nick'in gözlerinden;

Gün boyunca sığınağımda kös kös oturup Daniel'in sorularını ve yorumlarını dinledim. Can sıkıcı mıydı? Evet, kesinlikle öyleydi. Daniel benim iç sesim gibiydi. Dile getirmek istemediklerimi hiç çekinmeden söylüyordu. Eh tamam, benim sinir bozucu iç sesim desek daha doğru olur.

Onu almaya gittiğimde sanki heyecandan yerinde duramıyordu. Bunu o yıllarca çıkmadığı mağarasına bağlıyordum. Gözleri ışıl ışıl bakıyordu. Özellikle Sally ile ilgili çok soru soruyordu. Bu konu canımı sıksa da belli etmiyordum. Çünkü Daniel'den başka bu kadar güvendiğim dostum yoktu. Diğerleriyle aramda hep bir çıkar ilişkisi vardı. Başım sıkıştığında her zaman yardımıma koşmuştu. Bu merakı da yardım etmek istemesinden başka bir şey olamazdı. Ona güveniyordum. Hem Sally'i de sevdiğimi anlamıştı. Gerçi anlamasa şaşardım ya. Cümlelerindeki ve bakışlarındaki imalardan anlaşılıyordu bu.

"Dostum bunları daha öncede sordun." dedim bezgin bir sesle.

"Olabilir üstünden geçmenin bir zararı olmaz. Atladığımız şeyler olabilir."

"O mağara seni tam bir çatlağa çevirmiş." diye mırıldandım.

"Ne dedin?"

"Ah, yok bir şey ben ortalığı bir kolaçan edeyim diyordum."

Elimdeki bardağı orta sehpaya bırakıp koltuktan kalktım. Kanatlarımı açmak için sabırsızlanıyordum. Derimin içinde titreştiklerini hissediyordum. Yavru köpekler gibi çıkacaklarını anlamışlardı sanki. Omuzlarımı esnettim. Kapıdan çıktığımda soğuk bir rüzgâr karşıladı beni. İlk işim yüzüğü boynumdan çıkarıp parmağıma takmak oldu. İşim bittiğinde ise içime derin bir nefes çekip göğe fırladım. Kasabayı kontrol ettikten sonra Sally'nin evine doğru yöneldim. Bugün eğitimin ilk günüydü. Eğitim göreceği alana yöneldiğim sırada Clover, yolumu kesti. Bembeyaz kanatları ışıldıyordu. Ölümün saflığını, huzurunu yansıtıyordu. Kimine göre ise ölümün keskinliğini. Üzerinde ise siyah deriden bir kıyafet vardı. Giysi sadece kayışlardan ibaret gibiydi. Tek parça bir elbiseydi. Dizlerinin bir karış yukarısında son buluyordu. Dizlerine kadar ise siyah botları vardı. Melek hançerlerinin beyaz kabzaları görünüyordu. Bu onun savaş kıyafetiydi. Üzerinde daha önce çok görmüştüm. Bütün kıvrımlarını tüm dolgunluğuyla ortaya çıkarıyordu. Her neyse bıçaklar, bıçaklar! Sol bileğine beyaz kırbacını dolamıştı. Kollarında da hançerler görünüyordu. Kardeşim hançerleri severdi. Özellikle de fırlatma konusunda oldukça ustaydı. Kırbaç ve hançerlerde ondan iyisi yoktu. Şimdiye kadar hiç ıskalamamıştı. Hançerini atacağı kişiyi veya nesneyi gözünde canlandırması yeterliydi. Normalde güzel yüzünde hep bir gülümseme olurdu. Ya savaşırken dudaklarında oluşan çarpık gülümseme ya da her zamanki tebessümü. Bugün ikisi de yoktu. Sinirli de görünmüyordu. Merakım giderek artıyordu.

"Merhaba kardeşim." dedi duygusuz, yorgun bir sesle.

Daha da yaklaşıp onu yakından inceledim. Yüzü her zamanki gibi kusursuz değildi. Gözleri ışıltısını kaybetmiş, yorgun bakıyordu. Sonunda ruh halini çözebilmiştim. Üzgündü.

Benim tanıdığım Azrael, üzgün olamazdı. Elimi yüzüne yaklaştırıp parmaklarımla yanağına dokundum. Ne kadar ona kızgın da olsam o benim kardeşimdi. Hem ben bir merhamet meleğiydim. Ona nasıl kızgın kalabilirdim ki! İçimde yoktu birine acımasız davranmak, özellikle de kardeşime. Tabii bu durum iblisler için geçerli değildi.

Şefkatli ve yumuşak bir ses tonuyla, "Neyin var?" diye sordum.

Titrek bir nefes aldı.

"Ben, ben bir insana âşık oluyorum," dedi ağlamaklı bir sesle.

Yüzümde beliren hüzünlü bir gülümsemeden başka bir şey veremedim ona. Bir melek için bir insana âşık olmanın tek bir anlamı vardı. Cennetten kovulmak...

"Konuşmamız gerek, senin için de kötü haberlerim var." dedi Clover. Eğer Clover bir şeye kötü diyorsa gerçekten kötüdür. Sally'nin antrenman yaptığı alana baktım. Oflayıp puflayarak poposunu ovalıyordu. Gülümsedim. Ağabeyim ona hiç acımıyordu. Zaten o hiç kimseye acımazdı eğitim konusunda; her zaman sıkı disiplinin şart olduğuna inanırdı.

"Gel başka bir yerde konuşalım." dedim ve geldiğim yöne doğru kanatlarımı çırptım. Sözde çalıştığım bara yaklaşınca etrafı kolaçan edip boş otoparka indim. Ayaklarım yere bastı. Yüzüğü parmağımdan çıkarıp yeniden boynuma taktım. Kanatlarım kaybolurken Clover da yüzüğünü çıkarıp boynuna taktı.

"Bundan nefret ediyorum." diye homurdandı. Ben de nefret ediyordum ama başka seçeneğimiz yoktu. İnsanların arasında kanatlarımızla dolaşamazdık. Düşünsenize ne kaos olurdu ama. Sally'e söylediğim gibi bu barda çalışmıyordum. Eh, çalışmaya ihtiyacım yoktu. Burası benimdi. İblislerden kaçan nefilim ve kovulan meleklere yardım ediyordum. Binanın bütün çevresini koruyucu ve kalkan büyüleriyle doldurmuştum. İçeri girince ne biri bizi duyabilir, ne de orada olduğumuzu anlayabilirdi. Dışarıdaki tehditler için tamamen görünmezdik. Personel girişine yaklaştığımızda Clover'ın adımları yavaşladı. Kapıyı açıp ona yer verdim. Tereddütle kapıya baktı.

"Nick, burada büyü var." dedi kaşlarını çatarak.

"Biliyorum onları ben yaptım. Sadece koruma ve gizlilik büyüleri merak etme burası benim, güvendeyiz."

Başıyla onaylayıp içeri girdi. Beni izlemesini işaret edip koridorda ilerledim. 'Ofis' yazan kapıya gelince cebimden anahtarı çıkarıp kapıyı açtım. Aslında bu kapının arkasında ofis falan yoktu. Sadece aşağıya inen merdivenler vardı. Kapıyı arkamızdan kapattım. Merdivenin başında karanlıkta duruyorduk. Duvardaki şalteri bulup kaldırdım, lambalar tek tek açıldı. Önümüze gökyüzünün bütün tonları olan bir koridor çıktı. Barın genel temasında da yeşil ve mavi tonlarını kullanmıştım. Renkler bana evi hatırlatıyordu. Huzur buluyordum. Clover'ın da omuzlarının gevşediğini gördüm. Koridorda ilerleyip toplantı odasına geçtik.

"Barın adı hakkını veriyor kardeşim." dedi Clover buruk bir gülümsemeyle, "Kaybettiğin huzuru burada bulmaya çalışıyorsun değil mi? Evi özlüyorsun." diye devam etti.

"Herkes evini özler kardeşim, bana ne anlatacaktın?" diye tersledim. Sandalyelerden birine oturup gözlerini kısarak beni seyretti.

"Kötü haberlerim var ne yazık ki! Benim sevgili ruhlarımdan aldığım havadislere göre, senin anahtarla olan samimi ilişkinden Lucifer'in haberi varmış."

Söylediklerini duyunca nefesim boğazımda tıkandı. Bu çok kötüydü. Ben kovulduğumdan beri zaten beni kendi safında istiyordu. Demek ki o yüzden peşimi bırakmamıştı. Lanet olsun, daha dikkatli olmalıydım! Hep zayıf bir anımı kollamıştı. Şimdi anahtarla yani Sally ile olan ilişkimi öğrendiğine göre ona ulaşmak için beni kullanacaktı. Bu beni bir numaralı tehdit yapardı.

"Bunun ne demek olduğunu biliyorsun değil mi? Belki Sally'de koruyucu büyüler olabilir, ona ulaşamayabilir ama sana ulaşabilir. Ve sana bir şey olursa, Sally'nin her şeyi yapacağını da biliyorsun. Çünkü seni seviyor. Kendini tehlikeye atacak, ifşa olacak. Onun iyiliği için ondan ayrılman gerekiyor Nick!"

Bunu çok iyi biliyordum. Beni sevdiğini söyleyince boğazım düğümlendi. Ben de onu seviyordum. Binlerce yıldır ilk kez bir kızdan hoşlanıyordum. Korkarım ki duygularım hoşlanmaktan ibaret değildi. Onu seviyordum. Onun için her şeyi yapardım, bu ondan ayrılmam, uzak durmam demek olsa bile. Ama ondan ayrılmak için iyi bir neden bulmalıydım. Reddedemeyeceği, hatta onun beni terk etmesine sebep olacak bir neden. Eğer bunları anlatırsam asla kabul etmezdi ayrılmayı. Biliyordum, çünkü çok iyi tanıyordum onu.

"Üzgünüm Nick, bunları sana söylemek istemezdim. İstediği şeyi bir şekilde öğreniyor. Her yerde casusları var. Böyle olsun istemezdim inan."

"Biliyorum, üzme kendini. Elinde olmadığını biliyorum, ben sadece nasıl yapacağımı bilmiyorum. Benden nasıl uzak durmasını sağlayacağımı bilmiyorum."

Elimi saçlarımın arsından geçirdim. Masaya yaslanıp gözlerimi kapattım. Beynim patlayacakmış gibi hissediyordum.

"Benim bir fikrim var." dedi Clover. Başımı kaldırıp meraklı gözlerle ona baktım. Yüzünü buruşturmuştu. Bu fikirden hiç hoşlanmamıştı. İçimde benim de hoşlanmayacağıma dair bir his vardı.

12.

Tuzak

Sally'in gözlerinden;

Bir haftanın sonunda doğru düşmeyi öğrenebilmiştim. Tanrıya şükür! Tabii öğrenene kadar morarmayan yerim kalmamıştı. Ah, bir de bir haftadır Nick'in yüzünü görmemiştim. Onu özlemiştim. Hiç aramamıştı, okula da gelmiyordu. Tamam, belki okula gelmeye ihtiyacı olmayabilir ama benim ona ihtiyacım vardı. Bugün kendini savunma kısmına geçmiştik sonunda. En azından onu bugün görmem gerekiyordu. Çünkü temel kısımları o öğretecekti. Ne yalan söyleyeyim gözüm yoldaydı. Her an gelecek diye on saniyede bir yola bakıyordum. Ne yazık ki, her bakışımda hayal kırıklığına uğruyordum.

"Sally, dikkatini vermiyorsun!" diye bağırdı Adrian. Yüzümü buruşturup ona döndüm.

"Üzgünüm." diye mırıldandım.

"Ah, ben seninle ne yapacağım? Sana geleceğini söyledim, şu yola bakıp durmayı bırak! Hem ne biliyorsun arabayla geleceğini? Biliyorsun kanatları var."

Doğru ya kanatlar... O muhteşem, eşsiz kanatlar. Cılız bir gülümsemeyle omuz silktim.

"Haydi, tekrar pozisyonunu al!"

Vuruş için hazırlandım. Bacaklarımı açtım. Yere sağlam basıp, ellerimi yumruk yaptım. Adrian da kendini benim darbeme karşı hazırladı. İçimdeki enerjiyi toplayıp Adrian'a saldırmaya hazırlandım. Tam saldıracaktım ki görmeden onu hissettim. Yavaşça Adrian'ın arkasında bir noktaya kondu. İçimde kelebekler uçuşmaya başladı. Çığlık atıp koşmaya başladım. Kollarımı açıp boynuna atladım.

"Hey, saldırman gerekiyordu, çığlık atıp kaçman değil... Ah, anlaşıldı!" diye seslenen Adrian'ı duymazdan geldim.

Yüzümü Nick'in boynuna gömüp derin bir nefes aldım. Kokusunu içime çektim. Onu özlemiştim. Nick, bir an gerildi, sadece bir an sonra o da kollarını belime sarıp bana sarıldı.

Fısıltıyla, "Sanırım beni özledin prenses." dedi.

"Hiç de bile." dedim gülümseyerek.

Sessiz kıkırtısını duydum.

"Ah, belli oluyor." dedi başımı öperek.

"Bir daha böyle yapma, haber vermeden ortadan kaybolma!" dedim fısıltıyla.

"Üzgünüm, bazı işlerim vardı. Yakın bir arkadaşım geldi, onunla ilgilenmem gerekti. Sally, ağabeyim pis pis bakıyor, sanırım sonra konuşsak daha iyi olur."

Başımla onaylayıp geri çekildim. Uzaklaşmadan başımı kaldırıp gözlerine baktım. Bir kez daha o karanlık kuyularda kayboldum.

"Seni özledim." diye fısıldadım. Yüzünde hüzünlü bir gülümseme belirdi.

"Ben de." diye fısıldadı. Gülümsedim. İçimdeki kelebekler çılgınlar gibi kanat çırpıyordu. Her an kanatlanıp uçabilirdim. O da beni özlemişti.

Günün kalan kısmı huşu içinde geçti. Ne kadar dayak yemiş olsam da mutluydum. Ben geçen hafta şikâyet mi ediyordum? Dilimi eşek arısı soksaydı da keşke şikâyet etmeseydim. Yağmurdan kaçarken doluya tutuldum yahu! Yorgunluktan bitmiştim. Alysa'nın yaptığı nefis yemeklerin kokusu bile beni cezbedememişti. Koltuğa oturur oturmaz kıvrılıp uykuya dalmıştım. Aslında ne kadar yorgun olsam da uyumak istemiyordum. Nick ile vakit geçirmek istiyordum. Ah, duş bile alamamıştım. Leş gibi ter içindeydim.

Sırtımda yumuşak bir dokunuş hissettim. Bu oydu biliyordum. Sonra beni kucağına aldı.

"Nick?" diye mırıldandım.

Yumuşak bir fısıltıyla, "Benim sevgilim." dedi. Kollarımı boynuna dolayıp başımı göğsüne gömdüm. O yanımdayken o kadar huzur dolu oluyordum ki, kıyamet kopsa umurumda olmazdı. Beni yatağa bıraktı, üstümü örtecekken doğrulup ona da yer açtım. Gülümseyip yanıma uzandı, başımı göğsüne koyup uzandım. O da bir eliyle sırtımda daireler çizmeye başladı. Daha fazla tutamayacaktım içimde. Midem kasılıyordu. Ya şimdi ya hiç!

"Nick?"

"Buradayım prenses."

"Ben şey, seni seviyorum."

Eli sırtımda donakaldı. Vücudu başımın altında kaskatı kesildi. Yavaşça başımı kaldırıp ona baktım. Gözlerini hiç kırpmadan dümdüz duvara bakıyordu. Ah, işte korktuğum başıma geliyordu!

"Nick?" dedim fısıltıyı andıran bir sesle.

Gözlerini kapatıp derin bir nefes aldı. Tekrar gözlerini açtığında ise yüz ifadesi tamamen değişmişti. Yüzü daha sertti. Bakışları yabancıydı.

"Ben, üzgünüm, gitmem gerek. İşim var." dedi ve kalkıp hızla odadan çıktı. Öylece çıkıp gitti. Nefesim kesildi. Sanki başımdan kaynar sular akıyordu. İlk hıçkırık boğazımdan kaçtığında, elimle ağzımı kapatıp banyoya koştum. Hızlı hareket edip önce kapıyı kilitledim. Ardından soğuk suyu açıp kıyafetlerimle duşun altına girdim. Çok sıcaktı. Su bile tenimi yakıyordu. Serinlemem gerekiyordu. Küvete oturup, bacaklarımı göğsüme çekip sarıldım. Başımdan aşağı soğuk sular dökülürken daha fazla tutamadım hıçkırıklarımı. Sessiz hıçkırıklara boğuldum, gözyaşları gözlerimi yakarken.

Ben onu sevdiğimi söylemiştim ama o hiçbir şey söylemeden gitmişti. Sadece çekip gitmişti. Beni o iki kelimeye değer görmemişti. Sadece gönül eğlendirdiği bir kız mıydım? Belki de sadece onu hazırlıksız yakalamıştım. Ben birden söyleyince çok şaşırmıştı ve ne yapacağını bilememişti. Her neyse iki durumda da daha fazla bir erkek için ağlayamazdım. Tamam, itiraf ediyorum, kendimi kandırıyordum. Memnun oldunuz mu?

Suyu kapatıp ayağa kalktım. Dişlerimin çarpan sesini duyana kadar titrediğimin fakında bile değildim. Vay canına, donuyordum! Üstümdekileri çıkarıp sıcak suyu açtım. Sıcak bol köpüklü bir duş aldıktan sonra pamuklu havlularıma sarınıp odaya geçtim. Alysa, yatağa oturmuş beni bekliyordu. Gözlerini üstüme dikmişti.

"Iım selam." dedim.

"Sana da selam. İyi misin?" Kaşlarını çatmış yüzümü inceliyordu.

"Ah evet, gayet iyiyim. Tabii bugün dayak yediğimi saymazsak." dedim hafifçe gülümseyerek.

"Sally, bir şey olmuş biliyorum, üzgünsün. Hissediyorum. İkizinim ben senin, anlat bana! Hem ikizin olmasam bile iyi rol yapamıyorsun." dedi imalı bakış atarak. Homurdandım. Bu kızı kandırmak mümkün değildi gerçekten. Derin bir nefes aldım.

"Konu Nick." dedim. Adını ağzıma almak bile hüzünlendirmişti beni.

"Ah, anlıyorum konuşmak ister misin?" dedi yumuşak bir ses ve anlayışlı bakışlarla.

"Ben sadece ona onu sevdiğimi söyledim. Hem de ilk kez, o söylemeden önce ama o hiç bir şey söylemedi sadece kalkıp gitti. Öylece gitti."

"Bence sadece paniklemiş olmalı."

"Hayır, paniklemiş olamaz, o bir melek."

"Evet, ama daha önce sonu kötü biten bir aşkı tatmış olan bir melek."

Alysa'nın son söylediği beni düşündürmüştü. Belki de beni sevmekten korkuyordu, sonumuzun aynı olacağından korkuyordu. Biraz düşününce mantıklı geliyordu. Başımla onaylayıp, "Haklısın, bir aptal gibi tepki verdim." dedim.

"Hayır canım, sadece bir âşık gibi tepki verdin."

Yanına gidip sıkıca sarıldım ona.

"Çok teşekkür ederim Alysa, içimi inanılmaz ferahlattın."

"Kardeşler ne içindir?"

"Biliyor musun keşke dışarı çıkabilsen, beraber alışverişe giderdik. Sana etrafı gezdirirdim." Söylediklerimin üzerine Alysa, özlemle iç çekti.

"Sen de biliyorsun ki Adrian, yaşananlardan sonra buna asla izin vermez."

"Evet, evet biliyorum."

Ben üzerimi giyinirken Alysa da yatmaya hazırlandı. Daha sonra ise geldiğinden beri yaptığımız gibi birbirimize sarılıp uyuduk.

Bütün gece rüyadan rüyaya atlayıp durdum. Hepsi de çok anlamsızdı. Yatakta boşu boşuna dönüp duruyordum. Sonunda kalkıp sıcak süt içmeye karar verdim. Bu uyumama yardımcı olurdu. Saate baktığımda daha gecenin ikisiydi. Sabaha çok vardı. Aşağıya indiğimde Adrian ve Clover, hararetli bir şekilde tartışıyorlardı. Benim geldiğimi fark edince susup bana döndüler.

Adrian, "Bir sorun mu var Sally?" diye sordu. Her an tetikteydi zaten.

"Hayır, bir sorun yok. Sadece uyuyamadım, sıcak süt almak için inmiştim."

Adrian başıyla onayladı. Clover ise hâlâ bana bakıyordu. Sonunda, "İyi olduğundan emin misin?" diye sordu. Kadın kadının ruh halini anlıyordu arkadaş. Her ne kadar -birazcık- yalan da olsa, "Evet iyiyim, sağ ol." dedim. Ah lanet olsun, bunlar akıl okuyorlardı! Tam zamanında hatırlamıştım. Hemen içimden aklıma gelen ilk şarkıyı söylemeye başladım. Clover, yüzünü buruşturup kaşlarını çattı. Yüz ifadesine kahkaha atmak istedim ama kendimi tuttum.

"En azından güzel bir şeyler mırıldanabilirdin."

Çocukken öğrendiğimiz çocuk şarkılarından birini söylüyordum.

"Düşüncelerimi okumanızdan nefret ettiğimi biliyorsun." dedim sinirle. Masum masum sırıtıp omuz silkti.

"Alışkanlık."

İçimi çekip mutfağa gittim. Bir an önce işimi halledip uyumak istiyordum. Sütü ısıttıktan sonra bardağa doldurup mutfaktan çıktım. Oturma odası boştu. Herkesin bir işi vardı.

Sonraki iki hafta kâbus gibi geçti. Nick, aramıza anlam vermediğim bir mesafe koydu. Hiç olmadığı kadar mesafeli ve soğuk davranıyordu. Savunma derslerine geliyor, eğitimi veriyor ve işi bitince de hemen gidiyordu. Davranışlarının bu denli değişmesi beni kahrediyordu. Hele ki ona onu sevdiğimi söyledikten sonra olması, kâbuslarımın canlanması gibiydi. Geceleri düşünmekten ve kâbuslardan uyuyamıyordum. Birkaç kilo vermiş, gözlerimin altı morarmıştı.

Adrian zaten eski halimden memnun değildi zayıfım diye, şimdi ise kendime bakmıyorum diye beni her fırsatta paylıyordu. Babalarım ise hastalanacağımdan endişeleniyordu. Halimin gerçek nedenini ise sadece Alysa biliyordu.

Bu süre zarfında Nina'nın gizemli sevgilisini de öğrenmiştim. Ne yalan söyleyeyim duyduğumda neredeyse küçük dilimi yutacaktım. Hadi Nina zaten ondan hoşlanıyordu, bunu adım gibi biliyordum. Ama Ian amcamın da ona o gözle bakacağını kırk yıl düşünsem aklıma gelmezdi. Onları sık sık bir arada görüyordum. Amcam onu okula bırakıyor, okuldan sonra takılmaya gidiyorlardı. Takılmaya? Bu iğrenç!

Adrian'ı beklerken, Pit ile ön verandada oturuyorduk. Etrafı izlerken dalmıştım.

Pit, "Hey, sana diyorum." diye sorunca kendime geldim.

"Ah Pit, özür dilerim dalmışım, seni duymadım."

"Her neyse cuma günkü maça geliyorsun değil mi?"

"Elbette hiç kaçırdığım oldu mu?"

"Biliyorum ama bu sefer olaylar karışık biliyorsun."

Homurdandım. Dirseğimle kaburgalarını dürttüm.

"Beni engellemeye çalışsınlar da göreyim!" dedim omuzlarımı dikleştirip katı ses tonuyla konuşarak. Pit'in omuzları gevşeyip sırıtmaya başladı.

"Ezeceğim onları!" dedi koluyla beni kendine çekip.

Homurdanıp, "Her zamanki gibi," dedim geri çekilirken. Saçlarımı karıştırdı, ben de omzuna yumruk attım. Şakalaşmamız beni gıdıklayana kadar sürdü, sonrasında eve kaçtım. Her şey değişmişti belki hayatımda ama bazı şeyler hep aynıydı.

Adrian gelince çalışmalara başladık. Her zaman olduğu gibi Nick gelene kadar o saldırıyor ben de kendimi savunmaya çalışıyordum. En azından başlardaki kadar kıç üstü düşmüyordum. Emin olun, karşınızda en güçlü baş melek varken bu büyük bir gelişmedir.

Çalışmaya devam ederken Nick'in siluetini gördüm. Görmekten çok hissetmiştim. Adrian'ın arkasındaki ağaçların arasındaydı. Ağaçların arasından çıktığı sırada Clover, yanında belirdi. Nick durdu ve konuşmaya başladılar.

Adrian, "Savunma pozisyonunu al!" dedi ciddi bir sesle. Başımla onaylayıp pozisyonumu aldım ve saldırmasını beklemeye başladım.

Göz ucuyla Adrian'ın arkasına baktığımda kalbimin atışı tekledi, soluksuz kaldım. Olduğum yerde donakalmıştım. Beynim gördüklerimi inkâr ediyordu. Clover ve Nick sanki dünyada bir ikisi varmış gibi öpüşüyorlardı. Nick başını geri çekip öpüşmeyi sonlandırdı. Başını benden tarafa çevirip bana baktı. Gözlerimiz birleşince gördüğümü anlamıştı. Sanki ben bir hiçmişim gibi dudakları sinsi, ukala bir gülümsemeyle yukarı kıvrıldı. İşte bu gülümseme kalbimi parçalamaya yetmişti.

Aynı anda göğsümde yakıcı bir acıyla geriye doğru savruldum. Sırtımı ağaca çarpıp yere kapaklandım. Adrian, bana uçan tekmeyi geçirmişti. Hızla yanıma geldi. Neden kendimi savunmadığımı, lanet olasıca kendimi, öldürtmeye mi çalışıyormuşum. Belki de ölürsem bütün sorunlar çözülürdü. Beni korumak için bu kadar uğraşmazlardı. Nefesimi düzene sokmaya çalıştığım için cevap vermedim. Pit yanıma çömelmiş saçlarımı yüzümden çekerken talimatlar veriyordu. Nick ve Clover da yanıma gelince görüşüm netliğini kazandı. Nick elini uzatıp bana dokunmaya çalışınca hızla kendimi geriye çektim. Pit'i işte o zaman bu kadar sinirli gördüm. Ayağa kalkıp Nick'in tişörtünden yakaladı ve yumruğu gözüne geçirdi.

"Ona dokunmaya nasıl cüret edersin seni aşağılık puşt!"

Pit, ikinci üçüncü yumruğu atarken Nick kılını bile kıpırdatmadı. Kıpırdatacak hakkı yoktu zaten. Ağaçtan destek alıp ayağa kalktım. Adrian kolumu tutunca "Yalnız kalmak istiyorum." dedim. Sesim beni bile şaşırtacak kadar ciddiydi. Titremediğine sevinmiştim. Bir an önce yalnız kalıp ağlamak istiyordum. Yaşanan hengâmeye arkamı dönüp eve doğru yürümeye başlamıştım.

Babam ve Alysa, verandaya çıkmışlardı. Benim geldiğimi görünce durdular. Birkaç adım atmıştım ki, kalbime şiddetli bir sancı girdi. Elimi kalbimin üstüne bastırdım, sanki bu sancıyı geçirecekmiş gibi. Benim ardımdan Alysa da yüzünü buruşturup elini kalbinin üstüne koydu ardından gözleri büyüdü. Benim görüşüm bulanıklaşırken Alysa'nın "Lanet olsun! Adrian kalp krizi geçiriyor!" diye bağırdı. Gözlerim tamamen kararıp yere yığılırken son gördüğüm şey, Alysa'nın bana doğru koştuğuydu.

Nick'in gözlerinden;

Yaşanan bütün bu karmaşa benim yüzümdendi. Başıma gelenleri ve gelecek olanları sonuna kadar hak ediyordum. Onu böylesine çok üzdüğüm için derimi yüzseler sesimi çıkarmazdım. İşler planladığımız gibi gitmemişti. Birkaç saniye içinde her şey tamamen sarpa sarmıştı. Pit, bana yumruk atarken karşı koymamak için bütün irademi kullanmıştım. Ağabeyim çocuğu üzerimden çekerken, Alysa'nın bağırışları üzerine bizi bırakıp Sally'nin yerde yatan cansız bedenine doğru koşmaya başladı.

Sally'i yerde öyle yatarken gördüğümde sanki başımdan aşağı kaynar sular dökülmüştü. Hayır, hayır böyle olmamalıydı. Yanına vardığımda sarı-beyaz saçları yere saçılmış, solgun yüzüyle çok cansız görünüyordu. Zayıflamıştı, gözlerinin altında yorgunluktan oluşan halkalar vardı. Hepsi benim yüzümdendi. Akmayan yaşlar gözlerimi yakıyordu. Panik yapmama gerek yoktu, en güçlü baş melek buradaydı sonuçta. Ona bir şey olmasına izin vermezdi. Sakinleştirici derin bir nefes aldım. Aramızda şifa gücü en yüksek olan her zaman ağabeyimdi, onu iyileştirebilirdi. Yanına diz çöküp onu kendine çekti. Önce hasarın boyutunu ölçüyordu. Odaklanırken gözlerini kapatıp kaşlarını çatmıştı. Yanlarına gidip diz çöktüm ve beklemeye başladım.

Gözlerini açıp başını iki yana salladı.

"Hasar tahminimden daha fazla sadece kalp krizi değil. Benim darbem çok hasar vermiş. Birkaç kaburgası kırık ve göğüs kafesi ezilmiş." Başını kaldırıp gözlerini herkeste gezdirdi. "Benim iyileştirebileceğimden durumu daha ağır. Normal bir hastaneye götürsek onu direkt morga kaldırırlar."

"Hayır, Adrian onu dilimin ucunda gibi hissediyorum. Ruhu bedeniyle savaş veriyor, zamanı henüz gelmedi acele etmeliyiz. Bir şeyler yapmalıyız." dedi Clover.

Onu da sonsuza kadar kaybedecektim. Hepsi benim yüzümdendi. Panik boğazımdan yukarı doğru tırmanırken Adrian'ın yakasına yapıştım.

"Hayır, olamaz! Hepsi benim yüzümden Ağabey, yalvarırım bir şeyler yap, onu da kaybedemem!"

Sesimin ne kadar çaresiz çıktığının farkındaydım. Onunla ilk kez böyle konuşuyordum. Şaşkınlıkla kaşları havaya kalktı.

"Lanet olsun! Yalvarırım bir şeyler yap! Onu sonsuza kadar kaybedemem. Ne olur kurtar onu!"

Son kez yalvarırken gözümden akan yaşları engelleyemedim. Gözlerindeki anlayışı gördüm. Başını sallayıp Clover'a döndü.

"Onu cennete götürmeliyiz, şifacılar en iyisini yapacaktır. Hem tahminlerim doğruysa eğer, oraya gidince daha da güçlenecektir. Normal nefilimlerden daha fazla melek kanı var onda."

Ayağa kalkıp Sally'i kucağına aldı. O kadar solgun, zayıf ve kırılgan görünüyordu ki kendimi daha fazla kötü hissedeceğimi sanmıyordum.

"Clover, Alysa'yı da yanında getir." deyip ışık huzmesiyle ortadan kayboldu. Ardından Eric ve Clover da giderken geride Pit ve ben kalmıştık.

"Ben neden gidemiyorum?" diye homurdandı.

"Çünkü ölümlülerin girmesi yasak, zaten bedenin o aşırı güce dayanamaz. Yolda ölürsün." diye mırıldandım.

"Ya sen? Sen bir ölümlü değilsin."

"Ben kovuldum, lanetliyim. Gidebilsem de gidemem. Cennetin bütün kapıları bana kapalı sonsuza kadar."

"Eminim kovulmayı da, lanetlenmeyi de hak etmişsindir."

"Evet, hak ettim. Bir insana âşık olarak hak ettim."

"O kadar yaptığın şeyden sonra onu önemsiyorsun, seviyorsun sanmıştım. Nasıl yaparsın ona böyle bir şeyi?"

Yere çöktüm, ihtiyacım olmamasına karşın derin bir nefes aldım.

"Yapmak zorundaydım, onu kendimden uzak tutmak zorundaydım."

"Neden? Bana bir açıklama borçlusun Nick."

"Bak anlamıyorsun. Hepsi onun iyiliği için. Benden olabildiğince uzak durması gerekiyor. İblisler ağabeyim sayesinde ona ulaşamayabilirler ama bana ulaşabilirler. Aramızda bir şeyler olduğunu duymuşlar. Benden faydalanarak onu ele geçirebilirler. Benim aşkımdan daha önemli o, üzgünüm!"

"Lanet olsun dostum, her şey sarpa sarmaya başladı!"

Pit, ellerini saçlarının arasından geçirip sinirle yerdeki çakılları tekmeledi. Ayağa kalktım.

"Bir şey olursa haber verirsin. Burada böylece oturup bekleyemem."

Pit, başıyla onayladıktan sonra ormana doğru yürümeye başladım. Düşüncelere boğulmuştum. Vicdan azabından bir türlü kurtulamıyordum. Ne yapacağımı bilmiyordum. O kadar dalmıştım ki etrafımı saranları bana yaklaşana kadar hissetmemiştim. Küçük iki sıralı bir çemberin içinde kalmıştım. Bu kadar fazla adam sırf benim için mi gelmişti? İblisler arasında kötü bir ünüm olduğunu biliyordum ama açıkçası bu küçük ordu da egomu okşamıştı.

Liderleri olduğunu tahmin ettiğim öne çıktı.

"Efendimiz seni görmek istiyor. 'Konuşmanın vakti geldi' diyor," dedi adeta tıslayarak.

"Efendinize söyleyin, cevabım hâlâ aynı!"

Cevabımdan hoşlanmamıştı. Kaşlarını çatıp küçümseyici bakışlarını üzerime dikerek konuştu.

"Senin ne istediğin önemli değil. Efendimiz seni istiyor. Bu kadar adam niye burada sanıyorsun?"

Ağır hareketlerle yüzüğü boynumdan çıkarıp parmağıma taktım. Kanatlarımı iyice gerip konuştum.

"Madem zor yolu istiyorsunuz, benim için hava hoş."

Lider olanı kızdırmıştım. Adamlarına, "Yakalayın onu!" diye bağırdı. Ahmak, sanki beni yakalamak o kadar kolaymış gibi. Üzerime teker teker gelirler sanmıştım ama yanıldım. Hepsi birden saldırdı. Stratejik açıdan başlangıçta başarılı bir hamle gibi görünüyordu ama eğer tek tek saldırsalardı gücümü ölçebilirlerdi. Böylece gücümün şiddetine hazırlıksız yakalanmış oldular. Kanatlarımı bir pervane gibi savurup hepsinin geri dağılmasını sağladım. Pozisyonumu almama fırsat kalmadan diğerleri de üzerime atladı. Toparlamam zor oldu ama onları geri püskürtmeyi başardım. Bir nefilim ile ruh bağı yapmamanın acısını çekiyordum. Eğer ruh bağı yapmış olsaydım birkaç saniyede kurtulmuştum bunlardan. Bu aptal kasabaya da bunun için gelmiştim sözde. Zaten bu kararı almak yeterince zordu. Bir de işin içine ruh bağı yapacağın kişiye âşık olunca işler tamamen arapsaçına dönüşmüştü. Ağabeyim haklıydı, her zaman duygusal ahmağın teki olmuştum. Tanrı aşkına kim avına âşık olurdu ki?

İki kişiyle dövüşürken birden birkaç kişi yanımda benim kollarımdan yakaladılar. Liderleri olan iblis arkamdan, "Sabit tutun!" diye bağırdı. Ben tekmeler savurup kollarımı kurtarmaya çalışırken karnıma yediğim bir yumrukla iki büklüm oldum. Aynı anda kanatlarımın tam ortasına sivri bir şeyin battığını hissettim.

Ardından liderin tekrar sesini duydum.

"Bırakın onu!"

Ne? Dövüşü bırakıyorlar mıydı? Bu kadar kolay olamazdı. Adamı görmek için arkamı döndüm. Suratında sinsi, pis bir gülümseme vardı. Bakışlarım yüzünden elindeki şırıngaya kaydı. İçinde çok az gümüş rengi pırıltı zerrecikleri vardı. Kullanılmıştı. Jeton düşünce sinirlerim tavan yaptı. Tek hassas noktamdan bana bir şey enjekte etmişti.

Ona doğru harekete geçtim.

"Seni aşağılık sürüngen bana ne enjekte ettin?"

Etrafım dönmeye başlamıştı. Aramızda bir adım kala tam yumruğumu suratına geçirecektim ki bacaklarım hissizleşti ve kendimi yerde buldum. Ayağa kalkma çabalarım başarısız kalmıştı. Gözlerimi açamıyordum. Bilincimi kaybederken tekrar onun sesini duydum.

"Kaldırın onu, gidiyoruz!"

Gözlerimi açtığımda lacivert ve beyaz tonları ile dekore edilmiş bir odadaydım. Şömine gürül gürül yanıyordu. Ama insanın içini ısıtması gerekirken aksine donduruyordu. Ateşe yaklaşırsanız sanki bütün kâbuslarınız, acılarınız gün yüzüne çıkacakmış gibi hissediyordunuz. Yüzümden tüm kanın çekilmesine sebep olan o tanıdık ses, son derece neşeliydi.

"Sonunda uyanabildin kardeşim."

Ne ona yaklaşmak için hamlede bulundum ne de yerimden kımıldadım. Ayakta durmakta bile zorlanıyordum. Bana verdikleri şey beni zayıflatmıştı. Lafı dolandırmadan, "Bana enjekte ettikleri şey de neydi?" diye sordum.

Oturduğu koltuktan kalkıp bana döndü.

"Cık cık cık! Önce ağabeyini selamlamalısın, çok ayıp!" dedi cehennemin kralı Lucifer. Güneş sarısı saçları ve kanatları, yakışıklılığı, boyunun ve kaslarının oluşturduğu tüm ihtişamıyla karşımda duruyordu. Her seferinde ona hayranlıkla bakmaktan kendimi alamıyordum. Bir şey deme gereği duymadım. Çektiğim fiziksel sıkıntıyı göstermemeye çalışıyordum.

"Ah, gerçekten çok suratsızsın Gab! Merak etme önemli bir şey değil, seni biraz zayıflattı sadece zamanla geçer. Hem zaten kendi safımda istediğim birine ciddi zarar vermem, rahat ol!"

Aman ne rahatladım, sanki şuan elinde değilmişim gibi.

"Sana ve sürüngenlerine de daha önce söyledim, kararımı değiştirmedim ve değiştirmeyeceğim de."

"Sabrımı zorluyorsun Gab, sonsuza kadar seni bekleyemem. Bana seni ortadan kaldırma seçeneğini verme!

Tarafımda değilsen olağan tehlikesindir. Kardeşlerimi öldürmeyi sevmediğimi biliyorsun."

"Sadece beni rahat bırakmanı istiyorum. Gerçekten bu çok mu zor? Neden benim peşimdesin, aptal âşıktan başka bir şey değilim ben."

"Hep alçak gönüllü oldun zaten. Güçlerini küçümsemekten vazgeç! Seni tehdit etmek istemezdim ama bana başka seçenek vermiyorsun!" dedi. Bana arkasını dönüp şömineye doğru ilerledi. Ateşi izlerken yüzü ciddileşti, ses tonu sertti.

"Bu mücadeleyi kazanmak için her şeyi yaparım. Ben bir savaşçıyım biliyorsun tıpkı senin gibi. Seninle açık konuşacağım. Küçük anahtardan haberim yok mu sanıyorsun. Her an her dakika onu izliyorum. En yakınına kadar casuslarımı koydum. Kovulmuşların, nefilimlerin hatta meleklerin arasında bile adamlarım var." yüzünü çevirip sırıttı, "Şaşırdın mı, şaşırma kardeşim! Biz burada konuşurken adamlarım anahtarı ele geçirmek için hazırlık yapıyorlar. Şimdi söyle, yanımda mısın, değil misin?"

"Hayır yapamazsın bunu, ona zarar veremezsin. Ben, ben gerekirse kendimi feda ederim ama ona dokunamazsın. Seni seçersem ondan vazgeçer misin?"

Sally'nin onun eline düşmesini, yaşayacaklarını düşünemiyordum bile.

"Tabii ki hayır, o kadar ahmak değilim. Doğdukları andan beri onları izliyorum. Sana yalan söyleyecek halim yok."

"Senin yanında olmaktansa onun uğruna ölmeyi tercih ederim."

"Bunu söyleyeceğini biliyordum."

Yüzünü bana döndü bakışları sertti. Bileğinin hafif bir hareketiyle odanın içinde dört kişi belirdi. İçlerinden biri bana iğne yapan pislikti.

"Sana bunu yapmak istemezdim ama bana başka bir seçenek bırakmıyorsun."

"Neler oluyor?"

Adamlar bana yaklaşmaya başlamıştı.

"Sıkı tutun onu!" dedi karanlıklar prensi. Zayıf olama rağmen tüm gücümle karşı koydum. Ama yeteri kadar güçlü değildim. Bana diz çöktürüp kilit pozisyonuna getirdiler. Ne kadar debelenirsem debeleneyim pozisyonu bozamıyordum. İki dakika içince enerjim tükenmişti. Kanatlarımı dahi kıpırdatamıyordum.

Lucifer arkama geçip tek elini enseme diğer elini de kanadımın üstüne koydu. Ne yapacağını anlamıştım. Kanatlarımı koparacaktı.

Panik içimde büyürken, "Hayır, bunu yapamazsın! Onlar olmadan fazla yaşayamam, dünyaya dönemem biliyorsun. Ağabey yapma!" diye yalvardım. Aklımdan tek geçen şey ise onu bir daha göremeyecek olma ihtimaliydi.

"Üzgünüm kardeşim!"

Söylediklerinde samimi olmadığını ikimiz de biliyorduk. Amacı doğrultusunda her şeyi yapardı. Bir meleğin kanatlarını yalnız baş melekler koparabilirdi. Bir melek için en büyük ceza kanatlarının koparılmasıydı. İdam cezasından bile ağır gelirdi bir meleğe kanatsız yaşamak. Çünkü kanatlarımızı sonuna kadar açıp gökyüzünde uçmak, rüzgârı kanatlarımızla hissetmek biraz olsun kendimizi özgür hissetmemizi sağlıyordu. Kanatsız hayat yeryüzüne hapsolmaktı.

Gözümden tek damla parıltılı yaş akarken elini kanadımın köküne doladı ve tüm kuvvetiyle çekti.

Acı o kadar keskindi ki bir an aklımı kaçıracağımı sandım. Beni bıraktıklarında yere yığıldım. Vücudum spazmlarla kasılıyordu. Yutkunana kadar bağırmaktan boğazımın zarar gördüğünün farkında değildim. Sırtımdan ılık kanın süzüldüğünü hissediyordum. Lucifer yanıma diz çöktü. Elini uzatıp saçlarımı yüzümden çekti. Geri çekilmek isterdim ama hâlâ titriyordum. Terden sırılsıklam olmuştum. Sırtımdan akan kan etrafımda küçük bir göl oluşturmuştu. Tüylerimin köklerine kadar acı çekiyordum.

"Bana bak, Gabriel!"

Sesi emir yüklüydü. Yüzüm ona dönüktü ama bakışlarımı odaklayamıyordum. Çenemden tutup başımı kaldırdı. Bu ufak hareket bile acıyla inlememe yeterliydi.

"Senden nefret ediyorum!" dedim hırıltılı bir sesle.

"Sen kimseden nefret edemezsin, yaradılışına aykırı. Zamanla beni anlayacaksın küçük kardeşim."

Sesi kulaklarımda çınlarken bilincimi açık tutmakta zorlanıyordum. Hâlâ bana nasıl kardeşim diyebiliyordu, anlamıyordum. Onu asla da anlayamayacaktım. Bencildi, kendi istekleri doğrultusunda kardeşlerini düşman bellemişti. Daha küçük bir melekken onu idolüm olarak görür, her hareketini taklit etmeye çalışırdım. Herkesin beni onun gibi sevmesini ve saygı duymasını isterdim. Özellikle de babamızın gözünde.

Doğru söylüyordu nefret edemezdim birinden. Ama nefrete en yakın duyguyu besleyebilirdim. Ne kadar kanatlarımı kaybetmiş olsam da aklımdaki tek şey oydu. Tehlikedeydi, uyarılması gerekiyordu. Uyanık kalmak için bile savaş verirken ona nasıl ulaşabilirdim? Çaresizlik tüm benliğimi kaplarken karanlığa doğru yuvarlandım.

13.

Uğursuz On üç

Sally'in gözlerinden;

Cennetten döneli neredeyse bir hafta olmuştu. Pit, olan her şeyi anlatmıştı. Nick'i o günden beri görmemiştim. Telefonu kapalıydı. Adrian bile ona ulaşamamıştı. İşin kötüsü olayların yaşandığı gün evimin arkasındaki korulukta iblis izleri olmasıydı. Hem de fazlasıyla. İçimde kötü bir his vardı. Kendimi zinde ve sağlıklı hissediyordum ama bir türlü bu kötü ruh halinden kurtulamıyordum. Nick için endişeleniyordum. Benim için kendini feda edecek kadar beni seviyordu. Onu o kadar çok özlemiştim ki!

Cennete olan hatıralarım, bir rüya gibiydi. Her şey bulanıktı. Ama orada tek hissettiğim duygu huzurdu. Ev gibi kokuyordu. Güzel bulutsuz bir gökyüzü ve üzerime eğilen beyaz renkli, gösterişli kanatları hatırlıyordum. Tenime değen nazik eller bir kelebeğin kanatları kadar yumuşaktı. Gözlerimi açtığımda kendimi görmüştüm, bana kocaman gülümsüyordu. Sonra jetonum düştü tabii. O ben değil, Alysa idi. Sonra gözlerimi tekrar açtığımda odamdaydım. Alysa ile birbirimize sarılmış uyuyorduk. Sanki hiçbir şey olmamış gibi. Bir rüyaymış gibi.

"Haydi, Sel, yeter bu kadar oyalandığın!" diye seslendi Nina.

"Geliyorum, geliyorum!" diye bağırdım, botumu ayağıma geçirmeye çalışırken tek ayaküstünde zıplıyordum.

Bugün Pit'in beysbol maçı vardı. Sonunda botlarımı giymeyi başarıp arabaya doğru yürüdüm. Şoför koltuğunda amcam Ian, yanında ise Nina vardı. Iyy mıç mıç, gördükçe kusmak istiyordum.

"Ahh, gözlerim! Tanrım kendinize bir oda bulun. Amca bu çok iğrenç."

Amcam vantuz balığı gibi dudaklarını Nina'nın dudaklarından çekip sırıttı. Babamlar ve Adrian ancak amcamla maça gitmeme izin vermişlerdi. Zaten beni yeterli bulmasaydı Adrian'ın kendisi de yanımda gelirdi. Fazlasıyla yol kat etmiştim kendimi savunmada. Hatta bana gerçek bir hançer verecek kadar güvenmişti. Çantamda olduğunu bilmek kendime güvenimi destekliyordu. Çaresiz aptal bir kız değildim ben, kendimi savunabilir, dövüşebilirdim. Olmadı, kaçabilirdim.

Okulun futbol sahasına vardığımızda hemen yerlerimizi aldık. Maçın başlamasına daha yarım saat vardı ama tribünlerin neredeyse yarısı dolmuştu. Yerel halk, okul takımını fazlasıyla destekliyordu. Kısa süre sonra biz, Nina ile sohbete dalmıştık. Amcam ise ortalıktan kaybolmuştu. Maç başlarken yerini aldı. Takım sahaya çıkarken çığlıklar atıp tezahürat yapıyorduk. Pit, çıktığında ise adını haykırıp yerimizi belli ederek onu desteklediğimizi gösterdik. Bizi görünce kocaman gülümseyip el sallamamıza karşılık verdi.

Maç dişli geçmişti. 10-12 biz yenmiştik. Maçı bitiren düdük çaldığında bizim taraf, sevinç çığlıkları atıyor, takımın adını haykırıyorlardı. Yerimizden fırlayıp Pit'e doğru koştuk ve üçümüz aynı anda kocaman kucaklaştık. Ardından John da gelip bize katıldı. Yendiğimiz için ikisi de çok mutluydu. Şakalaşıp gülerken diğer takım üyeleri de yanımıza geldi. Ama amcam o güzel anımı mahvetmeyi ve gülümsememin yüzümden silinmesini sağlamayı becermişti.

Amfinin köşesinde başka bir kızla yiyişiyordu. Amcam başını kaldırıp beni gördü ve bakışlarımız birleşti. Başımı iki yana salladım. Diğerleri kutlama partisinden bahsediyorlardı. Ruh halimin değişikliğini Nina'ya belli etmemeye çalışıyordum.

"Üzgünüm çocuklar, ben gelemem. Kendimi iyi hissetmiyorum."

Pit'in endişeli bakışları bana döndü. Yaklaşıp kulağıma fısıldadı.

"İyi misin?"

"İyiyim biliyorsun iznim sadece bu kadar, başka bahane bulamadım. Nina ve sen partiye gidin eğlenin, Ian amcam beni eve bırakır!"

Başıyla onaylayıp anladığını belli etti.

"Kendine dikkat et, görüşürüz bebek!" dedi Nina.

"Asıl sen kendine dikkat et! Ondan gözünü ayırma Pit!" dedim sert anne ses tonuyla. Nina, hep gereğinden fazla içer ve hemen sarhoş olurdu. Pit, iki parmağını alnına götürüp, "Emredersiniz efendim!" dedi.

Arkamı dönüp otoparka doğru ilerledim. Otoparkta arabaya ulaşana kadar adımlarım seri ve sertti. Adrian'ı arayıp beni almasını söyleyecektim. Bir elimi çantama daldırıp telefonumu çıkardım. Tam numaraları çevirecektim ki, o sinir bozucu sesi arkamda duydum. Duymazlıktan gelmeyi düşündüm ama ne yazık ki çoktan tepki vermiştim.

"Beni rahat bırak, tam bir pisliksin!" dedim tükürür gibi.

Yüzümü ona dönerken içimi o huzursuz edici his doldurdu. Gölgelerin arasındaydı. Onu çağırıp bir şeyler olduğunu söyleyecektim ki, aurasını tarayınca o tuhaf vızıltının ondan geldiğini fark ettim. Kim olursa olsun hislerime güvenmeyi öğrenmiştim. Bir an bocaladıysam da elimi hemen çantama daldırıp hançeri kavradım. Çantadan çıkardığım sırada tam karşımda dikiliyordu. Dikkatimi ilk çeken şey masmavi gözler yerine irisleri de dâhil korkunç siyah gözlerdi. Artık iblislerin nasıl göründüğünü biliyordum. Şaşkınlıkla yerime mıhlanmıştım. Şaşkınlığım geçip hançeri saplamak üzere harekete geçtiğimde ise çok geçti. Son gördüğüm şey suratıma gelen kocaman yumruktu.

Kâbus görüyordum. Hiç tükenmeyecek gibiydi. Ardı ardına dipsiz kuyularda yuvarlanıyordum. Çok sıcaktı. Kükürt kokusundan bayılacak gibi hissediyordum. Ama sadece bir rüyaydı değil mi? Rüyada koku olmazdı ki. Sıçrayarak uyandım. Derin bir nefes almamla öksürmem bir oldu. Ah, koku gerçekti. Karanlık, taş duvarlı bir odada duvarda zincirliydim. Kollarımı oynatmamla zincirler gürültüyle şangırdadı. Kollarımı çekiştirip kurtulmaya çalıştım. Lanet olsun, o kadar aldığım eğitime rağmen iki saniyede yakalanmıştım! Adrian beni öldürecekti. Tanrım, asıl amcamın bir iblis olduğunu nasıl daha önce anlayamamıştık. Aşağılık herif, hepimizi kandırmıştı, kedinin fare ile oynaması gibi bizimle oynamıştı. Sinirden kuduracaktım. Hafif bir rüzgâr saçlarımı savurdu. Bu nemli ortamda rüzgâr olamazdı, gözlerimi kısıp odanın içinde gezdirdim. Hemen altın sarısı kanatlar dikkatimi çekti. Çok güzellerdi. Adrian'nın ki kadar görkemliydi. Kim olduğunu tahmin etmiştim. Bana bir adım yaklaşınca gözlerimi sımsıkı kapadım. Sanki gözlerimi kapatmak beni oradan yok edecekmiş gibi.

Narin parmaklar çenemi sardı. İşte şimdi titriyordum. Korkudan mı? Yok, canım daha neler oda soğuk tabii ki! (Cehennem de ne soğuk olur ya neyse!) Sert ve erkeksi ama bir o kadar da nazikti sesi. Emreder değil de rica eder gibiydi. Akıl çeliciydi.

"Aç gözlerini küçük kız!"

Başımı iki yana salladım. Eğlenir gibiydi. Burnundan soludu.

"Benden korkmana gerek yok, sana zarar vermeyeceğim."

Tek gözümü açıp ona baktım. Mükemmel dolgun dudaklarının bir kenarı yukarı kıvrılmıştı. Daha fazla yukarı bakmaya cesaret edemiyordum. Harika en azından şeytanı eğlendiriyordum. İki gözümü de açtığımda dudaklarının iki kenarı da yukarı kıvrıldı.

"Açıkçası prenses, daha uzun boylu olmanı bekliyordum."

Hah! Uzun boy bekliyormuş! Milletin benim boyumla derdi neydi?

"Adım Sally, prenses değil." dedim. Sesimin titrememesine sevinmiştim.

Omuz silkti, "Aynı şey." dedi.

Gözlerine bakmaktan korkuyordum. Bakışlarımı bir an olsun dudaklarından yukarı çıkarmamıştım.

"Senden ne istediğimi biliyorsundur eminim." dedi. Parmakları tekrar çenemi buldu ve başımı yukarı kaldırıp bakışlarımızı birleştirdi. Hareketi nefesimin kesilmesine neden olmuştu.

"Seninle konuşurken gözlerime bak." dedi.

Tanrım gözleri tıpkı bir meleğinkiler gibiydi. Açıkçası o gördüğüm korkunç iblis gözlerini bekliyordum. Ama tam tersi ışıl ışıl dipsiz bir kuyu gibiydi.

"Be-ben sana yardımcı olamam. Nasıl olduğunu bilmiyorum. Hem bilsem de sana söylemem." sesim kendinden emin ve kararlı çıkmıştı.

"Bak sen küçük prenses ne kadar da cesur... Eminim burada geçireceğin zaman zarfında fikrin değişecektir."

Ne yapacaktım ben kurtuluş şansım var mıydı? Tek umudum Nick'di. Cankurtaranım, hayat ışığımdı o.

"Ah, bu arada az daha unutuyordum. Üzülme burada yalnız değilsin. Sana arkadaş da getirdim."

İnsanın içini donduran kıkırtıyla ortadan kayboldu. O gittikten kısa süre sonra kapı gürültüyle açıldı. İçeri iblislerden bir kaçı girdi. Duvarın köşesine bir paçavra gibi birini fırlattılar. Acıyla iki büklüm olmuş yere yığılırken inledi. Sırtı kan içindeydi, iki tane derin ters v şeklinde yara vardı. Hâlâ tazeydi. Hafif kan sızıyordu.

İçimi o tanıdık elektriklenme duygusu kapladı. Gözlerim korkuyla kocaman oldu hayır, hayır bu o olmazdı. Sırtındaki izler, kanatlarının olması gereken yerdeydi. Birisi kanatlarını koparmıştı. Hisler asla yanıltmazdı.

Emin olmak için, "Nick?" diye fısıldadım. Başını yavaşça bana çevirdi. O tanıdık yüzü görmek içimi parçalamıştı. Bu oydu. Sevgilimdi. Hayatımın aşkıydı. Yüzü acıyla buruşmuş, gözleri çaresizlikle bakıyordu. Kanatları koparılmıştı. O üzerinde uyuduğum, hayranlıkla izlediğim, dokunmaya kıyamadığım kanatları gitmişti. Bütün umutlarım kaybolmuştu. Nick bile bu hale geldiyse bizi kimse kurtaramazdı. Kimse cehennemin kapılarını aralayıp buraya gelemezdi. İkimiz de buraya hapsolmuştuk...

... Son...

